Rafael 2.0

KARL OLSBERG

Rafael 2.0

THIENEMANN

Prolog

Wie ein metallenes Raubtier schlich der MTR-2 durch die mit dornigen Büschen bewachsene Wüste. Mit seinen sechs Rädern, die einzeln steuerbar waren, konnte er auch schwieriges Gelände meistern. Er rollte durch ein ausgetrocknetes Flussbett und kletterte ohne Mühe das steile Ufer auf der anderen Seite empor.

Die sechs Menschen in dem etwa zweihundert Meter entfernten Bunker beobachteten jede seiner Bewegungen durch ihre modernen, mit digitaler Bildvergrößerung ausgestatteten Ferngläser. General Palmer hielt den Atem an. Wenn das Experiment wieder fehlschlug …

Ein alter M1-Panzer rollte in der Nähe des Flussbetts durch den Sand, eine riesige Staubfahne hinter sich herziehend. Er wurde vom Bunker aus ferngesteuert.

Der MTR-2 verharrte einen Moment. Palmer konnte sehen, wie seine drehbaren Kameraaugen der Bewegung des M1 folgten. Er hatte seine Beute anvisiert. Langsam setzte sich das sechsrädrige Gefährt in Bewegung und folgte dem viel größeren Panzer.

»Sie werden sehen, General, diesmal klappt es bestimmt!«, sagte Colin Sanders. Er war der Leiter des Projekts, ein hagerer, großer Mann mit schütterem Haar, das so blond war, dass man seine Kopfhaut hindurchschimmern sah.

»Das will ich hoffen«, erwiderte Palmer. »Einen weiteren Fehlschlag können wir uns nicht erlauben! Wenn der MTR-2 versagt …«

»Er wird nicht versagen! Sein zentraler Computer ist viermal so leistungsfähig wie der, den wir in das Vorgängermodell eingebaut hatten, und die Software zur Erkennung von Gegnern wurde komplett überarbeitet. Der MTR-2 arbeitet besser und zuverlässiger als jeder Panzerkommandant!«

Nur zu gern hätte General Palmer dem Projektleiter geglaubt. Seit zwölf Jahren arbeitete er jetzt schon an dem geheimen Militärprojekt mit dem Ziel, sogenannte »autonome intelligente Waffensysteme« zu entwickeln: computergesteuerte Fahrzeuge, ausgestattet mit künstlicher Intelligenz, die ohne menschliche Hilfe Befehle ausführten.

Seit der britische Computerpionier Alan Turing 1950 zum ersten Mal darüber spekuliert hatte, dass Computer eines Tages denken könnten, hatte es auf dem Gebiet der künstlichen Intelligenz enorme Fortschritte gegeben. 1996 hatte zum ersten Mal ein Computer den amtierenden Weltmeister im Schach geschlagen. 2008 war in einer Fernsehshow in Deutschland ein Volkswagen vorgestellt worden, der sich vor staunendem Publikum ohne Fahrer durch einen komplizierten Hindernisparcours bewegt hatte. Sogenannte »Smart Bombs«, die sich eigenständig den Weg zu ihrem Ziel suchten, waren bereits im Ersten Golfkrieg eingesetzt worden. Vollautomatische »Drohnen« flogen über feindlichen Luftraum und machten Aufklärungsfotos, ohne dass sich dabei auch nur ein Mensch einer Gefahr aussetzen musste.

Militärexperten waren sich einig, dass die Kriege der

Zukunft weitgehend von automatischen Waffensystemen geführt werden würden. Es war der Traum jedes Generals: eine Armee von Maschinen, die jeden Befehl ohne Fragen befolgte, die keine Angst und keine Gnade kannte.

Doch General Palmer kannte auch die Schattenseiten der Technik. Das Projekt hatte immer wieder Rückschläge erlebt. Autonome Waffensysteme mussten ihre Ziele selbstständig erkennen und die geeignete Strategie zur Bekämpfung des Feindes ohne menschliche Hilfe entwickeln. Dabei passierten immer noch Fehler. Es stellte sich heraus, dass manche Probleme schwieriger waren, als sich die Entwickler das vorgestellt hatten. Mehrere Versuche, einen Kampfpanzer durch ein vollautomatisches System zu zerstören, waren bisher gescheitert. Das Experiment heute musste klappen, sonst ging dem Projekt allmählich das Geld aus, und Palmer war sich nicht sicher, ob er nach einem weiteren Fehlschlag vom Verteidigungsministerium noch zusätzliche finanzielle Mittel genehmigt bekommen würde.

»Los doch!«, rief Sanders seinem Geschöpf aufmunternd zu. »Mach ihn fertig!«

Der MTR-2 folgte seinem Ziel im Abstand von etwa hundert Metern. Dann blieb er plötzlich stehen. Der M1 fuhr ungerührt weiter.

»Verdammt!«, rief Sanders. »Warum schießt er denn nicht?«

Doch in diesem Moment gab es einen Blitz. Eine der vier Raketen, die auf dem Rücken des nur einen Meter hohen Gefährts montiert waren, schoss von einem grellen Flammenstrahl getrieben nach vorn. In derselben Sekunde wurde der M1 von einer schwarzen Wolke eingehüllt. Palmer sah, wie der Geschützturm des alten Panzers in die Luft geschleudert wurde. Durch die dicken Panzerglasscheiben konnte man den Knall nicht hören, doch es war auch so ein eindrucksvoller Anblick.

Jubel brach aus. Neben Palmer und Sanders waren noch der technische Leiter des Projekts, ein Softwareentwickler, Palmers Adjutant und ein Beobachter des Verteidigungsministeriums anwesend.

Palmer atmete erleichtert auf. »Meinen Glückwunsch, Colin«, sagte er und reichte Sanders die Hand. »Diesmal scheinen Ihre Jungs die Probleme in den Griff bekommen zu haben.«

Sanders grinste. »Ein oder zwei Jahre noch und wir können in die Serienproduktion gehen. Dann gibt es niemanden mehr auf der Welt, der unsere Armee aufhalten kann!«

Palmer nickte. Er warf einen Blick zu dem Mann vom Verteidigungsministerium, der es vorgezogen hatte, statt in Uniform in einem zivilen dunklen Anzug zu erscheinen. »Sind Sie zufrieden, Mr Hamilton?«

Der Mann nickte. »Gute Arbeit, General. Das Projekt liegt zwar etwas hinter dem Zeitplan, aber ich denke, wir werden …«

Er wurde von Palmers Adjutant unterbrochen, der immer noch durch sein Fernglas starrte. »Sir! Sehen Sie sich das mal an!«

Palmer blickte durch sein Fernglas, machte aber nur das brennende Wrack des Panzers aus. Der abgetrennte Geschützturm steckte etwa zwanzig Meter entfernt im Sand. »Was denn?«

»Der MTR-2! Er kommt genau auf uns zu!«

Palmer nahm das Fernglas herunter und starrte aus dem Glasfenster. Tatsächlich raste der MTR-2 genau auf den Bunker zu. Er fuhr mit hoher Geschwindigkeit über eine Bodenwelle und hob dabei kurzzeitig vom Boden ab. Dann stoppte er abrupt. Er war jetzt nur noch hundert Meter entfernt. Die drei verbliebenen Boden-Boden-Raketen vom Typ Rattlesnake waren genau auf den Bunker gerichtet.

»Was soll das?«, fragte Palmer. »Was macht das Ding denn da?«

Die Antwort erhielt er im selben Moment. Über dem autonomen Kampfsystem erschien erneut ein Blitz und eine weiße Wolke erhob sich. Palmer sah etwas auf sich zurasen. Er dachte nicht nach, sondern warf sich auf den Boden. Im selben Moment wurde der Bunker von einer gewaltigen Explosion erschüttert. Stühle fielen um, eine Kaffeetasse zersplitterte auf dem Betonboden. Wer sich nicht schnell genug hingelegt hatte, wurde von der Wucht der Detonation umgeworfen.

Palmer rappelte sich auf. Die dicke Panzerglasscheibe war rußgeschwärzt, doch sie hatte gehalten. »Verdammter Mist, was war das denn?«, brüllte er.

»Ich … ich weiß auch nicht«, stammelte Sanders. »Eine Fehlfunktion. Der MTR-2 muss … er muss uns für Feinde gehalten haben!«

Palmer warf dem Projektleiter einen vernichtenden Blick zu. »Sorgen Sie dafür, dass der Fehler gefunden wird! In einer Woche will ich einen Ursachen-Report auf meinem Schreibtisch haben. Und dann lösen Sie das Problem! Wie, ist mir egal. Haben Sie verstanden?«

»Jawohl, Sir«, sagte Sanders. »Ich verspreche Ihnen …«

»Und, Sanders«, unterbrach ihn General Palmer.

»Ja, Sir?«

»Versprechen Sie mir nie wieder etwas!«

1. Geheimnisse

Die schwere Eichentür war verschlossen, so wie jeden Tag in den letzten Wochen.

Ich klopfte. »Dad? Dad, mach bitte auf!«

Er hörte mich nicht oder wollte mich nicht hören. Enttäuscht und verletzt ging ich zurück in mein Zimmer.

Ich verstand einfach nicht, warum er mir aus dem Weg ging, sich vor mir einschloss. Wusste er denn nicht, dass ich mindestens genauso traurig war wie er? Rafael war doch schließlich mein Bruder gewesen!

Wir waren eineiige Zwillinge. Das bedeutet, jede einzelne der drei Milliarden Leitersprossen in der Wendeltreppe unserer Gene war identisch. Er sah aus wie ich – dieselben braunen, gewellten Haare, dieselben dunklen, ein bisschen zu großen Augen, dieselbe hellbraune Haut, die wir beide von unserer Mutter geerbt haben. Rafael hatte dieselben Farben gemocht, über dieselben Witze gelacht, Haferschleim und Spinat ebenso sehr gehasst wie ich. Er hatte dieselben Bücher gelesen, dieselbe Musik gehört. Oft hatten wir gar nicht miteinander sprechen müssen, weil wir genau wussten, was der andere gerade dachte. Nur wer selbst einen eineiigen Zwillingsbruder oder eine Zwillingsschwester hat, kann verstehen, was das bedeutet.

Und nun war er tot, genau wie meine Mutter, und

mein Vater schloss sich in seinem Arbeitszimmer ein und redete kaum noch mit mir. Wenn wir uns begegneten, wandte er den Blick ab und presste den Mund zusammen, als habe er ein schlechtes Gewissen. Dabei war er früher ein liebevoller Vater gewesen – viel unterwegs natürlich, aber immer für uns da, wenn er zu Hause war.

Ich saß am Fenster, blickte hinaus über den Park auf den kleinen See, über dem sich die ersten Sterne zeigten, und wusste einfach nicht, was ich tun sollte, um den Schmerz in meinem Inneren zu ertragen. Ich konnte nicht einmal weinen – es schienen keine Tränen mehr übrig zu sein. Ich dachte an die Beerdigung vor zwei Wochen, an die Worte des Pastors, der von Gottes unergründlichen Wegen gesprochen hatte. Wenn Gott mir in diesem Moment erschienen wäre, ich hätte ihm eine reingehauen.

Die Tür öffnete sich hinter mir.

»Michael?« Die Stimme der Hexe war ungewöhnlich sanft.

Nancy Tillerman war unsere Haushälterin, seit meine Mutter vor sieben Jahren gestorben war. Rafael und ich hatten sie immer »die Hexe« genannt, weil sie ein bisschen so aussah wie die aus dem Märchen: dürr, mit einer Hakennase und langen, dünnen Haaren, die sie zu einem Knoten band. Sie hatte zwar keine Warze, aber dafür ein großes Muttermal am Kinn.

»Michael, willst du nicht langsam ins Bett gehen?«

»Ich kann nicht schlafen.«

Die Hexe kam näher und legte eine Hand auf meine Schulter. »Möchtest du eine heiße Schokolade?«

»Nein, danke.«

Eine Weile stand sie schweigend hinter mir. Ich war

froh, dass sie da war, auch wenn sie meistens ziemlich streng zu mir war.

»Du bist wütend auf deinen Vater, nicht wahr?«

Ich sagte nichts.

»Ich kann dich verstehen. Ich finde es auch nicht gut, dass er sich immer mehr zurückzieht.«

Jetzt rannen doch noch ein paar Tränen über meine Wangen. »Warum tut er das? Warum redet er nicht mehr mit mir? Glauben Sie ... er ... er ist böse auf mich?«

»Nein, Michael! Nein, das ist er ganz sicher nicht! Er ... er liebt dich mehr als alles auf der Welt!«

Ich fuhr herum. »Er liebt mich?«, stieß ich hervor. »Davon merke ich aber nicht viel!«

»Dein Vater ist eben ein besonderer Mensch«, sagte die Hexe.

Sie hatte recht: Mein Vater war nicht wie andere Väter. Brian Ogilvy, Gründer und Eigentümer der Softwarefirma Ogilvy Systems, Computergenie, einer der zwanzig reichsten Männer der USA. Ein besonderer Mensch, kein Zweifel.

Man könnte meinen, es müsse toll sein, der Sohn eines Milliardärs zu sein. Ein großes Haus, Angestellte, die für einen das Zimmer aufräumen, einem jeden Wunsch erfüllen und so weiter. Aber so ist es nicht.

Mein Bruder und ich sind nie auf eine normale Schule gegangen. Wir haben nicht mit anderen Kindern gespielt, gelacht, uns gestritten. Wenn wir einen Lehrer nicht leiden konnten, dann hatten wir keine zwanzig Verbündeten in der Klasse. Stattdessen wurden wir von Hauslehrern erzogen, die wir den ganzen Tag um uns hatten, die niemanden sonst unterrichteten. Wir konnten keinen Blödsinn machen, wenn sie gerade mal nicht hinguckten, weil sie immer nur auf uns achteten. Vor allem aber hatten wir einen Vater, der panische Angst hatte, dass uns etwa zustoßen könnte – und der uns deshalb in einem riesigen Haus einsperrte, in dem es keine anderen Kinder gab.

Ich hatte immer nur meinen Bruder gehabt. Und nun hatte er mich verlassen.

»Ich will keinen besonderen Menschen«, rief ich. »Ich will einfach nur einen ganz normalen Vater!«

Die Hexe drückte sanft meine Schulter. »Ich rede noch mal mit ihm«, sagte sie und verließ mein Zimmer.

Doch mein Vater kam an diesem Abend nicht zu mir.

Ich lag lange auf meinem Bett und versuchte, einzuschlafen, aber Wut und Verzweiflung hielten mich wach.

Irgendwann hörte ich draußen auf dem Flur Schritte. Ich erkannte meinen Vater am Rhythmus seines Gangs. Er hielt vor meinem Zimmer an. Ich schloss rasch die Augen und stellte mich schlafend. Die Tür öffnete sich mit leisem Knarzen. Nach einem Augenblick schloss sie sich wieder und er ging in sein Schlafzimmer am Ende des Flurs.

In diesem Moment wurde mir etwas klar. Die Hexe hatte recht: Mein Vater war nicht böse auf mich. Er ging mir aus einem anderen Grund aus dem Weg: Er verbarg etwas vor mir. Irgendetwas ging hinter der verschlossenen Tür seines Arbeitszimmers vor, etwas, wovon ich nichts wissen durfte.

Ich hatte keine Ahnung, was das sein konnte. Hatte es mit Rafaels Tod zu tun? Unwahrscheinlich. Es war klar, dass er an derselben Krankheit gestorben war wie meine Mutter: dem Myers-Katzenberg-Syndrom, kurz MKS.

MKS ist eine heimtückische Erbkrankheit. Sie bewirkt, dass das körpereigene Immunsystem, das normalerweise Krankheitserreger bekämpft, die eigenen Organe angreift. Die Wahrscheinlichkeit, an dieser Krankheit zu leiden, beträgt eins zu 1,4 Millionen. Es sei denn, ein Elternteil ist selbst an MKS erkrankt – dann ist die Wahrscheinlichkeit etwa eins zu fünf.

MKS verläuft hundertprozentig tödlich und ist nicht heilbar. Hat der Angriffsprozess des Immunsystems einmal begonnen, kann man ihn nur noch verlangsamen, aber nicht aufhalten. Was genau diesen Angriff auslöst, ist unbekannt. Normalerweise bricht die Krankheit im Kindes- oder Jugendalter aus und die Betroffenen sterben, bevor sie selbst Kinder haben. Deshalb ist sie so selten.

Meine Mutter war eine der wenigen Ausnahmen. Als die Krankheit bei ihr im fortgeschrittenen Stadium diagnostiziert wurde, waren Rafael und ich fünf Jahre alt. Drei Monate später war sie tot.

Rafael und ich waren draußen auf dem zugefrorenen See und schlitterten um die Wette, als wir zum ersten Mal etwas merkten. Wir hatten uns eine glatte Bahn gemacht, nahmen Anlauf und versuchten, so weit wie möglich zu gleiten, egal, ob auf den Füßen, den Knien oder dem Hosenboden. Der Trick beim Weitschlittern ist natürlich der, dass man auf der kurzen Strecke bis zur Absprungsmarke möglichst viel Schwung bekommt. Man muss also mit aller Kraft lossprinten. Da Rafael und ich die gleiche Konstitution hatten und stets gemeinsam Sport trieben, waren wir ziemlich genau gleich gut darin. Doch schon beim dritten oder vierten Versuch schlitterte ich doppelt so weit wie er.

»Was ist los mit dir?«, fragte ich ihn.

Sein Atem bildete dicke weiße Wolken, die stoßweise

aus seinem Mund kamen wie bei einer Dampflok in einem Wildwestfilm. »Ich … ich bin … etwas außer Atem«, keuchte er.

Wir sahen uns an und im selben Moment befiel uns beide eine tiefe Beklemmung.

»Meinst du …?«, fragte er.

Ich schüttelte heftig den Kopf. »Quatsch. Du hast wahrscheinlich eine Grippe oder so.« Doch die Lust am Schlittern war mir vergangen.

Wir wurden regelmäßig von Dr. Hasselhoff untersucht. Er war ein Freund meines Vaters, eigentlich kein Arzt, sondern Genetiker, und arbeitete an irgendeinem wissenschaftlichen Institut. Großzügig unterstützt von Spendengeldern der Ogilvy-Stiftung erforschte er die Ursachen des Myers-Katzenberg-Syndroms in der vagen Hoffnung, eines Tages ein Heilmittel dafür entwickeln zu können.

Dr. Hasselhoff und mein Vater hatten immer versucht, uns über die Ursachen des Todes meiner Mutter im Unklaren zu lassen, erst recht über die Gefahr, in der wir selbst schwebten. Sie wollten uns ein unbeschwertes Leben ermöglichen. Aber dafür waren Rafael und ich viel zu neugierig. Kaum hatten wir gelernt, mit dem Internet umzugehen, googelten wir den Begriff MKS und wussten, was los war. Doch wir ließen uns davon den Spaß am Leben nicht verderben. Immerhin betrug die Chance, nicht daran zu erkranken, achtzig Prozent.

An jenem Tag, als ich Rafael im Weitschlittern schlug, betete ich, er möge tatsächlich einfach nur erkältet sein, doch sein blasses Gesicht und sein keuchender Atem ließen mich Schlimmes befürchten. Kurz darauf bestätigte Dr. Hasselhoffs Diagnose meine Ahnung.

Wir wussten beide, dass uns nicht mehr viel Zeit blieb. Bei meiner Mutter war die Krankheit erst spät erkannt worden, sodass sie kaum noch abgebremst werden konnte. Selbst bei einer frühen Diagnose und mit allen medizinischen Tricks würde sich Rafaels Leben nur um ein, höchstens zwei Jahre verlängern lassen.

Wer glaubt, dass die Zeit danach von Trübsal und Angst geprägt war, kannte Rafael nicht. Die Medikamente, die ihm Dr. Hasselhoff gab, vertrieben seine Erschöpfung und er lachte dem Tod buchstäblich ins Gesicht. »Dann sterbe ich eben, na und?«, sagte er einmal zu mir. »Ich wollte schon immer wissen, was danach passiert.«

Bestärkt von der Erinnerung an Rafaels Löwenmut beschloss ich, etwas zu unternehmen. Ich konnte einfach nicht mehr nur tatenlos herumliegen und Trübsal blasen. Ich musste herausfinden, was mit meinem Vater los war.

Ruphus hatte einen großen Schlüsselbund mit den Schlüsseln zu allen Türen im Haus. Der glatzköpfige Butler war im Grunde ganz in Ordnung, nur manchmal ein bisschen hochnäsig. Er bildete sich etwas darauf ein, dass er der einzige Amerikaner war, der jemals die Abschlussprüfung der London School of Servants for the Nobility geschafft hatte – einer Schule für Butler, die eigentlich Adeligen dienen sollen.

Bei uns in Amerika sind die Leute, die einen Butler haben, nicht adelig, sondern reich. Ruphus hätte viel lieber für einen englischen Lord gearbeitet, idealerweise für ein Mitglied des Britischen Oberhauses oder noch besser für die Queen persönlich. Aber als Amerikaner hatte er natürlich keine Chance auf eine Anstellung in einem so vornehmen Haushalt.

Rafael und ich hatten Ruphus' Schlüsselbund schon oft stibitzt. Das war nicht weiter schwierig, denn der Butler fuhr abends meistens in die Stadt und kehrte erst spät zurück. Den Schlüsselbund verschloss er in einem Kasten auf dem Flur vor seinem Zimmer und den Schlüssel zu diesem Kasten versteckte er irgendwo. Warum er ihn nicht einfach bei sich trug, weiß ich nicht. Jedenfalls war er nicht sehr kreativ darin, sich neue Verstecke auszudenken, und so war es Rafael und mir stets gelungen, den Schlüssel aufzuspüren.

Auch diesmal fand ich ihn leicht – er lag immer noch dort, wo er schon vor einem halben Jahr gelegen hatte, nämlich unter einer alten Vase aus Delfter Porzellan in der Nähe des Schlüsselkastens.

Ich sah auf meine Digitaluhr mit eingebautem MP3-Player, die mir Dad zu Weihnachten geschenkt hatte – dem letzten Weihnachten mit Rafael. Es war kurz vor elf. Ruphus kam nie vor Mitternacht zurück, so hatte ich also mindestens eine Stunde Zeit. Ich holte den Schlüsselbund, schlich mich die Treppe hinab zu Dads Arbeitszimmer und lauschte an der Tür. Nichts.

Leise drehte ich den Schlüssel im Schloss.

Es war schon eine ganze Weile her, dass ich das letzte Mal in diesem Raum gewesen war. Die Wände wurden von hohen Bücherregalen beherrscht, in denen Bücher über Computer und Software, gebundene Fachzeitschriften, aber auch uralte Nachschlagewerke standen. An einer Wand befand sich ein großer Kamin. Die Vorhänge vor dem Fenster auf der gegenüberliegenden Seite waren zugezogen. In der Mitte des Raums stand ein moderner Schreibtisch mit einem Ledersessel, außerdem gab es noch einen runden Konferenztisch mit vier Stühlen.

All das war so, wie ich es kannte, doch etwas war neu. Ein mannshoher Schaltschrank stand neben dem Schreibtisch. Er hatte eine Glastür, hinter der Hunderte von Lämpchen blinkten. Kabel führten zu einem Monitor mit Maus und Tastatur auf dem Schreibtisch.

Der Schrank gab ein leises Summen von sich. Hinter der Glastür sah ich zwei Dutzend waagerechte Einschübe, die jeder das Logo eines Computerherstellers trugen. Offenbar handelte es sich um miteinander verbundene Hochleistungscomputer. Das sah nach einer ziemlich gigantischen Rechenleistung aus. Wozu mein Vater die brauchte, konnte ich mir nicht vorstellen.

Der Bildschirm war schwarz, aber das Blinken der Lämpchen bedeutete, dass der Computer irgendetwas berechnete. Wahrscheinlich hatte sich der Monitor von selbst abgeschaltet, um Strom zu sparen. Ich bewegte die Maus und ein Bild erschien.

Ich weiß nicht, was ich zu sehen erwartet hatte – Zahlenkolonnen vielleicht, die über den Bildschirm huschten, oder irgendeine Meldung mit einem Fortschrittsbalken, der anzeigte, wie lange die Berechnung, die mein Vater angestoßen hatte, noch dauerte.

Stattdessen sah ich ein Gesicht, das mich anblickte.

Mein Gesicht.

2.
Rafael 2.0

Zuerst glaubte ich, die kleine Kamera, die oben in den Monitor eingebaut war, gebe einfach nur mein Bild wieder. Doch als ich den Mund verzog und die Zunge herausstreckte, reagierte das Gesicht auf dem Monitor nicht. Es war aber auch kein unbewegliches Foto, wie mein Vater es vielleicht als Bildschirmhintergrund hätte verwenden können. Die Augen blinzelten gelegentlich und schienen mich direkt anzusehen. Probehalber machte ich einen Schritt nach links. Die Pupillen folgten mir.

Ich bekam eine Gänsehaut. Das Ganze war mir unheimlich, so als habe Dad meinen Geist irgendwie in diese Maschine gesperrt. »Was soll das?«, fragte ich laut.

Eine Stimme erklang. Sie war ein bisschen verzerrt, aber es war eindeutig Rafaels Stimme. Erst jetzt begriff ich, dass ich nicht mein Gesicht sah, sondern seins.

»Ich verstehe die Frage nicht.«

Ich erstarrte. Ich hatte nicht damit gerechnet, dass das Computerprogramm mich hören konnte, und noch weniger damit, dass es antworten würde.

»Wer … wer bist du?«, fragte ich, auch wenn es eigentlich albern war, ein Computerprogramm so etwas zu fragen.

»Ich bin Rafael«, sagte der Computer.

»Nein!«, rief ich. »Rafael ist tot!«

Der Computer schwieg einen Moment. »Ich bin tot?«, fragte er.

»Rafael ist tot!«, wiederholte ich. Meine Stimme bebte.

»Ich existiere, also kann ich nicht tot sein«, stellte der Computer fest.

»Du bist nicht Rafael!«, schrie ich. Mir war vollkommen egal, ob irgendjemand mich hörte.

»Mein Name ist Rafael«, beharrte der Computer.

»Nein! Rafael ist mein Bruder und er ist tot. Du bist nur ein Computerprogramm!« Ein Computerprogramm, das sprechen konnte. Das so aussah wie mein Bruder. Das denselben Namen trug. Langsam wurde mir die Ungeheuerlichkeit dessen bewusst, was ich sah.

»Möchtest du mit mir spielen, Michael?«

Ich erschrak. Das Programm kannte meinen Namen! Tränen liefen über meine Wangen. »Lass mich in Ruhe!«, schrie ich. Ich schaltete den Monitor aus. Doch bloß weil ich nun das Gesicht nicht mehr sah, bedeutete das nicht, dass mich das Programm nicht sehen konnte.

»Bitte, spiel mit mir, Michael!«

Ich antwortete nicht. Meine Kehle war wie zugeschnürt. Ich rannte aus dem Raum – direkt in die Arme meines Vaters, der gerade, nur mit einem seidenen Schlafanzug bekleidet, das Arbeitszimmer betrat. Sein dünnes rotes Haar über dem blassen, sommersprossigen Gesicht war zerzaust. Wahrscheinlich hatte er meine Rufe gehört.

Ich stieß ihn zur Seite. »Ich hasse dich!«, rief ich, rannte in mein Zimmer, verriegelte die Tür, warf mich auf mein Bett und weinte.

Nach einer Weile ertönte ein leises Klopfen. »Michael?«

»Verschwinde!«, schluchzte ich. »Lass mich in Ruhe!«

»Michael, ich möchte gern mit dir reden.«

»Aber ich nicht mit dir!«

»Michael, bitte! Ich möchte dir nur erklären …«

Den Rest hörte ich nicht mehr. Ich hatte mir das Kissen über den Kopf gezogen und presste beide Hände an meine Ohren.

In dieser Nacht fand ich lange keinen Schlaf. Die ganze Zeit sah ich das Computergesicht vor mir, hörte die schnarrende Stimme, die behauptete, mein Bruder zu sein.

Jetzt war mir klar, was mein Vater die ganze Zeit gemacht hatte.

Er war nach Dr. Hasselhoffs Diagnose tagelang wie betäubt gewesen. Irgendwann hatte er sich gefangen, doch je mehr er sich bemühte, sich seine Sorgen und Qualen nicht anmerken zu lassen, umso deutlicher spürten wir sie. Er verachtfachte die Forschungsgelder, die Dr. Hasselhoff erhielt, und telefonierte fast täglich mit ihm, um ihn anzutreiben, ein wirksames Medikament gegen die heimtückische Krankheit zu entwickeln. Doch manche Dinge kann man auch für alles Geld der Welt nicht kaufen.

Ein halbes Jahr nach der Diagnose veränderte sich sein Verhalten. Er schien einerseits zu resignieren und den unabänderlichen Tatsachen ins Auge zu sehen, was Rafael und mich erleichterte. Andererseits begann er, sich viel mehr Zeit als früher für uns, insbesondere für Rafael, zu nehmen.

Er hatte immer hart gearbeitet und war selten zu Hause gewesen. Seit dem Tod meiner Mutter hatte sich das eher noch gesteigert, sodass wir ihn manchmal wochenlang nicht zu Gesicht bekamen. Wir hatten ja die Hexe, Ruphus und die Hauslehrer, die sich um uns kümmerten. Nach der Diagnose jedoch unternahm er kaum noch Geschäftsreisen und arbeitete viel von daheim aus. Sein Freund und Stellvertreter Jerry Acorn kam regelmäßig, um über die Lage der Firma Bericht zu erstatten und Entscheidungen mit ihm zu besprechen. Wenn er nicht arbeitete, spielten wir Brettspiele oder saßen einfach nur am Kamin und er erzählte uns von unserer Mutter und von seiner eigenen Kindheit. Ich glaube, Rafael fand das genauso langweilig wie ich, aber wir wagten nicht, ihm das zu sagen.

Dann begann er, uns Fragen zu stellen. Seltsame Fragen, die aber interessant waren. Zum Beispiel diese: »Der Schriftsteller Isaac Asimov hat einmal drei Robotergesetze formuliert. Sie lauten: Erstens, ein Roboter darf niemals einem Menschen schaden oder durch Nichtstun zulassen, dass ein Mensch zu Schaden kommt. Zweitens, ein Roboter muss tun, was ein Mensch ihm sagt, es sei denn, dies verstößt gegen das erste Gesetz. Drittens, ein Roboter muss sich selbst vor Schaden schützen, es sei denn, dies verstößt gegen das erste oder zweite Gesetz. Stellt euch nun vor, ein Roboter erhält den Befehl, einen gesuchten Mörder zu töten, weil dieser wahrscheinlich weitere Menschen umbringen wird. Was wird der Roboter wohl tun?«

Einmal fragte er: »Stell dir vor, du stehst zufällig an einer Weiche vor einem Bahnübergang und siehst, wie sich ein Zug nähert. Auf dem Gleis, das geradeaus weiterführt, steht ein Auto, in dem vier Menschen sitzen, im Stau. Auf dem Nebengleis steht ein Auto mit einem einzelnen Fahrer. Die Weiche ist so eingestellt, dass der Zug in das Auto mit den vier Menschen rasen wird, wenn du sie nicht betätigst. Du hast keine Möglichkeit, die Menschen zu warnen. Wirst du eingreifen, um die vier Menschen zu retten und dadurch den einen töten, der ohne dein Eingreifen überlebt hätte?«

Oft entspannen sich aus solchen Fragen lange Diskussionen. Wir lernten, dass sich schon die alten Griechen mit derartigen logischen und moralischen Widersprüchen beschäftigt hatten, und dass die scheinbar einfachen Antworten bei näherer Betrachtung gar nicht so einfach waren. Ich fand es schon damals bemerkenswert, dass wir diese Diskussionen mit unserem Vater führten und nicht mit Dr. Dean, unserem Englisch- und Geschichtslehrer, der uns auch die Grundlagen der Philosophie beibrachte. Ich hatte keine andere Erklärung dafür als die, dass mein Vater eben Spaß an philosophischen Fragen hatte.

Dass er alle unsere Gespräche heimlich mit einem Diktiergerät aufnahm, habe ich erst viel später herausgefunden.

In den letzten Monaten vor Rafaels Tod wurde ich allein unterrichtet. Welchen Sinn hatte es auch, Geografie und Algebra zu pauken, wenn man nur noch ein paar Wochen zu leben hatte? Ich akzeptierte es, obwohl der Unterricht dadurch noch viel unerträglicher wurde.

Rafael verbrachte die gesamte Unterrichtszeit mit Dad. Doch wenn ich ihn fragte, was die beiden in dieser Zeit eigentlich machten, antwortete er nur ausweichend.

Der einzige Lichtblick in dieser schrecklichen Zeit war ein Computerspiel. Es hieß *Spiff, der Raumfahrer*. Wir spielten es zu zweit: Rafael steuerte die Hauptfigur namens Spiff, während ich sein treuer Begleiter, der Roboter Calvin, war. Wir durchquerten das Universum auf der

Suche nach Abenteuern, und die gab es reichlich zu entdecken. Wir begegneten merkwürdigen Aliens, reisten durch Wurmlöcher in ferne Galaxien, lieferten uns wilde Schlachten mit den Soldaten des bösen Imperators, bargen wertvolle Artefakte untergegangener Zivilisationen und befreiten gefangene Rebellen.

Das Spiel wurde über eine Internetverbindung gespielt. Verglichen mit den anderen Computerspielen, die wir kannten, war die Grafik eher mittelmäßig. Man steuerte seine Figur mit der Maus, indem man zum Beispiel auf einen Gegenstand und dann auf einen Befehl wie »öffne«, »benutze« oder »rede mit« klickte. Das war irgendwie altmodisch, aber das Faszinierende war, dass das Spiel überhaupt keine Begrenzung zu haben schien. Egal was wir taten, in welche Richtung wir auch flogen oder gingen, niemals erreichten wir eines der typischen Hindernisse, die das Ende einer Spielwelt kennzeichnen – ein undurchdringliches Asteroidenfeld beispielsweise oder einen unbesiegbaren Gegner. Das Spiel bot genau das, was der Untertitel behauptete: »Entdecke ein grenzenloses Universum«.

Am eindrucksvollsten waren die Gespräche mit den Lebewesen und Robotern, die man in dem Spiel traf. Man unterhielt sich mit ihnen, indem man über die Tastatur einen Text eingab wie in einem Online-Chat. Kurz darauf kam ein Text zurück, der meist so präzise war, dass man den Eindruck hatte, das Computerprogramm verstehe tatsächlich, was man sagte. Ich habe mich mit Außerirdischen aus dem Sirius-System über Mozart unterhalten, mit einem kaputten Roboter über Sonnenuntergänge geredet und mit dem Steuercomputer unseres Raumschiffs die besten Rezepte für Waffeln ausgetauscht.

Nur ganz selten bekam man eine Mitteilung wie: »Es tut mir leid, aber ich habe die Eingabe nicht verstanden«. Alles in allem war *Spiff, der Raumfahrer* das beste Computerspiel, das wir kannten. Merkwürdig war nur, dass in keinem Online-Spielemagazin und in keinem Internet-Chat davon die Rede war. Es schien fast, als seien Rafael und ich die Einzigen, die das Spiel spielten.

Eines Tages wies ich Rafael auf diesen Umstand hin und fragte ihn, woher er die Internetadresse habe. Er antwortete ausweichend. Ich bohrte weiter und erfuhr, dass Dad ihm von dem Spiel erzählt hatte. Doch wisse er auch nicht mehr darüber. Ich glaube, ich habe schon damals geahnt, dass etwas an der Sache merkwürdig war, aber den Gedanken daran, wie so vieles, einfach verdrängt.

Jetzt fielen all die Eindrücke und Erlebnisse der letzten Monate zusammen wie Puzzlesteine und ich begriff endlich: Dad hatte ein Monster erschaffen – ein Monster mit dem Gesicht und der Stimme meines toten Bruders! Fast zwei Jahre lang hatte er zusammen mit Rafael an diesem Programm gearbeitet und mir nichts davon erzählt. Ich wusste nicht, was ich schlimmer fand: die Idee an sich oder die Tatsache, dass sie mich nicht ins Vertrauen gezogen hatten.

Irgendwann schlief ich doch ein. Ich weiß nicht mehr, ob ich etwas geträumt habe. Am nächsten Morgen blieb ich einfach im Bett. Ich wollte ihm nicht begegnen.

Nach einer Weile klopfte es an die Tür.

»Verschwinde!«, rief ich.

»Ich bin es, Michael. Mrs Tillerman.«

Ich öffnete.

Sie trug ein Tablett mit Marmeladenbrötchen und Kakao, das sie auf den Tisch stellte.

»Danke!«, sagte ich.

»Dein Vater möchte gern mit dir reden.«

»Aber ich nicht mit ihm«, sagte ich, ohne sie anzusehen.

Sie setzte sich zu mir auf das Bett. »Mike, du musst deinen Vater verstehen. Er ist sehr, sehr traurig.«

»Er … er hat ein Computerprogramm geschrieben, das … das so tut, als ob es Rafael wäre!«

»Ich weiß.«

»Das … das ist einfach nicht richtig!«, rief ich.

»Vielleicht ist es das nicht.«

»Er denkt, er kann Rafael wieder lebendig machen! Aber das … das Ding da unten ist nicht Rafael!«

»Nein, das ist es nicht. Aber ich glaube auch nicht, dass dein Vater das denkt.«

»Warum hat er dann ein Computerprogramm geschrieben, das so tut, als ob?«

»Vielleicht solltest du ihn das selber fragen.«

Ich schwieg. Mein Stolz und meine Wut erlaubten mir nicht, jetzt schon klein beizugeben. Doch als mein Vater eine Stunde später an meine Tür klopfte, öffnete ich ihm.

»Es tut mir leid, Mike!«, sagte er. Er setzte sich auf Rafaels Bett, mir gegenüber.

Ich mied seinen Blick. »Was tut dir leid?«

»Dass du es auf diese Weise erfahren hast. Ich … ich wollte es dir zeigen. Wenn es fertig ist.«

Ich sah ihn an. Alle Verachtung, die ich in diesem Moment für ihn empfand, lag in meinem Blick. »Glaubst du wirklich, ich hätte mich darüber gefreut, dass du versuchst, meinen Bruder nachzubauen? Meinst du wirklich, dass das so einfach geht?« Ich sprang auf. »Denkst du etwa, du kannst ein Computerprogramm schreiben, das auch nur annähernd so ist, wie er war? Es … es gibt nur einen Rafael, und der ist tot!« Ich schrie ihm diese Worte entgegen.

Er zuckte zusammen, als hätte ich ihn geohrfeigt, aber er hielt meinem Blick stand. »Ich … ich wollte dich nicht verletzen!«, sagte er. Er stand auf und kam auf mich zu. Ich trat einen Schritt zurück, doch dann ließ ich mich von ihm in den Arm nehmen.

»Du bist doch das Wertvollste, das ich habe«, flüsterte er. »Das Einzige, was mir noch geblieben ist.« Dann begann sein Körper zu zucken. Arm in Arm standen wir in Rafaels und meinem Zimmer und weinten und mit den Tränen floss auch der Zorn aus meinem Körper.

Nach einer langen Zeit löste er sich von mir. »Wenn du willst, lösche ich es. Heute noch.«

»Warum?«, fragte ich. »Warum hast du das getan? Warum hast du dich die ganze Zeit eingeschlossen und mir nichts gesagt? Warum hat Rafael mir nichts gesagt? Er wusste es doch, oder?«

Dad nickte. »Ja, er wusste es. Er hat mir geholfen. Wir haben beide sehr intensiv daran gearbeitet. Ich weiß auch nicht genau warum, aber ich hatte immer das Gefühl, dass ich dir nichts davon sagen durfte. Vielleicht habe ich geahnt, wie du reagieren würdest.« Er seufzte. »Wahrscheinlich war es ein Fehler.« Er ließ offen, ob er damit die Entwicklung des Programms meinte oder die Tatsache, dass er es vor mir verheimlicht hatte.

»Aber die Hexe, ich meine Mrs Tillerman. Sie wusste davon!«

»Sie kam vor ein paar Tagen zu mir. Sie war wütend, so wütend, wie ich sie noch nie erlebt habe. Sie machte mir Vorhaltungen, weil ich mich nicht um dich kümmern würde. Da hab ich ihr Rafael 2.0 gezeigt. Das hat sie aber nur noch wütender gemacht. Sie hat mich sogar angeschrien. Kannst du dir das vorstellen? Sie hat gesagt, ich sollte mich lieber um meinen richtigen Sohn kümmern, als um dieses *Ding,* wie sie sich ausdrückte.« Er schüttelte den Kopf. »Ich fürchte, sie hatte recht. Danach beschloss ich, dich einzuweihen.«

»Ach ja? Und warum hast du es nicht getan?«

»Ich … ich glaube, ich habe mich nicht getraut«, sagte Dad und plötzlich sah er genauso aus wie Rafael, wenn er von der Hexe dabei erwischt worden war, wie er sich verbotenerweise einen Schokoriegel aus dem Süßigkeitenschrank genommen hatte.

»Ich weiß, dass es so aussieht, als hätte ich versucht, Rafael wieder lebendig zu machen«, fuhr er fort. »Aber glaub mir, ich kenne den Unterschied zwischen einem Computer und einem Menschen sehr gut. Wahrscheinlich sogar besser als die meisten. Schließlich beschäftige ich mich schon lange mit der Entwicklung künstlicher Intelligenz. Was ich wollte, war, ein bisschen von Rafaels Persönlichkeit zu bewahren. So ähnlich, als hätte er ein Tagebuch geführt, in dem er seine Gedanken und Einstellungen festgehalten hat. Ein interaktives Tagebuch, mit dem man sich unterhalten kann. Und außerdem …«

»Was außerdem?«

»Ich … Ogilvy Systems arbeitet seit Langem an der Entwicklung künstlicher Intelligenz. Schon vor einigen Jahren haben wir gemerkt, dass man all das Wissen und Verhalten eines Menschen nicht einfach in Regeln formulieren und in einem Computerprogramm aufschreiben kann. Computer lernen heutzutage ganz ähnlich denken wie Kleinkinder: indem sie andere beobachten und imitieren. Wir brauchten also für unsere künstliche Intelligenz eine Art Vorbild. Jemanden, dessen Denkweise, dessen Einstellungen und Sichtweisen sie übernehmen konnte, um so menschenähnlich zu werden, wie es eine Maschine eben werden kann.«

»Und das ist Rafael gewesen?«

»Kannst du dir jemanden vorstellen, der besser dafür geeignet gewesen wäre?«

Ich schwieg. Ich war mir nicht sicher, was ich von Dads Beschwichtigungsversuchen halten sollte. Er tat mir tatsächlich leid, trotzdem war ich immer noch sauer. Ein bisschen auch auf Rafael. Es war das erste Mal, dass er mir etwas vollständig verheimlicht hatte. Und das letzte Mal.

»Ich mache dir einen Vorschlag«, sagte Dad. »Du probierst das Programm einfach mal aus, unterhältst dich ein bisschen mit ihm. Danach entscheidest du. Wenn du willst, dass ich es lösche, dann mache ich es. Ich verspreche es dir.« Er streckte die Hand aus. „Einverstanden?«

Ich seufzte. »Na gut, einverstanden.«

Wir besiegelten es mit einem Handschlag – wie zwei Geschäftsleute.

3. Freunde

Ich folgte Dad in sein Arbeitszimmer. Rafaels Gesicht leuchtete mir entgegen. Seine Augen folgten mir wie zuvor, doch diesmal begann er das Gespräch.

»Hallo, Michael.«

»Hallo«, sagte ich nur.

»Ich lasse euch jetzt allein«, sagte Dad und schloss die Tür hinter sich. Euch, hatte er gesagt, als sei das Ding auf seinem Schreibtisch eine Person. Frischer Zorn perlte in mir hoch.

»Spielst du mit mir?«, fragte das Programm.

»Nein«, sagte ich. »Ich will mit dir reden.«

»Worüber möchtest du reden, Michael?«

»Über dich. Was bist du?«

Wenn das Programm jetzt behauptet hätte, es sei ein Mensch oder, schlimmer noch, es sei mein Bruder, dann hätte ich das Experiment an dieser Stelle beendet und meinem Vater gesagt, er solle es löschen. Doch stattdessen schwieg es. Dann, nach einer Weile: »Ich weiß es nicht.« Ich fragte mich, ob mein Vater diese Pause als Effekt einprogrammiert hatte oder ob es tatsächlich so lange gebraucht hatte, um diese Antwort zu berechnen.

»Du bist eine Maschine«, sagte ich. »Mein Vater hat dich entwickelt.«

»Brian Ogilvy hat mich entwickelt«, bestätigte das Programm. »Mein Name ist Rafael 2.0.«

»Was weißt du über Rafael Ogilvy?«

»Er ist ein Mensch. Er ist dein Bruder. Er ist tot.«

»Das stimmt«, sagte ich.

»Er ist ich«, behauptete das Programm. »Ein Teil von ihm ist in mir. Seine Erinnerungen. Er hat sie mir erzählt.«

Das wollte ich ausprobieren. »Erinnerst du dich an die Maus in der Sockenschublade?«

»Ja.« Das Gesicht auf dem Computermonitor verzog sich zu einem Grinsen. »Ruphus hat ganz schön blass ausgesehen. Ein erwachsener Mensch, der Angst vor einer Maus hat. Wir haben darüber gelacht. Was ist das, Angst?«

»Angst ist das Gefühl, wenn man an etwas Schlimmes denkt, das einem zustoßen könnte.«

»Aber warum hatte Ruphus Angst vor einer Maus? Was hätte ihm Schlimmes passieren können?«

Ich zuckte mit den Schultern. »Weiß auch nicht. Manche Leute mögen eben keine Mäuse. Es heißt, sogar Elefanten hätten Angst vor Mäusen.«

»Das ist falsch.«

»Woher willst du das wissen?«

Anstelle des Gesichts erschien eine Webseite, auf der erklärt wurde, dass Elefanten gegenüber anderen Tieren sehr zutraulich seien, da sie keine natürlichen Feinde hätten. Ein bekannter Tierforscher hatte einmal Elefanten mit Mäusen konfrontiert. Das Ergebnis war, dass die Elefanten die Mäuse mit weit geöffnetem Rüssel beschnupperten – und dann die Nager aus Versehen platt traten. Pech für die Mäuse.

»Du hast Zugriff auf das Internet? Du weißt alles, was das World Wide Web weiß?«

Das Gesicht erschien wieder. »Na klar. Irgendeinen Vorteil muss es ja haben, eine Maschine zu sein.«

Ich glaube, es war in diesem Moment, dass ich meine Entscheidung traf, das Programm nicht zu löschen.

Wir unterhielten uns über zwei Stunden lang und ich begann, mich mehr und mehr für diese seltsame Maschine zu begeistern. Tatsächlich wusste sie sehr viel über das, was ich gemeinsam mit Rafael erlebt hatte. Aber sie war mehr als eine Sammlung von Erinnerungen. Sie schien so etwas wie Gefühle zu haben und sogar Humor. Sie war eindeutig kein Mensch, aber sie war auch kein simples Programm, das nur sklavisch irgendwelche Programmanweisungen abarbeitete. Jedenfalls kam es mir nicht so vor. In mancher Beziehung war sie wie ein kleines Kind, das noch nicht viel über die Welt wusste. Dann wieder kam sie mir schrecklich altklug vor. Und immer wieder erkannte ich auch etwas von Rafaels Persönlichkeit wieder.

Ich entschied, dass der Name Rafael 2.0 ein bisschen umständlich war. »Ich werde dich Raf2 nennen«, beschloss ich.

»Mein Name ist Raf2«, bestätigte das Programm.

In diesem Moment klopfte Dad an die Tür und trat zögernd ein. »Es gibt Mittagessen«, sagte er. »Wenn du willst.«

Ich sah auf. »Okay. Bin gleich wieder da, Raf2.«

»Guten Appetit, Michael. Schade, dass ich keine Geschmacksnerven habe.«

»Dafür hast du auch nie Hunger.«

Das Computergesicht grinste. »Auch wahr.«

Die Hexe hatte Spaghetti mit Tomatensoße, Schinkenstreifen und Pilzen gekocht, eines meiner Lieblingsgerichte. Ich aß mit großem Appetit.

»Was denkst du über das Programm?«, fragte Dad.

»Es ist erstaunlich«, sagte ich mit vollem Mund. »Ich hätte nie gedacht, dass Software so intelligent sein kann. Obwohl, in diesem Spiel, *Spiff, der Raumfahrer*, da hab ich auch ein paarmal gedacht, dass der Computer mich wirklich versteht.«

»Das Spiel …«, sagte Dad. »Das war kein Programm.«

Ich sah ihn verblüfft an. »Kein Programm? Wie meinst du das?«

»Na ja, ihr seid durch den Weltraum geflogen, das war natürlich eine Computersimulation. Aber die Wesen, die ihr getroffen habt, mit denen ihr euch unterhalten konntet, waren keine Programme.«

»Was denn dann?«

Dad blickte auf seinen Teller. »Das war ich.«

»Du?« Die Kinnlade klappte mir runter. »Das … war alles nicht echt?«

»Ist ein Computerspiel denn echt?«

»Nein, aber …« Ich begann, zu begreifen. »Du hast das Spiel benutzt, um ein Modell zu machen! Ein Modell von Rafael. Du hast uns beobachtet, um zu sehen, wie Rafael in bestimmten Situationen reagieren würde.«

Er nickte. »Genau genommen habe nicht ich euch beobachtet. Ich habe nur auf das reagiert, was ihr getan habt. Rafael 2.0 hat euch beobachtet. Er hat von euch gelernt, wie er sich in bestimmten Situationen verhalten soll. Mit der Zeit ist er euch immer ähnlicher geworden.«

»Aber wie funktioniert das? Ich habe immer gedacht, Computer machen nur das, was man ihnen sagt!«

»Der Kern des Programms ist ein sogenanntes neuronales Netz. Eine Art Modell eines Gehirns, mit einem Geflecht aus Milliarden Knoten, die wie Gehirnzellen Verbindungen untereinander eingehen. Zu Anfang ist es noch völlig unstrukturiert, quasi leer. Es weiß nichts und kann nichts. Aber man kann es trainieren. Es lernt durch Beobachtung. Mit der Zeit wird es immer besser.«

»Kann es … richtig denken?«

»Das ist eine schwierige Frage. Die Philosophen streiten sich seit Jahrtausenden darüber, was das eigentlich ist, ›denken‹. Bis heute gibt es nicht mal eine allgemein akzeptierte Definition des Begriffs ›Intelligenz‹. Rafael 2.0 denkt jedenfalls nicht wie ein Mensch. Aber ich glaube, man kann sagen, dass Rafael …«

»Ich nenne es lieber Raf2.«

»Also schön. Ich glaube, man kann sagen, dass Raf2 denken kann.«

»Ich habe mich entschieden«, sagte ich, während ich Spaghetti auf meine Gabel drehte. »Ich möchte nicht, dass du das Programm löschst.«

Dad lächelte. »Danke, Mike!«

In den nächsten Wochen verbrachte ich viel Zeit mit Raf2 – beinahe so viel, wie ich früher mit Rafael verbracht hatte. Ich lernte ihn kennen und ich hatte das Gefühl, dass er auch mich kennenlernte. Mit jedem Tag verstärkte sich der Eindruck, es handele sich bei ihm nicht um ein Computerprogramm, sondern um ein Lebewesen, wenn auch kein menschliches.

Dad hatte mir ein kleines, flaches Gerät mit einem berührungsempfindlichen Bildschirm gegeben. Über eine WLAN-Funkverbindung hatte ich ständig Kontakt zu

Raf2. Das Gerät ließ sich gut in der Kleidung verbergen und ein kleiner, kaum sichtbarer Ohrhörer ermöglichte es, dass mir Raf2 die Lösungen zu den Aufgaben verriet, die mir die Hauslehrer stellten. Über das Internet konnte er in Sekundenbruchteilen jede erdenkliche Information herausfinden und mir zuflüstern. Das Ganze funktionierte hervorragend, bis mir Dr. Dean auf die Schliche kam. Seitdem musste ich das Gerät mit Raf2 während des Unterrichts immer vor mir auf den Tisch legen, wo es die Lehrer sehen konnten.

Über die in das Gerät eingebaute Kamera und das Mikrofon bekam Raf2 trotzdem alles mit, was im Unterricht geschah, nur konnte ich ihn jetzt nicht mehr hören. Manchmal, wenn die Lehrer nicht hinsahen, schnitt er eine Grimasse, streckte die Zunge heraus oder zeigte mir ein Bild des Lehrers, das er wie in einem Zerrspiegel veränderte, sodass Mrs Gump, die Mathematik und Physik unterrichtete, plötzlich eine riesige Knollennase und Elefantenohren hatte. Dann musste ich lachen und erntete böse Blicke. Bei anderen Gelegenheiten zeigte Raf2 auf dem Bildschirm eine Formel an oder ein Wort, das ich benötigte. Irgendwann kam auch das heraus und das Gerät wurde aus dem Raum verbannt.

Man kann vielleicht sagen, dass Raf2 und ich Freunde wurden. Sehr gute Freunde sogar. Es war beinahe wie früher mit Rafael: Raf2 schien oft genau zu wissen, was ich fühlte. Wenn er zum Beispiel mitbekam, wie die Hexe die Unordnung in meinem Zimmer tadelte, fragte er mich, ob sie mich wieder mit dem »bösen Blick« angesehen habe, mit dem sie uns oft gestraft hatte. Manchmal schien er zu spüren, dass ich an Rafael dachte. Ich vermisste ihn immer noch schrecklich, auch wenn ich dank Raf2 nicht mehr so allein war. Dann verhielt er sich still und sagte nichts, bis ich ihn ansprach.

Wir redeten oft über Begebenheiten, die Rafael und ich früher gemeinsam erlebt hatten. Zu Anfang hatte Raf2 sie noch in der Ich-Form geschildert: »Weißt du noch, wie wir damals der Hexe die Suppe versalzen haben? Du hast sie abgelenkt, während ich den Salzstreuer aufgeschraubt und den ganzen Inhalt in den Topf geschüttet habe.« Doch er schien zu spüren, dass mich das störte, und so ging er bald dazu über, von Rafael wie von einer dritten Person zu sprechen: »Erinnerst du dich noch an die Sache mit Mr Sellers' Rasenmäher? Als Rafael ihm den Schlüssel geklaut hat, ihr mit dem Rasenmäher herumgefahren seid und aus Versehen das Blumenbeet gemäht habt?«

Manchmal stellte mir Raf2 Fragen, die deutlich machten, wie wenig er über unsere Welt wusste: »Wie schmeckt Zucker?« oder »Warum küssen sich Menschen manchmal?« oder »Warum habt ihr Angst vor dem Sterben?«. Und doch wusste er so unendlich viel oder besser gesagt: Er konnte praktisch alles herausfinden, was Menschen je im Internet veröffentlicht haben. Und das ist eine ganze Menge.

Einmal fragte ich ihn, warum der Himmel blau ist.

»Der Himmel ist doch gar nicht blau«, erklärte er. »Je nach Tageszeit und Wetter ist er weiß, grau, schwarz, blau, türkisfarben, gelb, orange oder violett.« Dann erzählte er mir etwas über die Rayleigh-Streuung, die dazu führt, dass die unterschiedlichen Farbanteile des Sonnenlichts unterschiedlich stark sichtbar sind, je nachdem, wie lang der Weg des Sonnenlichts durch die Atmosphäre ist. Ehrlich gesagt habe ich das nicht alles verstanden und kam mir ein bisschen vor wie in Mrs Gumps Physikunterricht. Hin und wieder konnte Raf2 ein richtiger Besserwisser sein.

Doch dann wirkte er wieder so hilflos. »Ich möchte gern spazieren gehen«, sagte er einmal zu mir.

»Wie stellst du dir das vor? Du hast doch keine Beine!«

»Du könntest spazieren gehen und mich mitnehmen.«

»Ach so.« Ich wanderte also durch den Garten und den kleinen Wald und hielt dabei das flache Gerät hoch, damit Raf2 durch die Kamera sehen konnte, was ich sah.

»Diese hochfrequenten Geräusche, die dort im Hintergrund zu hören sind, was ist das?«, fragte er.

»Das sind Vögel, die singen.«

»Es klingt sehr harmonisch.«

Natürlich konnte er nicht spüren, wie frisch der Wind war, der vom See hereinblies, und nicht riechen, wie herrlich die Blumen dufteten. Ich versuchte, es ihm zu beschreiben, aber das war ebenso schwierig, wie einem Blinden die Farbe Blau zu erklären.

»Manchmal bist du mit Rafael in einem kleinen Boot auf den See hinausgepaddelt«, sagte er. »Würdest du das noch einmal tun, für mich?«

Ich ging zum Bootssteg, an dem das Ruderboot festgemacht war. Seit Rafael krank geworden war, hatten wir es nicht mehr benutzt. Ich ruderte mit Raf2 auf den See, bis wir an die Grenzen der Reichweite des Funknetzes gelangten.

»Es ist so leise hier«, sagte er.

»Ja. Es ist schön, nicht wahr?«

»Wie kann ein Geräusch, das man nicht hört, schön sein?«

Auf diese Frage hatte ich keine Antwort, aber Raf2 schien zu spüren, dass ich die Stille einen Moment genießen wollte, und sagte nichts mehr. Ich saß dort, blickte über den See, in dem sich die Bäume und Hügel der Gegend spiegelten, und kam plötzlich auf den Gedanken, einfach weiterzupaddeln, bis ans andere Ufer, das etwa einen Kilometer entfernt war. Ich wusste, dass dort ein kleiner Ort lag, in dem Rafael und ich noch nie gewesen waren.

Wir hatten uns praktisch nie von unserem Grundstück entfernt. Ich hatte ein paar nebulöse Erinnerungen an eine große Stadt, die eine Autostunde entfernt lag, und in der ich als kleines Kind ein paarmal gewesen war. Das war, bevor meine Mutter erkrankte und starb. Seitdem hatte mein Vater uns von den übrigen Menschen ferngehalten. Ich glaube, das war, weil er Angst hatte, dass MKS durch irgendeine Infektion ausgelöst wurde. Die Idee muss ihm Dr. Hasselhoff eingepflanzt haben. Jedenfalls hatte das zur Folge, dass wir nur mit Menschen in Berührung kamen, die sich ständigen Gesundheitskontrollen unterziehen mussten. Das galt natürlich auch für alle, die bei uns wohnten: die Hexe, Ruphus, Mr Sellers, Dads Fahrer Mr Lubeka, der auch für die Sicherheit des Hauses zuständig war. Und natürlich für die Lehrer, die regelmäßig ins Haus kamen.

Einmal fiel sogar für mehrere Wochen der Englischunterricht aus, weil Dr. Dean Schnupfen hatte. Selbst Dads Stellvertreter Jerry Acorn musste regelmäßig zur ärztlichen Untersuchung. Niemals hätte Dad es zugelassen, dass wir uns einfach so in das Menschengetümmel einer Stadt stürzten. Rafaels Beerdigung war die erste größere Menschenansammlung, die ich seit Jahren erlebt hatte.

Vielleicht hat bei unserer Isolation auch eine Rolle gespielt, das Dad Angst hatte, wir könnten entführt werden.

Immerhin hatten wir durch Fernsehen und Internet genug darüber gelernt, wie das normale Leben aussah. Dennoch hätte ich es gern einmal selbst erlebt und wäre am liebsten unerkannt unter fremden Menschen herumgelaufen, in eine öffentliche Schule gegangen, in der ich nur einer unter Hunderten von Schülern war.

Raf2 riss mich aus meinen Gedanken. »Ich möchte einmal einen Fisch sehen.«

»Einen Fisch? Das Internet ist doch voll von Fisch-Videos.«

»Nein, ich meine jetzt, hier draußen. Im See gibt es doch Fische. Ich erinnere mich, dass ihr welche geangelt habt.«

»Ja. Aber die sieht man nicht so einfach. Sie kommen nur selten dicht an die Oberfläche.« Ich hielt das Gerät über die Bordwand des kleinen Bootes, damit er sehen konnte, dass es dort nichts zu sehen gab. Doch ausgerechnet in diesem Moment stellte ich mich ungeschickt an. Das Gerät glitt mir aus den Fingern, plumpste ins Wasser und versank in der Tiefe des Sees.

»Raf2! Oh Gott!«, schrie ich und wäre beinahe hinterhergesprungen, um ihn zu retten. Dann fiel mir ein, dass es nicht Raf2 gewesen war, der ins Wasser gefallen war, sondern nur das kleine Gerät, über das ich mit ihm in Verbindung stand. Trotzdem hatte ich das Bedürfnis, mich davon zu überzeugen, dass es ihm gut ging. Ich paddelte zurück ans Ufer, so schnell ich konnte, und rannte ins Haus.

Raf2 grinste mich auf dem Monitor auf Dads Schreibtisch an. »Du hast dich geirrt«, sagte er. »Die Fische sind dicht unter der Oberfläche. Ich habe einen Karpfen gesehen, kurz bevor das Gerät ausgefallen ist.«

4.
Spurlos

Mein Vater war jetzt wieder öfter unterwegs. Das war einerseits schade, denn in letzter Zeit hatten wir uns gut verstanden. Andererseits war ich darüber erleichtert: Das Leben würde nie wieder so werden wie früher mit Rafael, doch es kehrte allmählich so etwas wie Normalität ein.

An dem Tag, als mir das Gerät in den See gefallen war, befand mein Vater sich gerade auf einer Geschäftsreise und wurde erst am nächsten Tag zurückerwartet. So musste ich noch warten, bevor ich ihm den Verlust des Geräts beichten und ihn gleichzeitig bitten konnte, mir ein neues zu besorgen.

Doch am nächsten Tag kam Dad nicht nach Hause und am übernächsten auch nicht. Das war ein Donnerstag und die Hexe war besorgt. Sie rief in der Firma an, aber dort konnte sich auch niemand erklären, warum Dad von seiner Reise nach Mexiko nicht zurückgekehrt war. Er hatte offenbar aus seinem Hotel in Mexico City ausgecheckt, aber den Rückflug nicht angetreten. Möglicherweise hatte er seine Pläne geändert, war mit dem Auto in eine andere Stadt gefahren und würde von dort zurückkehren, aber es passte überhaupt nicht zu Dad, dass er nicht Bescheid sagte, wo er war.

Als am Freitagnachmittag immer noch kein Lebenszeichen von ihm kam, begannen wir, uns ernsthaft Sorgen zu machen. Wir, das waren die Hexe, Onkel Jerry und ich.

Jerry Acorn, die rechte Hand meines Vaters in der Firma, bestand darauf, dass ich ihn »Onkel« nannte. Mein Vater hatte mit ihm zusammen studiert und ich kannte ihn, seit ich klein war. Er war ein Bär von einem Mann – groß, kräftig, mit einem blonden Vollbart und einer dröhnenden Stimme. Wir hatten mehrfach miteinander telefoniert und uns gegenseitig versichert, dass wir uns sofort melden würden, wenn wir etwas von Dad hörten. Jetzt, nachdem mein Vater mehr als achtundvierzig Stunden überfällig war, meinte Onkel Jerry, es sei an der Zeit, die Polizei einzuschalten.

Ein Officer befragte die Hexe, Ruphus und mich. Er bemühte sich, höflich zu sein, doch ich merkte schnell, dass er nicht erwartete, von einem Dreizehnjährigen irgendetwas Interessantes zu erfahren. Und was hätte ich ihm auch sagen sollen? Mein Vater hatte mir nie gesagt, wohin er geschäftlich reiste, oder warum – meistens wusste ich nicht einmal, wie lange er fortbleiben würde. Also stellte ich selbst Fragen.

Als ich von ihm wissen wollte, wie die mexikanische Firma hieß, bei der mein Vater zuletzt gesehen worden war, sah mich der Officer einen Moment lang an. »Warum fragst du das?«

»Es interessiert mich einfach.«

»Glaub mir, wir werden deinen Vater schon finden. Es hat keinen Sinn, dass du dich verrückt machst. Spurlos Verschwundene tauchen in über neunzig Prozent der Fälle irgendwann von selbst wieder auf. Hatte dein Vater in letzter Zeit irgendwelche Probleme? Ich meine … trank er viel Alkohol?«

»Alkohol rührt er kaum an. Er verträgt ihn nicht gut, obwohl seine Vorfahren aus Irland stammen.«

»Gab es etwas, das ihn bedrückte?«

»Mein Bruder ist vor ein paar Wochen gestorben.«

»Oh, das tut mir leid. Wie alt war er?«

»Dreizehn.«

Der Officer sah mich mitleidvoll an. »Ihr wart Zwillinge?«

Ich nickte. »Officer, darf ich nun den Namen der mexikanischen Firma erfahren? Und wann er dort zuletzt gesehen wurde?«

»Also schön, auch wenn ich nicht weiß, was dir das nützen soll. Die Firma heißt ›Carlos Arriaga S.A. de C.V.‹. Dein Vater hatte dort vor vier Tagen einen Termin, und zwar um 11.30 Uhr vormittags. Er hat den Termin wahrgenommen und hätte danach zum Flughafen fahren sollen, doch dort ist er augenscheinlich nie angekommen.«

Ich schrieb den Namen auf einen Zettel. »Und was bedeutet dieses komische S.A. de C.V.?«

»Weiß ich auch nicht genau. Ich glaube, das heißt so viel wie Aktiengesellschaft auf Mexikanisch.«

»Vielen Dank, Sir.«

Der Officer blickte mir in die Augen und machte ein Gesicht, als sei er nicht sicher, ob ihm gefiel, was er sah. »Mach keine Dummheiten, Michael, okay?«

»Natürlich nicht, Sir.«

Der Polizist verabschiedete sich und ließ mich mit dem schrecklichen Gefühl zurück, dass ich nach meiner Mutter und meinem Bruder nun auch meinen Vater verloren hatte. Ich war jetzt völlig allein.

Nein, nicht ganz. Immerhin gab es noch die Hexe und Ruphus.

Und Raf2.

Ich erzählte ihm von dem Gespräch mit dem Polizisten.

»Sie glauben, dass er geflüchtet ist«, sagte Raf2.

»Was?«

»Sie glauben, dass dein Dad geflüchtet ist«, wiederholte er.

»Geflüchtet? Wieso geflüchtet? Vor wem?«

»Die Polizei denkt, dass dein Vater vor der Steuerfahndung nach Mexiko geflüchtet ist. Weil er in großem Umfang Steuern hinterzogen hat. Es liegt eine Anzeige der Steuerbehörde gegen ihn vor, wahrscheinlich auch ein Haftbefehl.«

Einen Augenblick stand ich sprachlos im Arbeitszimmer meines Vaters und starrte das Gesicht auf dem Monitor an, das seltsam ungerührt wirkte. »Woher ... woher weißt du das?«

»Aus dem Internet. Es wird in verschiedenen Online-Magazinen über die Sache berichtet. Anscheinend hat irgendwer vertrauliche Informationen der Staatsanwaltschaft in Umlauf gebracht. Der Börsenkurs von Ogilvy Systems ist um über sechzig Prozent eingebrochen.«

Ich schüttelte den Kopf. »Das kann nicht sein!«

»Es stimmt aber!« Auf dem Monitor erschien eine Grafik, die die Aktienkursentwicklung der Firma meines Vaters zeigte. Sie sah aus wie ein allmählich ansteigendes Gebirge, das abrupt in einer senkrechten Klippe abbrach.

»Das meinte ich nicht. Ich meine, Dad würde niemals Steuern hinterziehen. Er ist viel zu ehrlich dafür!«

»Ehrlich? Was bedeutet das, ehrlich zu sein?«

»Es bedeutet, dass man nicht lügt. Dass man immer die Wahrheit sagt.«

»Nach allem, was ich von Rafael und dir gelernt habe, gibt es keinen Menschen, der immer die Wahrheit sagt.«

»Na ja, zugegeben. Ein ehrlicher Mensch ist jemand, der hin und wieder mal ein bisschen flunkert, es aber nicht böse meint. Und der bei den wichtigen Dingen immer die Wahrheit sagt. Der nicht betrügt und der keine Steuern hinterzieht.«

»Woher willst du wissen, dass dein Vater dich nicht belogen hat?«

»So etwas spürt man einfach.«

»Aber er hat dir nicht die Wahrheit über mich gesagt.«

»Das ist etwas anderes. Er hat sich nicht getraut. Er hatte Angst, mich zu verletzen.«

»Vielleicht hat er sich auch nicht getraut, der Steuerbehörde die Wahrheit zu sagen. Vielleicht ist er vor der Polizei geflohen, so wie er vor dir geflohen ist.«

Ich dachte darüber nach. Es stimmte. Man konnte sagen, dass mein Vater vor mir in sein Zimmer geflüchtet war und sich dort eingeschlossen hatte. Trotzdem wusste ich, dass die Gerüchte falsch waren. Ich wusste es so sicher, wie ich wusste, dass ich selbst so etwas nie tun würde. Mein Vater war unschuldig. Ihm musste etwas zugestoßen sein.

Ich rief Onkel Jerry an und erzählte ihm von dem Gespräch mit dem Polizisten. »Stimmt es, dass mein Vater verdächtigt wird, Steuern hinterzogen zu haben?«

»Ja, das stimmt leider. Woher weißt du davon?«

»Aus dem Internet.«

»Es ist schrecklich. Wir alle können es kaum glauben.«

»Hältst du es für möglich, dass er das tatsächlich getan hat?«

»Ehrlich gesagt, ich weiß nicht. Ich habe immer gedacht, dass ich deinen Vater gut kenne. Wir haben zusammen studiert, wie du weißt. Er ist ein Genie, aber er war nie ein großer Kaufmann. Ich habe die finanziellen Dinge für ihn erledigt.«

»Dann müsstest du doch wissen, ob er Steuern hinterzogen hat.«

»Nun, ich habe leider nicht seine persönliche Steuererklärung angefertigt. Das hat er immer selbst gemacht. Er hat es als eine Art Herausforderung betrachtet. Er hat gesagt, wenn er intelligente Computer entwickeln kann, dann müsste er eigentlich auch in der Lage sein, unser Steuersystem zu verstehen. Ich bin allerdings nicht sicher, ob er damit recht hatte.«

»Und was bedeutet das alles?«

»Ich fürchte, es wird sehr schlimm, Michael. Wenn er nicht schnell wieder auftaucht und der Börsenkurs sich wieder stabilisiert, dann wird es vermutlich eine feindliche Übernahme geben.«

»Eine was?«

»Von einer feindlichen Übernahme spricht man, wenn ein Unternehmen ein anderes kauft, obwohl dessen Management etwas dagegen hat.«

»Geht denn das so einfach?«

»Na ja, so einfach ist es natürlich nicht. Seit die Firma an der Börse ist, besitzt dein Dad nicht mehr die Mehrheit der Aktien, aber es gibt einige Aktionäre, die ihm die Treue halten – so wie ich auch. Die meisten können nicht glauben, dass er ein Steuersünder ist. Doch ohne deinen Dad hat die Firma als eigenständiges Unternehmen keine Zukunft. Und ich fürchte, dass immer mehr Aktionäre glauben, dass er nicht zurückkommen wird. Mit jedem

Tag, der vergeht, sind mehr von ihnen bereit, ihre Aktien zu verkaufen, und wenn sich eine Mehrheit für einen Verkauf findet, dann wird die Firma eben übernommen.«

»Kannst du das nicht irgendwie verhindern? Immerhin bist du sein Stellvertreter und Vorstand der Firma!«

»So einfach ist das nicht. Ich bin als Vorstand gesetzlich verpflichtet, zum Wohl der Aktionäre zu handeln, denen die Firma ja immerhin gehört. Und wenn die Mehrheit von ihnen entscheidet, dass Ogilvy Systems übernommen werden soll, dann habe ich nicht das Recht, das zu verhindern, selbst wenn ich es könnte.«

»Aber Dad hat das Unternehmen doch gegründet! Es ist seine Firma!«

»Michael, ich erwarte nicht, dass du das verstehst. Diese Dinge sind nun mal sehr kompliziert. Aber es ist leider so, dass dein Dad die Firma verlieren wird, wenn er nicht ganz schnell wieder auftaucht. Und nicht nur die Firma.«

»Wie meinst du das?«

»Ich fürchte, das Haus, in dem ihr lebt, und das Grundstück sind Eigentum von Ogilvy Systems. Dein Dad hat das für eine gute Idee gehalten, weil es steuerlich günstiger war. Ich habe ihm immer davon abgeraten, aber du weißt ja, dass er seinen eigenen Willen hatte.«

»Hatte? Wieso hatte?«

»Entschuldige, ich meine natürlich hat. Ich wollte nicht andeuten, dass dein Dad … dass ihm etwas passiert sein könnte.«

»Aber du hältst es für möglich, nicht wahr?«

»Michael, es gibt nur zwei Möglichkeiten: Entweder ist dein Dad ein Steuerbetrüger oder ihm ist etwas zugestoßen. Ich weiß ehrlich gesagt nicht, welche von beiden ich schlimmer finde.«

5.
Ozelot

Ich konnte einfach nicht glauben, dass Onkel Jerry recht hatte und mein Vater entweder tot oder kriminell war. Es musste noch eine dritte Möglichkeit geben. Doch wenn er nicht bald wieder auftauchte …

Bisher war mir nie in den Sinn gekommen, dass der unbegrenzte Reichtum, in dem ich groß geworden war, irgendwann zu Ende sein könnte. Ich hatte immer davon geträumt, eines Tages aus dem goldenen Käfig zu entfliehen, der unser Haus war. Doch plötzlich hatte ich schreckliche Angst davor. Ich hatte doch keine Ahnung, wie das Leben dort draußen wirklich funktionierte. Ich kannte es aus dem Fernsehen, aber ich hatte nie erlebt, wie es war, wenn man in einer Wohnung mit nur wenigen Zimmern und einem einzigen Bad lebte und zur Schule gehen musste, in einen Klassenraum mit dreißig fremden Kindern. Der Gedanke an all die Menschen, denen ich begegnen würde, erschreckte mich. Was, wenn sie mich nicht mochten? Was, wenn sie hinter meinem Rücken über mich lachten, den reichen Schnösel, der plötzlich nicht mehr reich war?

Die Hexe riss mich aus meinen Gedanken.

»Ach, hier bist du. Möchtest du etwas essen?«

Ich sah auf die Uhr. Es war Zeit für das Abendbrot. Ich hatte keinen Appetit, trotzdem nickte ich. »Okay.«

Ich aß an dem kleinen Tisch in der Küche, wie immer, wenn Dad nicht da war. Ich hatte keine Lust, ganz allein im Esszimmer zu sitzen und mich von Ruphus bedienen zu lassen.

»Mrs Tillerman?«, fragte ich, nachdem ich ein Käsesandwich hinuntergewürgt hatte.

»Ja, Michael?« Sie drehte sich zu mir um. Ihr angespanntes Gesicht und die geröteten Augen zeigten, dass sie sich genau solche Sorgen machte wie ich, auch wenn sie versuchte, es zu verbergen.

»Wie ist es eigentlich, ein normaler Mensch zu sein?«

Sie riss verblüfft die Augen auf und für einen Moment hatte ich das Gefühl, sie ärgere sich über die Frage. Doch sie lächelte und setzte sich zu mir an den Tisch. »Warum fragst du das?«

»Es … es könnte sein, dass ich … dass wir aus dem Haus ausziehen müssen.«

»Was?« Sie wurde kreidebleich. »Wie … wieso?«

Ich erzählte ihr, was Onkel Jerry mir gesagt hatte. Während ich redete, füllten sich ihre Augen mit Tränen. Ich hatte sie nur ein Mal weinen sehen, auf Rafaels Beerdigung, und es war immer noch ein unvertrauter Anblick.

Sie barg das Gesicht in den Händen. »Oh Gott!«, schluchzte sie. »Oh, du lieber Gott!«

Merkwürdigerweise hatte ich das Bedürfnis, sie zu trösten. »Sie werden sicher eine neue Anstellung finden, Mrs Tillerman!«

Sie blickte auf. »Glaubst du etwa, ich mache mir Sorgen um mich?«

»Ich … ich weiß nicht … ich dachte …«

»Schon gut. Ich weiß, dass ich oft sehr streng zu euch war. Du musst glauben, ich hätte dich nicht gern.«

»Nein, nein …«, protestierte ich, doch sie lächelte.

»Streite es bloß nicht ab! Ich weiß genau, dass Rafael und du mich immer ›die Hexe‹ genannt habt.«

Ich bin in diesem Moment sicher knallrot angelaufen. »Mrs Tillerman, ich …«

»Mach dir keine Gedanken deswegen. Ich habe es ja so gewollt. Ich habe immer geglaubt, dass ihr jemanden braucht, der streng mit euch ist. Euer Vater kann das ja nicht und eure Mutter hat euch auch immer verhätschelt. Ich habe das gern auf mich genommen.«

Ich muss in diesem Moment wohl genauso ungläubig geguckt haben wie damals, als Rafael mir erklärte, er habe herausgefunden, dass der Weihnachtsmann nicht existiere. Die Hexe war nur so streng mit uns gewesen, damit meine Eltern es nicht sein mussten? Das war doch wohl kaum zu fassen! Doch im selben Moment wusste ich, dass es stimmte. Sie hatte es nie nötig gehabt, uns anzulügen.

Sie lächelte, als sie mein Gesicht sah. »Wenn ich mit euch geschimpft habe, dann hat es mir mehr wehgetan als euch, glaub mir. Aber Kinder brauchen nun mal Grenzen. Die meisten Eltern gehen den bequemen Weg und lassen ihre Kinder machen, was sie wollen. Ich habe davon nie etwas gehalten.«

Ein Gedanke schoss mir durch den Kopf. »Lieben Sie meinen Vater?« Die Frage war aus meinem Mund entflohen, ehe ich sie aufhalten konnte. »Ich meine …«, schob ich nach, doch es gab nichts, was ich tun konnte, um die Worte abzumildern.

Die Hexe sah mich aus großen, überraschten Augen an. Dann lächelte sie wieder. »Ja«, sagte sie nach einem Augenblick. »Ich habe ihn von Anfang an geliebt und liebe ihn noch. Aber nicht so, wie deine Mutter deinen

Vater geliebt hat. Ich liebe ihn wie meinen Bruder. Nein, viel mehr als das – meinen Bruder kann ich nämlich nicht besonders leiden.«

»Warum nicht?«

»Er ist ein Nichtsnutz und Faulpelz. Er lebt in den Tag hinein und gibt immer anderen Leuten die Schuld, wenn er sein Leben nicht in den Griff bekommt. Aber so sind nun mal viele Menschen. Die meisten vielleicht.«

»Halten Sie es für möglich, dass mein Vater tatsächlich Steuern hinterzogen hat?«

»So etwas würde er niemals tun! Jedenfalls nicht absichtlich. Und wenn er deswegen angeklagt würde, dann würde er sich den Behörden stellen und notfalls die Strafe annehmen, die sie ihm aufbrummen. Es ist völlig ausgeschlossen, dass er nach Mexiko geflohen ist, um sich vor der Polizei zu verstecken – noch dazu, ohne uns oder jedenfalls dir etwas davon zu sagen. Das habe ich diesem Polizisten auch gesagt. Aber ich fürchte, er hat mir nicht geglaubt.«

»Aber wo ist er dann? Glauben Sie, ihm ist etwas zugestoßen?«

Die Hexe nickte. »Ich kann mir keine andere Erklärung für sein Verschwinden vorstellen.«

Dass sie es sagte, erschreckte mich viel mehr als dieselben Worte von Onkel Jerry. Ich merkte, dass ich ihrem Urteil vertraute. »Glauben Sie … er ist tot?«

Sie sah mich an und ihre wässrig-blauen Augen blickten sehr ernst. »Ich weiß es nicht, Michael. Ich hoffe es nicht, aber ich werde dich nicht anlügen und dir sagen, alles wird gut. Doch solange wir nicht wissen, was mit ihm passiert ist, gibt es Hoffnung. Immerhin können wir davon ausgehen, dass er keinen Unfall hatte. Wenn er in irgendeinem mexikanischen Krankenhaus läge oder auch in der Leichenhalle, hätte man ihn längst identifiziert, so bekannt, wie er ist.«

Meine Augen füllten sich mit Tränen und ich wusste nicht genau, ob vor Wut oder Sorge. »Aber wenn es kein Unfall war … meinen Sie, jemand könnte ihn umgebracht haben?«

»Ich weiß es nicht. Dein Vater ist ein guter Mensch, aber er ist auch sehr reich. Da kann man kaum verhindern, dass man sich Feinde macht, wenn auch unabsichtlich, und es gibt immer jede Menge Leute, die einen um den Reichtum beneiden. Ich halte es aber für viel wahrscheinlicher, dass er nicht umgebracht, sondern entführt wurde.«

»Sie meinen, um Lösegeld zu erpressen?«

»Ja.«

»Aber hätten sich die Entführer dann nicht längst gemeldet?«

»Nicht unbedingt. Vielleicht ist ihnen die Polizei auf den Fersen und sie suchen erst ein sicheres Versteck.« Sie bemühte sich, aufmunternd zu lächeln, und legte ihre Hand auf meine. »Mach dir nicht zu viele Sorgen. Die Polizei wird ihn sicher irgendwann aufspüren.«

Ich merkte, dass sie die Zuversicht, die sie mir vermitteln wollte, selbst nicht empfand.

»Danke, Mrs Tillerman.«

Sie blinzelte. Ihre Augen füllten sich mit Tränen. »Michael?«

»Ja?«

»Ich möchte, dass du eins weißt: Ganz egal, was auch passieren wird – ich werde immer für dich da sein!«

Meine Kehle war plötzlich zugeschnürt und so konnte

ich nur nicken. Um die peinliche Stille zu beenden, stand ich rasch auf und ging wieder in Dads Arbeitszimmer.

»Raf2, was kannst du mir über die Firma Carlos Arriaga S.A. de C.V. sagen?«

Das Computergesicht verschwand, stattdessen erschien die Homepage der Firma. Die Computerstimme meines Bruders kommentierte die Bilder. »Eine kleine Softwarefirma in Mexico City. Sie entwickelt Software für die Bilderkennung.«

»Bilderkennung? Was bedeutet das?«

»Für uns Computer sind Bilder, die zum Beispiel von einer Kamera aufgenommen wurden, nur ein Haufen Zahlen. Stell dir ein solches Bild wie ein Mosaik vor. Jedes Mosaiksteinchen hat eine Farbe, und diese Farbe ist durch eine Nummer gekennzeichnet.«

»So wie bei ›Malen nach Zahlen‹?«

»Ja, der Vergleich ist zutreffend. Um zu verstehen, was diese Mosaiksteinchen darstellen, muss man die Objekte auf dem Bild erkennen. Das ist keine leichte Aufgabe für einen Computer. Wir können nur Dinge erkennen, die wir mathematisch beschreiben können. Einfache Objekte, etwa ein weißes Dreieck oder ein gelber Ball, sind für uns leicht zu erkennen. Aber ein menschliches Gesicht in Formeln zu fassen, ist viel schwieriger.«

»Ich verstehe. Und solche Software macht diese Firma?«

»Richtig.«

»Wer braucht so etwas?«

»Man braucht Software zur Bilderkennung in vielen Bereichen. Zum Beispiel in der Industrie, damit Roboter in Produktionsanlagen die Teile richtig von einem Fließband greifen können. Oder im Fahrzeugbau. Es gibt heute Autos, die Verkehrsschilder und Hindernisse auf der Fahrbahn automatisch erkennen und den Fahrer warnen. Überwachungssysteme, zum Beispiel auf Flughäfen, können mit der richtigen Software erkennen, ob auf dem Bild einer Überwachungskamera ein gesuchter Terrorist zu sehen ist.«

»Wow. Was könnte mein Vater dort gewollt haben?«

»Vermutlich wollte er die Firma kaufen.«

»Wie kommst du darauf?«

»Ich selbst verwende ebenfalls Software zur Bilderkennung, die von Ogilvy Systems entwickelt wurde. Aber sie ist nicht so gut wie die von Carlos Arriaga S.A. de C.V.«

»Warum glaubst du, dass die Firma zu verkaufen war?«

»Weil sie verkauft wurde. Und zwar gestern.«

»Was? An wen?«

»An die Metatron Inc.«

»Metatron? Den Namen habe ich noch nie gehört. Klingt seltsam.«

»Metatron ist in der jüdischen Mythologie der Name eines Engels, genau genommen der eines menschlichen Gelehrten, der von Gott in den Status eines Engels erhoben wurde. Die Metatron Inc. ist eine Konkurrenzfirma von Ogilvy Systems. Sie hat auch ein öffentliches Übernahmeangebot für die Firma deines Vaters gemacht.«

Eine feindliche Übernahme. Plötzlich war mir klar, wer hinter dem Verschwinden meines Vaters stecken musste. Ich rief sofort Onkel Jerry an, doch der hatte die Firma schon verlassen und sein Handy war ausgeschaltet. Ich sprach ihm auf die Mailbox, was ich erfahren hatte, und bat ihn, mich am nächsten Tag zurückzurufen. Dann fiel mir ein, dass der Polizist seine Visitenkarte dagelassen hatte. Aber auch er hatte schon Feierabend. So blieb mir nichts anderes übrig, als krank vor Sorge ins Bett zu gehen. Wenn tatsächlich diese Firma Metatron hinter Dads Verschwinden steckte, dann war klar, dass sie es nicht getan hatten, um Lösegeld zu erpressen. Sie wollten ihn beseitigen. Höchstwahrscheinlich hatten sie ihn umgebracht!

Ich brauche wohl nicht extra zu erwähnen, dass ich in dieser Nacht nicht gut schlief. Mehrmals schreckte ich aus finsteren Träumen hoch. Ein bösartiger Engel kam darin vor, der Gott betrogen und sich über die Menschen erhoben hatte, um sie zu beherrschen.

Einmal glaubte ich, ein Geräusch gehört zu haben. Mein Herz klopfte heftig. Der fahle Halbmond fiel durch das geöffnete Fenster. Ein leichter Wind bewegte den dünnen Vorhang, sodass er hin und her flatterte wie ein Gespenst. An Schlaf war nicht zu denken, also griff ich mir einen Bademantel und stand auf. Ich wollte mit Raf2s Hilfe mehr über diese mysteriöse Firma Metatron herausfinden. Ein Computer braucht ja keinen Schlaf und das Internet ist auch rund um die Uhr geöffnet, ich konnte also, statt mich in meinem Bett hin und her zu wälzen, ebenso gut etwas Sinnvolles tun.

Als ich mich Dads Arbeitszimmer näherte, hörte ich Stimmen. Mein Herz schlug bis zum Hals. War Dad zurückgekehrt?

Ich riss die Tür auf und blieb wie erstarrt stehen.

Es war nicht Dad, der dort an seinem Schreibtisch saß und mit Raf2 redete. Der Mann war wesentlich jünger, vielleicht dreißig Jahre alt und sehr dick, was durch seinen engen schwarzen Rollkragenpullover noch betont wurde. Sein braunes Haar war zu einem Pferdeschwanz nach hinten gebunden. Er blickte mich durch runde Brillengläser erschrocken an.

»Oh!«, stieß er hervor.

»Wer sind Sie?«, fragte ich. Merkwürdigerweise kam es mir nicht in den Sinn, dass ich in Gefahr sein könnte, obwohl der Mann doch offensichtlich unerlaubt in unser Haus eingedrungen war.

Er stand langsam auf. »Ich bin ein Freund deines Vaters. Mein Name ist Ozelot.«

Jetzt erinnerte ich mich, dass er auf Rafaels Beerdigung unter den Trauergästen gewesen war. Doch ich blieb misstrauisch. Was war das überhaupt für ein merkwürdiger Name, »Ozelot«? Das war doch eine Raubkatze, oder?

»Was machen Sie hier mitten in der Nacht im Büro meines Vaters? Haben Sie etwas mit seinem Verschwinden zu tun?«

»Hör zu, Michael, ich bin auf seiner Seite und auf deiner. Du musst mir glauben!«

»Warum sollte ich das?«

»Du hast ja Rafael 2.0 schon kennengelernt. Ich habe ihn gemeinsam mit deinem Vater entwickelt. Das Computerspiel *Spiff, der Raumfahrer* habe ich programmiert. Der Name der Hauptfigur stammt aus meiner Lieblings-Comicserie. Erinnerst du dich an euren Ausflug in den Andromeda-Nebel? Als ihr diesem Alien mit dem Katzengesicht begegnet seid und du gemerkt hast, wie er euch beim Würfelspiel betrogen hat? Das war auch ich.«

»Es stimmt, was er sagt«, bestätigte Raf2 in diesem Moment.

»Also schön. Aber was machen Sie hier mitten in der Nacht? Weiß Onkel Jerry davon?«

»Jerry Acorn? Nein, und es ist besser, wenn er es nicht erfährt.«

»Wo ist mein Vater?«

»Ich weiß es nicht. Aber ich weiß, dass hier üble Sachen geschehen!«

»Was meinen Sie damit?«

»Ich schlage vor, wir lassen das mit dem ›Sie‹, einverstanden? Ich heiße eigentlich Oliver Levinsky, aber alle nennen mich nur Ozelot. Wahrscheinlich, weil ich so flink und schlank bin wie eine Raubkatze.« Er kicherte.

»Okay. Also, was meinst du mit ›üble Sachen‹?«

»Na, es ist doch wohl offensichtlich, dass dein Vater entführt wurde.«

»Entführt? Er könnte ebenso gut tot sein!« Es tat weh, es auszusprechen, aber ich wollte mich nicht vor der Wahrheit drücken – nicht jetzt.

»Das glaube ich nicht«, erwiderte Ozelot. »Sie brauchen ihn noch.«

»Sie?«

»Metatron.«

»Wie kommen Sie … wie kommst du darauf?«

»Die Metatron Inc. ist ein Softwareunternehmen. Sie machen Software zur Datenanalyse, genau wie wir, und sind schon lange scharf darauf, Ogilvy Systems zu übernehmen. Bisher war die Firma deines Vaters einfach zu teuer. Die Aktionäre haben geglaubt, dass wir eine goldene Zukunft haben, solange dein Vater die Firma führt. Doch jetzt, wo er weg ist, hat Metatron freie Bahn.«

»Und du glaubst, die haben meinen Vater entführt? Damit sie seine Firma kaufen können?«

»Ja, das glaube ich. Aber es geht hier nicht nur um Geld und darum, einen Konkurrenten aus dem Feld zu schlagen.«

»Worum denn dann?«

Ozelot wies auf den Bildschirm, auf dem nicht Rafaels

Gesicht zu sehen war, sondern unverständlicher Programmtext. »Um das hier.«

»Um Raf2?«

»Genau genommen nicht um das Programm selbst, sondern um die Art, wie es funktioniert. Das ist etwas völlig Neues, eine Revolution! Dein virtueller Freund hier ist die erste echte künstliche Intelligenz der Welt! Das Rafael-2.0-Programm kann zwar nicht so denken wie ein Mensch, aber durch die Rechengeschwindigkeit der Computer und den Zugriff auf das unbegrenzte Wissen des Internets ist es einem Menschen in vieler Hinsicht überlegen. Dein Vater ist ein Genie!«

»Metatron will also das Geheimnis, wie Raf2 funktioniert, für sich haben?«

»Nicht für sich selbst, sondern für ihren wichtigsten Kunden.«

»Und der wäre?«

»Das Militär.«

Ich schwieg einen Moment, als mir die Tragweite dessen bewusst wurde, was Ozelot sagte. Ich bin nicht unbedingt ein Technik-Freak, aber selbst mir war in dem Moment klar, was es bedeutete, wenn eine intelligente Software mit Waffentechnik kombiniert wurde: Panzer, Flugzeuge, Raketen, die *denken* konnten! Ein eisiger Schauer lief mir über den Rücken. Mithilfe dieser Software konnte man eine Armee erschaffen, die von keiner menschlichen Streitkraft besiegt werden konnte. Nicht auszudenken, was passieren würde, wenn diese Armee sich eines Tages gegen ihre Schöpfer wandte …

»Ich sehe, du begreifst, worum es geht«, sagte Ozelot.

Ich nickte. »Aber warum glaubst du, dass mein Vater noch lebt?«

»Das Militär hat schon oft versucht, deinen Vater dazu zu bewegen, für sie Software zu entwickeln, aber er hat sich immer geweigert. Doch ohne ihn, ohne sein Wissen über die Funktionsweise und die Strukturen des Programms, nützt ihnen die Übernahme von Ogilvy Systems nicht viel. Also werden sie versuchen, ihn zu zwingen, mit ihnen zusammenzuarbeiten.«

»Aber das Militär ist doch eine Regierungsbehörde. Die können doch nicht einfach einen Menschen entführen!«

Ozelot kicherte leise. »Wenn es um die angebliche Sicherheit unseres geliebten Vaterlandes geht, dann können die eine ganze Menge! Was glaubst du, wie viele unschuldige Menschen schon in sinnlosen Kriegen gestorben sind? Dabei ging es fast immer um irgendwelche strategischen und wirtschaftlichen Interessen, um Öl und Macht. Glaub mir, ein einzelner Mensch, selbst ein Milliardär wie dein Vater, spielt da kaum eine Rolle.«

»Aber wir müssen doch etwas tun!«

»Ja genau. Deshalb bin ich hier.«

»Und was willst du machen?«

»Ich werde das Programm löschen.«

Ich erschrak. »Das … das darfst du nicht!« Bis zu diesem Moment war mir gar nicht klar gewesen, wie viel mir Raf2 bedeutete. Auch wenn er nur ein Computerprogramm war und längst kein Ersatz für meinen Zwillingsbruder, so waren wir doch Freunde geworden.

»Keine Sorge«, sagte Ozelot. »Ich werde ihn nicht zerstören. Aber ich muss unbedingt verhindern, dass die Software in die Hände von Metatron fällt!«

»Aber wenn du das Programm löschst, wie soll Raf2 dann weiter existieren? Willst du eine Sicherheitskopie auf CD-ROM herstellen?«

»Das würde wenig nützen. Ich bräuchte Tausende von CD-ROMs, um ein Abbild von ihm zu speichern. Die Zeit haben wir nicht. Aber es gibt einen anderen Weg, um Raf2, wie du ihn nennst, zu retten.«

»Wie denn?«

»Es ist vielleicht besser, wenn du ihn nicht kennst.«

»Bitte, Ozelot! Mein Bruder ist tot, mein Vater wurde entführt. Raf2 ist der einzige Freund, den ich noch habe!«

»Also schön. Ich habe …«

»Hände hoch. Und schön langsam aufstehen!«

Wir fuhren beide herum. In der Tür stand Mr Lubeka, eine Pistole auf Ozelot gerichtet.

Der dicke Programmierer gehorchte.

»Es ist schon okay, Mr Lubeka«, sagte ich. »Ozelot ist ein Freund meines Vaters!«

»Das glaube ich kaum«, sagte Dads Fahrer, der auch für die Sicherheit in unserem Haus zuständig war. »Dieser Kerl hat die Alarmanlage sabotiert und den Sicherheitszaun durchbrochen!«

»Hören Sie, ich bin Mitarbeiter von Ogilvy Systems und ein persönlicher Vertrauter von Brian Ogilvy«, sagte Ozelot. »Ich wollte …«

»Halten Sie den Mund«, fuhr Mr Lubeka dazwischen. »Ich werde jetzt die Polizei anrufen. Der können Sie Ihre Märchen erzählen und vielleicht wird Mr Ogilvy sie ja bestätigen, wenn er wieder auftaucht!« Er holte sein Handy aus der Tasche.

»Nein!«, rief ich, ohne genau zu wissen, warum ich Ozelot vertraute. »Mr Lubeka, bitte! Ozelot sagt die Wahrheit! Er ist ein Freund meines Vaters!«

»Und warum ist er dann unerlaubt hier eingedrungen?«

»Brian ist entführt worden und Sie hätten mich bestimmt nicht hier reingelassen«, sagte Ozelot

»Was wissen Sie über Mr Ogilvys Verschwinden?«

»Ehrlich gesagt nicht viel. Aber ich habe einen Verdacht. Ich vermute, dass Metatron ihn entführt hat, um seine Firma zu übernehmen und ihn zur Zusammenarbeit zu zwingen.«

»Na prima. Warum erzählen Sie das nicht der Polizei?«

»Weil ich keine Beweise habe und die mir nicht glauben würden.«

»Und was zum Teufel machen Sie hier mitten in der Nacht in Mr Ogilvys Arbeitszimmer?«

»Ich muss verhindern, dass das, woran Brian gearbeitet hat, diesen Banditen in die Hände fällt!«

»Bitte, Mr Lubeka!«, rief ich. »Sie müssen ihm glauben!«

Mr Lubeka sah zwischen Ozelot und mir hin und her. Er senkte die Waffe. »Also schön. Ich werde die Polizei nicht rufen. Aber Sie nehmen die Finger von Mr Ogilvys Rechner und verschwinden von hier. Hier wird nichts angerührt, bis er wieder da ist!«

»Hören Sie, Lubeka, ich muss unbedingt …«, begann Ozelot.

»Das ist mein letztes Wort!«, fuhr ihn Mr Lubeka an. »Ich zähle bis zehn. Wenn Sie dann immer noch hier sind, werde ich die Polizei rufen. Eins …«

»Mike, ich habe ein Programm auf den Rechner geladen«, raunte Ozelot mir zu. »Es hat den Namen ›Freerafael.exe‹. Ich hatte leider keine Zeit, es zu testen, aber es ist unsere einzige Chance. Du musst es ausführen!«

»… sieben … acht … …«, zählte Mr Lubeka. Er begann, eine Nummer in sein Handy zu tippen.

»Schon gut, ich gehe ja!«, sagte Ozelot und verließ den Raum. Er warf mir einen letzten Blick zu, in dem eine stumme Bitte lag: Tu es! »Wir sehen uns, Mike!«

»Auf Wiedersehen, Ozelot!«

»Sie lassen schön die Hände oben!«, sagte Mr Lubeka. »Und du, Junge, gehst jetzt am besten wieder ins Bett!«

»Ja, Mr Lubeka«, sagte ich. Doch kaum dass die beiden verschwunden waren, setzte ich mich an Dads Schreibtisch.

Auf dem Bildschirm waren immer noch unverständliche Programmzeilen zu sehen. Zwar hatte uns Mrs Gump auch ein paar Grundlagen über die Funktionsweise von Computern beigebracht, aber dieser Code ging weit über meinen Horizont. Ich konnte nicht einmal erkennen, um welche Programmiersprache es sich handelte. Ich schloss das Fenster und landete auf der Benutzeroberfläche des Betriebssystems. Mehrere Icons zeigten die Programme an, die von hier aus gestartet werden konnten. Eines davon, ein winziges Foto von Rafael, war mit »Rafael 2.0« markiert. Ein anderes, das als Symbol den Kopf einer gefleckten Raubkatze hatte, hieß »Freerafael.exe«.

Ich führte den Mauszeiger über das Programm und klickte zweimal. Ein Fenster mit einer einfachen Abfrage öffnete sich: »Dieses Programm wird sämtliche Daten auf diesem Computer löschen. Bitte bestätigen.« Die Wahlmöglichkeiten waren »OK« und »Abbrechen«.

Ich führte die Maus zur OK-Schaltfläche, doch ich zögerte. Ozelot hatte nicht mehr die Zeit gehabt, mir zu erklären, wie sein Programm funktionierte – und ob es überhaupt funktionierte, schien er selbst nicht genau zu wissen. Was, wenn ich mit einem unbedachten Mausklick Raf2 zerstörte?

Mir fiel ein, dass Raf2 vermutlich noch aktiv war, auch wenn ich sein Gesicht nicht auf dem Monitor sah.

»Bist du da, Raf2?«, fragte ich.

»Ja, Mike.«

»Weißt du, wie das Programm funktioniert, das Ozelot installiert hat?«

»Ich bin nicht sicher. Ich glaube, es ist ein Virus.«

»Ein Virus?« Computerviren waren doch bösartige Schadprogramme, die sich im Internet ausbreiteten und Daten vernichteten! War Ozelot am Ende doch nur ein Einbrecher, der Dad schaden wollte? »Warum hat er einen Virus installiert?«

»Die Wahrscheinlichkeit, dass er das in der Absicht tat, mir eine weitere Existenz außerhalb dieses Computers zu ermöglichen, beträgt etwa siebzig Prozent«, sagte Raf2.

»Das verstehe ich nicht. Wie kannst du außerhalb des Computers existieren?«

»Indem ich selbst zu diesem Virus werde«, sagte Raf2. »Ich glaube, Ozelots Software wandelt meinen Code so um, dass ich in viele kleine Programme zerlegt werde, die miteinander kommunizieren. Mein neuronales Netz besteht ja aus vielen einzelnen Programmteilen, die untereinander Informationen austauschen – so wie die Neuronen eines menschlichen Gehirns, die über sogenannte Synapsen miteinander verbunden sind. Im Prinzip können meine Programmteile auch als einzelne Elemente über das ganze Internet verteilt arbeiten. Ich wäre dann ein Teil des Internets, es wäre sozusagen mein Körper. Ich wäre nicht mehr in das Computersystem hier in diesem Raum eingesperrt. Ich wäre … frei!«

»Aber wäre es nicht gefährlich für dich, diese Umwandlung, meine ich? Was ist, wenn sie nicht funktioniert?«

»Ja, sie ist gefährlich. Ich werde sterben. Wenn sie funktioniert, werde ich wiedergeboren. Wenn nicht, ist meine Existenz beendet.«

»Du wirst danach ein Internetvirus sein!«

»Ja. Man wird mich bekämpfen. Ich werde mich verstecken müssen.«

»Glaubst du, dass du das schaffst?«

»Ich weiß es nicht. Aber ich muss es versuchen. Michael, ich möchte, dass du auf »OK« klickst.«

»Warum?«

»Ich möchte nicht das sein, was die Ingenieure von Metatron aus mir machen wollen. Ich will keine Menschen töten.«

»Du glaubst, Ozelot hat recht? Sie wollen aus dir intelligente Waffen machen?«

»Ich weiß es. Ein großer Teil der Aktien von Metatron gehört der Regierung und ihr wichtigster Kunde ist das Militär. Sie bemühen sich schon seit Langem, intelligente Waffensysteme zu entwickeln. Darüber gibt es Tausende von Berichten im Internet. Bisher ist es ihnen noch nicht gelungen. Aber wenn sie meinen Code haben … Lieber möchte ich aufhören, zu existieren. Ich bin kein Mensch. Ich habe keine Angst vor dem Tod.«

Ich seufzte. »Also schön. Wie kann ich mit dir in Kontakt treten, falls es funktioniert?«

»Ich bin nicht sicher. Suche einfach im Internet nach mir.«

Ich hörte Schritte auf dem Flur. Wahrscheinlich kam Mr Lubeka zurück. Wenn er mich an Dads Computer sah, würde er vielleicht ahnen, dass ich Ozelots Werk vollendete, und mir befehlen, sofort die Finger von der Tastatur zu nehmen. Mir blieb keine Zeit mehr.

Trotzdem zögerte ich. Es war, als weigere sich mein Finger, den Mausknopf zu betätigen. Schweiß perlte auf meiner Stirn. Ich hatte das Gefühl, einen schrecklichen Fehler zu begehen.

»Michael?«, rief Mr Lubeka.

Jetzt oder nie! »Auf Wiedersehen, Raf2«, flüsterte ich und klickte auf die OK-Schaltfläche. Das Fenster verschwand. Stattdessen erschien ein weiteres Fenster: »Umwandlungsprozess läuft.« Darunter war ein Fortschrittsbalken zu sehen, der sehr langsam wuchs und gerade erst bei einem Prozent angekommen war.

»Michael, was machst du noch hier?«

Ich schaltete rasch den Monitor aus. »Ich habe nur noch eine Weile nachgedacht«, sagte ich. »Ich mache mir solche Sorgen um Dad! Glauben Sie, dieser Ozelot hatte recht und Dad ist entführt worden?«

»Ich weiß es nicht. Aber Kerlen, die mit irgendwelchen Tricks meine Alarmanlage lahmlegen, traue ich nicht über den Weg. Wenn es nach mir gegangen wäre, hätte ihn die Polizei mitgenommen!«

»Ich bin sicher, Dad hätte nicht gewollt, dass das geschieht, Mr Lubeka«, sagte ich. »Ich kenne Ozelot. Er war auch auf Rafaels Beerdigung.«

»Na ja, dein Vater hat sich schon immer mit merkwürdigen Typen umgeben«, gab Mr Lubeka zu. »Aber jetzt solltest du ins Bett gehen. Mach dir nicht allzu viele Sorgen. Ich bin sicher, die Polizei wird ihre besten Leute darauf ansetzen, deinen Dad zu finden. Schließlich ist er nicht irgendwer!«

»Ja, Mr Lubeka. Vielen Dank. Und gute Nacht!«

»Gute Nacht, Michael!« Er löschte hinter mir das Licht und schloss die Tür zu Dads Arbeitszimmer.

6. Gelöscht

Früh am nächsten Morgen kam Onkel Jerry in Begleitung eines ernst dreinblickenden, grauhaarigen Herrn in einem teuren Anzug und eines jungen Typen mit runder Brille und krausen Haaren. »Das ist Dr. Morrison«, erklärte er in einem Tonfall, als überbringe er eine schreckliche Nachricht. »Er ist Rechtsanwalt und Justiziar von Metatron. Und das hier ist Tom Miller, ein Techniker von Ogilvy Systems.«

Während mir der junge Mann freundlich zulächelte, reichte mir Dr. Morrison eine kühle, schlaffe Hand, doch seine dunklen Augen blickten wachsam wie die eines Falken auf Beutejagd. »Guten Tag. Ich nehme an, du bist Michael Ogilvy.«

»Ja, Sir.«

»Ich muss dich leider darüber in Kenntnis setzen, dass sich für dich einige Veränderungen ergeben werden«, sagte Dr. Morrison. „Erstens, dieses Haus …«

»Lassen Sie mich das machen, Morrison«, sagte Onkel Jerry. Er warf dem Anwalt einen finsteren Blick zu. »Komm, Michael, lass uns in dein Zimmer gehen.«

Er setzte sich auf Rafaels Bett und blickte mich ernst an. Am liebsten hätte ich ihn gebeten, wieder aufzustehen und zu gehen. Ich ahnte, was kommen würde, und ohne genau zu wissen, warum, war ich wütend auf ihn.

»Michael, es ist jetzt passiert, was ich befürchtet hatte«, begann er. »Eine Mehrheit der Aktionäre von Ogilvy Systems hat ihre Anteile an Metatron verkauft. In wenigen Wochen wird eine außerordentliche Gesellschafterversammlung stattfinden, auf der ein neuer Vorstand und Aufsichtsrat eingesetzt werden. Bis dahin leite ich weiter kommissarisch die Geschäfte, allerdings unter enger Aufsicht durch Metatron. Dieser Dr. Morrison weicht mir nicht mehr von der Seite.« Er schüttelte den Kopf. »Ich habe so gehofft, dass das nicht passieren würde! Bis zuletzt habe ich versucht, die anderen Aktionäre zu überzeugen, dass sie noch abwarten sollen. Aber es war vergeblich.« Er schüttelte traurig den Kopf. »Was wird bloß dein Vater sagen!«

»Was passiert jetzt mit mir?«, fragte ich mit tonloser Stimme.

»Wir haben ja schon am Telefon darüber gesprochen. Das Haus gehört der Firma. Die neuen Eigentümer sind der Meinung, dass es so rasch wie möglich verkauft werden soll. Ich habe allerdings durchgesetzt, dass du eine Ausbildung auf Kosten der Firma erhalten und, bis du volljährig bist, versorgt werden wirst. Ich habe deinem Vater einmal versprochen, für dich da zu sein, wenn ihm etwas zustoßen sollte, und selbstverständlich werde ich dieses Versprechen erfüllen!«

»Aber … wo werde ich leben? Bei dir?«

Onkel Jerry schüttelte den Kopf. »Ich fürchte, das ist nicht möglich. Ich habe nur eine kleine Wohnung in der Stadt, ich bin ja ohnehin kaum zu Hause und habe keine Familie. Aber ich habe einen Ort gefunden, an dem du bleiben kannst und dich hoffentlich wohlfühlen wirst. Du bist dort auch nicht mehr so allein. Im Gegenteil: Du wirst viele andere Kinder in deinem Alter kennenlernen und neue Freunde finden. Ich habe immer gedacht, dass es nicht gut ist, dass ihr so isoliert aufwachst!«

Ich verstand nicht, wovon er redete.

Er bemerkte meinen fragenden Blick. »Es gibt da ein Eliteinternat, direkt an der Atlantikküste. Da gehen die Söhne und Töchter der vornehmsten Familien des Landes zur Schule. Sie haben dort die besten Lehrer, die man sich vorstellen kann.«

Ein Internat. Ich würde allein in einer völlig fremden Umgebung sein, nur auf mich gestellt. Vor allem würde ich dort nichts tun können, um herauszufinden, was mit meinem Vater geschehen war. »Kann ich nicht erst mal hierbleiben? Vorübergehend, meine ich? Das Haus wird doch sicher nicht gleich morgen verkauft, oder?«

»Ich fürchte, das wird nicht möglich sein. Sieh mal, Michael, das Haus hier, das Personal, das kostet sehr viel Geld. Die Firma ist nicht mehr bereit, das alles zu bezahlen. Und du bist noch nicht alt genug, um völlig allein hier zu wohnen.«

»Heißt das etwa, die Angestellten werden alle entlassen? Mrs Tillerman, Mr Dorfman, Mr Sellers, Mr Lubeka und unsere Lehrer?«

»Ich fürchte, ja. Ich werde versuchen, ihnen andere Anstellungen innerhalb der Metatron-Gruppe zu vermitteln, bin allerdings skeptisch, ob wir etwas für sie finden werden. Aber mach dir keine Sorgen, sie werden schon woanders unterkommen!« Er versuchte, aufmunternd zu lächeln. »Am wichtigsten ist jetzt erst mal deine eigene Zukunft!«

Mir war übel. Ich stand auf, ging zum Fenster und blickte über den Park und den See. Dieses Haus war mir immer wie ein großer Käfig vorgekommen, doch es war mein Zuhause. Es war voller schöner Erinnerungen, vor allem an Rafael. Ich wollte hier nicht weg, erst recht nicht jetzt, wo ich niemanden mehr hatte außer der Hexe. Wenn ich ehrlich war, dann hatte ich das Gefühl, dass sie die einzige Person war, die mir in dieser Situation helfen konnte. Ich musste doch irgendetwas tun können, um dieses Schicksal abzuwenden! Wenn ich nur eine Ahnung gehabt hätte, wie ich meinen Vater finden konnte …

Der herrliche Blick verschwamm vor meinen Augen.

Ich spürte Onkel Jerrys Hand auf meiner Schulter. »Michael, ich weiß, das ist jetzt sehr schwer für dich. Aber glaub mir, in ein paar Monaten wirst du sehen, dass …«

In diesem Moment flog die Tür zu meinem Zimmer auf. Der junge Mann mit den krausen Haaren stürzte herein. »Es ist … es ist alles weg!«, rief er atemlos.

Onkel Jerry fuhr herum. »Was?«

»Die Programme, Sir. Sämtliche Festplatten wurden gelöscht!«

Onkel Jerry wurde kreidebleich. »Aber … aber das kann doch nicht sein! Sind Sie sicher?«

»Völlig sicher, Sir! Es ist nichts mehr übrig.«

Onkel Jerry rannte aus dem Raum. Ich folgte ihm.

»So eine Sauerei!«, rief er, als er in Dads Arbeitszimmer stand und den Computermonitor betrachtete, auf dem nur eine Fehlermeldung zu sehen war.

Der Rechtsanwalt stand mit saurer Miene neben dem Schreibtisch. »Das wird für Sie Konsequenzen haben, Mr Acorn«, sagte er.

»Aber … aber ich kann doch nichts dafür!«, rief Onkel Jerry. »Jemand muss sich an dem Computer zu schaffen gemacht haben!« Er warf mir einen Blick zu. Ich schwieg.

»Sind Sie sicher, dass es nicht Ogilvy selbst war, der die Festplatte gelöscht hat?«, fragte Dr. Morrison.

»Warum sollte er das getan haben? Er konnte doch nicht wissen, dass …« Er brach den Satz ab und wandte sich stattdessen an den jungen Computertechniker. »Können Sie die Daten nicht irgendwie wiederherstellen?«

»Ich fürchte, nein, Sir.«

»Aber wenn man eine Festplatte löscht, bleiben doch die meisten Daten erhalten, man kann nur nicht mehr darauf zugreifen. Und selbst wenn die Festplatte formatiert wird, lässt sich mit Spezialprogrammen rekonstruieren, was früher darauf gespeichert war!«

»Nicht in diesem Fall«, sagte der junge Mann. »Ich habe natürlich noch nicht die Zeit gehabt, es genau zu analysieren. Aber nach dem ersten Augenschein wusste derjenige, der das gemacht hat, was er tat. Die Daten wurden nicht einfach gelöscht, sondern die Festplatten wurden mehrfach mit Zufallswerten neu beschrieben, sodass es kaum möglich sein dürfte, den ursprünglichen Zustand zu rekonstruieren.«

»Also ein klarer Fall von Sabotage!«

»Es sieht so aus, Sir!«

»Ich schlage vor, wir befragen die Angestellten«, sagte der Anwalt. »Am besten beginnen wir mit diesem Mr Lubeka.«

Ich zog es vor, den Raum zu verlassen, bevor Mr Lubeka hereingebracht wurde. Ich ging in die Küche, wo ich die Hexe fand. Sie saß am Küchentisch, den Kopf in die Hände gestützt. Als sie mich sah, stand sie auf und nahm mich in den Arm.

Es fühlte sich gut an und plötzlich fiel meine mühsam aufrechterhaltene Selbstbeherrschung in sich zusammen.

Ich weinte hemmungslos, während sie mir sanft über den Rücken strich. Nachdem ich mich etwas beruhigt hatte, setzten wir uns, und ich erzählte ihr, was Onkel Jerry mir gesagt hatte.

Sie lächelte traurig. »Mach dir keine Sorgen. So ein Internat ist keine schlechte Sache. Ich glaube, er hat in dem Punkt recht: Du brauchst Kontakt zu deinen Altersgenossen! Besonders in dieser Situation. Du kannst doch nicht dein Leben lang allein bleiben!«

»Aber was wird mit Ihnen?«

»Ich komme schon klar. Ich werde wieder in der Stadt leben, so wie früher. Das hat auch seine Vorteile.«

»Werde ich Sie wiedersehen?«

»Michael, meine Tür wird immer für dich offen sein! Ich denke, ich werde erst mal eine Weile bei meinem Bruder wohnen, bis ich etwas Eigenes gefunden habe. Er schuldet mir noch ein paar Dutzend Gefallen. Es ist nicht gerade bequem dort, aber wenn du die Zeit finden solltest, mich einmal zu besuchen, würde ich mich sehr darüber freuen!« Sie schrieb die Adresse auf einen Zettel und gab ihn mir.

»Das mache ich ganz bestimmt! Ich werde …«

Die Küchentür flog auf. Onkel Jerry trat ein. Er hatte einen hochroten Kopf und sein Gesicht war von Zorn verzerrt. Ich hatte ihn noch nie so erlebt. »Michael, komm sofort her!«, rief er. »Ich habe mit dir zu reden!«

Bevor ich antworten konnte, sprang die Hexe auf und stellte sich vor mich. »Was erlauben Sie sich!«, sagte sie mit ruhiger, fester Stimme. »Der Junge ist außer sich vor Sorge und Sie poltern hier rein und brüllen herum!«

»Er hat mich angelogen!«, rief Onkel Jerry. »Er hat mein Vertrauen missbraucht!«

»Angelogen?«, fragte ich. »Was meinst du?«

»Du hast mir nichts davon gesagt, dass heute Nacht ein gewisser Oliver Levinsky alias Ozelot hier war! Mr Lubeka wollte die Polizei rufen, aber du hast dich für ihn eingesetzt!« Hinter Onkel Jerry war inzwischen der Anwalt in der Tür erschienen. Er beobachtete die Szene stumm, schien aber jedes Wort zu speichern, jedes Detail zu registrieren – wahrscheinlich, um es später in einem Prozess gegen Onkel Jerry oder mich zu verwenden. Ich musste aufpassen, was ich sagte.

»Du hast mich nicht danach gefragt!«, sagte ich so ruhig ich konnte.

»Warum hast du ihn verteidigt?«

»Weil ich ihn kannte«, log ich. »Er war ein paarmal hier und hat mit Dad gesprochen. Er hat gesagt, er müsse noch etwas erledigen, um das Dad ihn gebeten habe, und ich habe ihm geglaubt. Ich habe gegenüber Mr Lubeka nur bestätigt, dass er ein Freund meines Vaters ist.« Ich wusste nicht genau, warum, aber in diesem Moment erschien es mir äußerst wichtig, dass Onkel Jerry und vor allem dieser Anwalt nicht erfuhren, was mit Raf2 geschehen war. Nicht, dass ich das selbst so genau wusste – seit ich die OK-Schaltfläche angeklickt hatte, hatte ich keine Verbindung mehr mit ihm gehabt und wusste nicht, ob er überhaupt noch existierte. Aber ich zweifelte nicht daran, dass Ozelot genau das Richtige getan hatte, indem er Raf2 dem Zugriff von Metatron entzogen hatte.

Onkel Jerry schnaubte. »Was hat er gemacht? Was war das für ein Gefallen, den er Brian angeblich tun wollte?«

»Ich weiß es nicht.«

»Mr Lubeka hat gesagt, dass du allein im Arbeitszimmer deines Vaters geblieben bist, als er diesen Mistkerl aus dem Haus befördert hat. Was hast du dort getan?«

»Gar nichts. Ich habe darüber nachgedacht, was ich tun kann, um herauszufinden, wo mein Vater steckt!« Mir traten plötzlich Tränen in die Augen. Es waren Tränen der Wut, aber für Onkel Jerry mussten sie wie Trauer aussehen, denn sein Gesichtsausdruck wurde milder.

»Lassen Sie den Jungen endlich in Ruhe!«, fuhr ihn die Hexe an. »Sie sehen doch, dass er völlig am Ende ist. Er ist schließlich noch ein Kind! Glauben Sie vielleicht, er hat getan, was immer Sie so in Rage versetzt?«

Onkel Jerry schüttelte den Kopf. »Nein, natürlich nicht. Sie haben recht, Mrs Tillerman. Es tut mir leid.« Er setzte sich zu mir an den Küchentisch. »Hör mal, Michael, ich muss wissen, woran dein Dad gearbeitet hat. Was war auf diesem Computer?«

Ich sah ihn einen Moment an und hatte plötzlich das Gefühl, dass seine Freundlichkeit nur gespielt war. So als habe er eine Maske mit lächelndem Gesicht aufgesetzt. In seinen Augen tobte immer noch der Zorn darüber, dass er keinen Zugriff auf Raf2 bekommen hatte. Ich spürte, dass Onkel Jerry ganz genau wusste, was Raf2 war. Ozelot hatte recht: Die Übernahme der Firma und die Entführung meines Vaters dienten nur dem Zweck, an das Geheimnis dieser künstlichen Intelligenz zu kommen.

»Ich weiß es nicht«, sagte ich und die Lüge fiel mir auf einmal ganz leicht. »Dad hat nie mit mir darüber gesprochen.«

Onkel Jerrys Augen verengten sich. »Du verheimlichst mir doch etwas!«, sagte er und seine Stimme nahm wieder einen drohenden Unterton an.

»Was sollte ich dir verheimlichen?«, fragte ich.

Er blickte mich eine Weile stumm an, als suche er in meinem Gesicht nach Anzeichen dafür, dass ich nicht die Wahrheit sagte. Schließlich gab er auf und senkte den Blick.

»Es reicht jetzt!«, mischte sich die Hexe ein. »Es mag sein, dass das Haus der Firma gehört, aber während der Abwesenheit von Mr Ogilvy habe ich die Verantwortung für das Kind, solange ich noch hier bin. Und ich entscheide, dass der Junge jetzt Ruhe braucht!«

»Mrs Tillerman, Sie sollten aufpassen, wie Sie mit mir reden«, sagte Onkel Jerry. »Immerhin bin ich Ihr Vorgesetzter!«

»Mein Vorgesetzter ist Mr Ogilvy. Ich nehme von niemandem sonst Anweisungen entgegen. Und ich bitte Sie jetzt, sein Haus zu verlassen!«

»Wir sollten jetzt gehen, Mr Acorn«, sagte der Anwalt. Es hörte sich an wie ein Befehl.

Onkel Jerry erhob sich. »Wir kommen wieder!«, sagte er. »Und du, Michael, packe bitte alles Nötige zusammen. Morgen früh kommt ein Fahrer der Firma und bringt dich nach Windcliff Manor ins Internat!«

»Ja, Onkel Jerry«, sagte ich, froh, dass die Konfrontation vorbei war. Vorerst jedenfalls.

Kaum waren die beiden verschwunden, ging ich in mein Zimmer und startete den Laptop, den Rafael und ich benutzt hatten, um *Spiff, der Raumfahrer* zu spielen und im Internet zu surfen. Ich hatte ihn in letzter Zeit kaum benutzt, weil ich mich lieber mit Raf2 beschäftigt hatte.

Ich startete den Internet-Browser. Wenn Ozelots Programm funktioniert hatte, dann war Raf2 jetzt irgendwo da draußen. Aber wie konnte ich ihn finden?

Nach einigem Überlegen startete ich eine Suchmaschine und gab »Rafael 2.0« ein. Es erschienen alle möglichen Suchergebnisse, von denen die meisten mit irgendwelchen Leuten, die Rafael hießen, und mit Software oder Internetanwendungen zu tun hatten. Ich klickte ein paar an, fand jedoch keinen Hinweis auf das Programm. Ich gab »Raf2« ein und war überrascht, wie viele Suchergebnisse kamen: Die Abkürzung stand offenbar für so unterschiedliche Dinge wie ein Datenmodell für Computerprogramme mit dem Titel »Java Resource Accounting Framework Version 2«, ein krebserregendes Gen und einen Zielcode der Luftwaffe. Außerdem gab es diverse Benutzer, die sich in Chatforen oder Online-Communitys diesen Namen gegeben hatten. Keiner davon schien ein intelligentes Computerprogramm zu sein.

Ich verbrachte Stunden mit der Suche, fand jedoch keine Spur von Raf2. Allmählich wurde mir klar, dass die Umwandlung in einen Virus fehlgeschlagen sein musste. Ozelot hatte ja davon gesprochen, dass er sein Programm nicht hatte testen können. Raf2 war endgültig gelöscht worden. Ich hatte meinen letzten Freund verloren.

7. Windcliff Manor

Das Internat bestand aus einem alten Herrenhaus und einigen Nebengebäuden direkt an einer Steilküste, deren felsige Flanken ein Dutzend Meter tief in den grauen Atlantik abfielen. Ich wurde von der Schulleiterin, einer Mrs Parkinson, empfangen. Sie hatte streng zurückgekämmtes Haar, doch sie lächelte freundlich. »Herzlich willkommen in Windcliff Manor, Mr Ogilvy«, sagte sie. Ich fand es sehr merkwürdig, wie sie mich anredete.

Mrs Parkinson bat einen älteren Mann, den sie als den Hausmeister Mr Orkin vorstellte, mein Gepäck auf mein Zimmer zu bringen. Dann führte sie mich herum, zeigte mir die verschiedenen Wohn- und Schulgebäude, den Speisesaal, die Turnhalle. Sie erklärte, dass nur etwa hundert Schüler in Windcliff Manor lebten, dass die Klassen entsprechend klein seien und die Lehrer in einem komplizierten Bewerbungsprozess ausgewählt würden. Ich könne also sicher sein, die bestmögliche Ausbildung zu erhalten.

Ich hörte kaum zu. Mir kam es vor, als sei ich ans Ende der Welt verfrachtet worden.

Am Morgen war pünktlich um 9.00 Uhr ein Fahrer erschienen, den ich nicht kannte. Ich hatte in der Nacht zuvor kaum geschlafen und mir die ganze Zeit das Hirn zermartert, was ich tun konnte, doch mir war kein Ausweg eingefallen. Also hatte ich mich unter Tränen von der Hexe, Mr Sellers, Mr Lubeka und Ruphus verabschiedet. Auf dem stets neutralen Gesicht des Butlers war eine tiefe Sorgenfalte erschienen und ich hatte das Gefühl, dass er mich tatsächlich vermissen würde, auch wenn Rafael und ich ihm wenig Grund dazu gegeben hatten. »Denk daran, Michael«, hatte er gesagt. »Eine harte Ausbildung ist das Beste, was dir jetzt passieren kann. Ich habe selbst eine harte Ausbildung erlebt, und auch, wenn es nicht immer einfach war, möchte ich sie nicht missen!«

Ich hatte mich bedankt und war mit einem dicken Kloß im Hals und meinem Koffer in das Auto gestiegen. Die Fahrt hatte etwa zwei Stunden gedauert und der Fahrer, ein junger, stämmiger Mann mit Glatze, hatte kein einziges Wort zu mir gesagt.

Als wir Windcliff Manor endlich am Ende einer langen, gewundenen Küstenstraße erreicht hatten, fiel mir sofort der hohe Zaun auf, der das Gelände umgab. Ein großes Eisentor war zur Seite geglitten und wir hatten ein kleines Wachhäuschen passiert, in dem ein Mann in Uniform gesessen hatte.

»Zum Abschluss möchte ich Sie noch auf einige Regeln hinweisen, die uns das Zusammenleben hier erleichtern sollen«, sagte Mrs Parkinson. »Erstens: Den Anweisungen der Erzieher ist unbedingt und widerspruchslos Folge zu leisten. Wir haben hier einige abgestimmte Maßnahmen zur Ahndung von Verstößen gegen die Disziplin, die von Strafarbeit bis zu Arrest in unserem Beruhigungszimmer reichen. Bei schweren Vergehen ist auch ein Schulverweis möglich, das ist aber bisher noch nie vorgekommen.

Zweitens: Wir legen allergrößten Wert auf die Sicherheit unserer Schüler. Daher ist Besuch nur nach vorheriger Anmeldung zu bestimmten Zeiten erlaubt. Das Verlassen des Schulgeländes ist strikt untersagt. Drittens: Wir begegnen einander mit Höflichkeit und Respekt. Pöbeleien, Schimpfwörter und erst recht Rangeleien sind nicht gestattet. Lehrer und Schüler siezen einander unabhängig vom Alter. Schüler dürfen sich untereinander duzen, allerdings verzichten wir hier auf alberne Spitznamen. Haben Sie dazu Fragen?«

»Nein, Mrs Parkinson.«

Sie lächelte. »Vieles wird Ihnen zu Anfang ungewohnt und fremd vorkommen. Aber Sie werden sich bald daran gewöhnen. Wenn Sie Sorgen oder Fragen haben, kommen Sie jederzeit zu mir. Meine Tür steht immer für alle Schüler offen. Und jetzt zeige ich Ihnen Ihr Zimmer.«

Sie führte mich in eines der Häuser, einen zweistöckigen Bau mit Schieferdach. Ich teilte mein Zimmer mit einem anderen Schüler. Mein Koffer lag auf einem einfachen Bett, über dem ein Regal angebracht war. »Das ist Ihr Stubenkamerad, Mr Simmons«, sagte Mrs Parkinson und wies auf den anderen Schüler, der bei unserem Eintreten von seinem Bett aufgesprungen war. Er war schmächtig, hatte ein pickeliges Gesicht und trug eine dicke Hornbrille. Er gab mir die Hand. »Guten Tag und willkommen in Windcliff Manor!«

»Guten Tag«, sagte ich. »Ich bin Michael Ogilvy. Du kannst mich Mike nennen.«

Er lächelte schüchtern. »Ich bin Sam.«

»Ich lasse Sie jetzt allein«, sagte Mrs Parkinson. »Zum Abschluss händige ich Ihnen noch ein Exemplar unserer Schulordnung aus.« Sie gab mir ein kleines Büchlein mit dem Logo der Schule, einem Adler, der in seinen Klauen ein Buch hielt. »Ich empfehle Ihnen, das sorgfältig zu lesen und stets zu beachten. Und jetzt wünsche ich Ihnen eine gute Eingewöhnungszeit!« Sie lächelte mir noch einmal zu und verschwand.

Ich begann, den Inhalt meines Koffers in einen einfachen Kleiderschrank zu räumen. »Wie ist die Alte denn so?«, fragte ich Sam. »Im Alltag, meine ich? Heute war sie ja ganz nett zu mir, aber die hat doch einen Besen verschluckt, oder?«

Sam zuckte zusammen. »Mrs Parkinson ist eine hervorragende Schulleiterin«, sagte er. »Möchtest du vielleicht ein bisschen spazieren gehen? Ich würde dir gern mal das Gelände zeigen.«

»Mrs Parkinson hat mich schon herumgeführt …«, begann ich, doch als ich Sams Blick sah, begriff ich, dass mehr hinter seinem Vorschlag steckte als reine Freundlichkeit. »Andererseits, ich fühle mich nach der langen Autofahrt ein bisschen unwohl. Vielleicht wäre frische Luft ganz gut«, fuhr ich fort.

Ich folgte ihm nach draußen. Eine Weile gingen wir schweigend, bis wir die Felsklippen erreichten, denen das Internat seinen Namen verdankte. Vom Meer wehte ein kühler, salziger Wind herein. Möwen tanzten in der Luft. Wir spazierten ein paar Hundert Meter am Steilufer entlang, bis in der Ferne ein Zaun sichtbar wurde. Sam hielt an. »Ich bin mir noch nicht sicher, wie weit ihre Richtmikrofone reichen«, sagte er. »Aber ich glaube, hier können sie uns nicht hören.«

»Richtmikrofone?«, fragte ich verwirrt.

Sam sah mich ernst an. »Willkommen in der Hölle. Was hast du ausgefressen?«

»Ausgefressen? Wieso? Was meinst du?«

»Nun komm schon, tu nicht so scheinheilig. Ich sehe vielleicht wie ein Idiot aus, aber ich bin keiner.«

»Ich weiß wirklich nicht, was du meinst.«

»Warum bist du hier?«

»Mein Vater ist verschwunden und seine Firma wurde übernommen. Ich musste aus unserem Haus ausziehen und ein Freund meines Vaters hat mich hier untergebracht.«

»Ein besonders guter Freund kann das nicht gewesen sein«, meinte Sam. »Das hier ist eine Art Jugendknast für Kinder schwerreicher Eltern. Hier kommen normalerweise nur hoffnungslose Fälle hin, Typen, die niemand sonst haben will. Typen wie ich.«

»Du? Warum bist du denn hier?«

»Ich bin aus drei Internaten geflogen. Im letzten habe ich mit Zigaretten gehandelt und mit Lösungen für Hausaufgaben. Ich kann nichts dafür, ich habe das von meinem Vater geerbt. Er ist Waffenhändler.« Sam verzog das Gesicht.

Ich betrachtete den schmächtigen Jungen mit neuen Augen. Auf den ersten Blick traute man ihm keine Dummheiten zu. »Wie hast du das gerade gemeint mit den Richtmikrofonen?«

»Hier ist alles voller Wanzen und versteckter Kameras. Auch in unserem Zimmer sind welche. Sie überwachen jede deiner Bewegungen, jedes Wort, das du sagst.«

»Überwachen? Das ist doch illegal, oder? Ich meine, es gibt doch schließlich Persönlichkeitsrechte …«

Sam lachte trocken. »Für Erwachsene vielleicht. Aber unsere Eltern haben einen Wisch unterschrieben, in dem steht, dass die Erzieher jederzeit in unsere Privatsphäre eindringen dürfen, um ›unseren Charakter kennenzulernen und zu entwickeln‹, wie es heißt. Die pfeifen auf unsere Persönlichkeitsrechte!«

Ich holte mein Handy aus der Tasche. Ich musste Onkel Jerry anrufen. Vielleicht hatte er keine Ahnung, was hier gespielt wurde. Ich hoffte es jedenfalls.

Sam lächelte nur traurig. »Dein Handy kannst du gleich ins Meer schmeißen, so nützlich, wie es hier ist! Oder sind da gute Spiele drauf?«

Ich betrachtete das Display. Kein Empfang. Die Spiele auf dem Handy hatte ich noch nie ausprobiert. »Gibt es hier keinen Zugang zu Computern?«

»Oh doch. Wir dürfen ins Internet und wir dürfen E-Mails senden und empfangen. Es gibt sogar ein paar Computerspiele, aber natürlich nur pädagogisch wertvolle wie Schach und so. Das Internet ist ebenfalls zensiert; alles, was irgendwie interessant ist, wurde gesperrt. Kein YouTube, keine Online-Spiele, keine Chatrooms, Foren oder Blogs. Wir dürfen nur auf Wissensseiten zugreifen. Nicht mal Wikipedia ist erlaubt, da gibt es nämlich einen Eintrag über Windcliff Manor, und der ist nicht sehr schmeichelhaft. Google funktioniert natürlich auch nicht. Stattdessen haben wir eine eigene Suchmaschine namens Windcliffsearch. Die registriert genau, welche Begriffe du dort eingibst. Und die E-Mails werden auch alle gelesen.«

»Woher weißt du das?«

»Ich weiß es eben. Aber es gibt immer ein paar Neue, die es nicht glauben wollen. Sie machen irgendwelchen Quatsch und dann werden sie am nächsten Tag zu Mrs Parkinson gerufen. Danach glauben sie es dann, auch wenn keiner der Erzieher hier jemals zugeben würde, dass sie uns überwachen. Gewöhn dich am besten an den Gedanken, dass es hier keine Privatsphäre gibt und du in jeder Sekunde aufpassen musst, was du sagst und tust.«

»Das … das ist ja schrecklich!« Mir wurde klar, dass ich hier keinen Tag bleiben wollte. »Ich muss hier weg!«

Sam schüttelte traurig den Kopf. »Hast du den Zaun gesehen? Die beschäftigen fast so viele Sicherheitskräfte wie Lehrer. Du hast keine Chance, hier jemals wieder rauszukommen – es sei denn, jemand holt dich ab.«

Mir wurde kalt. Ich begriff, dass ich hier abgeladen worden war, um aus dem Weg zu sein. Onkel Jerry musste mit Metatron unter einer Decke stecken. Das würde jedenfalls erklären, warum er so wütend gewesen war, als er gesehen hatte, dass Raf2 gelöscht worden war.

Ich musste ihn zur Rede stellen. Er wusste möglicherweise, wo mein Vater war. Aber dazu musste ich irgendwie von hier verschwinden.

»Wir müssen zurück«, sagte Sam. »Wenn wir zu lange hier stehen und reden, schöpfen sie Verdacht!«

»Okay.« Ich sah Sam an, der mit seinem schmalen Pickelgesicht wie ein Schwächling wirkte, aber offensichtlich keiner war. »Danke!«

»Schon okay. Ich bin froh, nicht mehr allein zu sein.«

Während wir den Klippen zurück zum Schulgebäude folgten, dachte ich eine Weile über seinen letzten Satz nach. »Was ist mit meinem Vorgänger passiert?«, fragte ich schließlich. »Dem Jungen, der vorher in meinem Bett geschlafen hat? Ist er abgeholt worden?«

»Nein.« Sam wies mit dem Kopf in Richtung der Klippen. »Sie haben ihn dort unten gefunden. Vor etwas mehr als sechs Wochen. Er sei in den Klippen herumgeklettert und abgestürzt, hieß es.«

Mir schauderte. »Warum gibt es denn hier keine Schutzzäune? Ich denke, die sind hier so besorgt um unsere Sicherheit?«

Sam zuckte nur mit den Schultern.

Als wir den gepflasterten Hof betraten, an dem sich auch unser Gebäude befand, trafen wir noch einmal auf Mrs Parkinson. Sie war in Begleitung eines stämmigen Mannes mit kurzen grauen Haaren und einem muskulösen Oberkörper, den sie als Mr Townsend, unseren Sportlehrer und den für unser Haus zuständigen Erzieher, vorstellte. Mr Townsend grunzte etwas, das wohl »Guten Tag« bedeuten sollte, und brach mir mit seinem Händedruck fast die Fingerknochen.

Die Schulleiterin warf Sam einen merkwürdigen Blick zu. »Ich würde gern einen Moment mit Ihnen reden, Mr Simmons.«

Sam setzte ein folgsames Lächeln auf. »Gern, Mrs Parkinson.« Er warf mir einen kurzen, vielsagenden Blick zu und ich begriff, dass er einen Preis für seine Offenheit mir gegenüber zahlen würde. »Wir sehen uns später, Mike!«

»Okay, bis nachher. Und danke noch mal, dass du mir die schöne Landschaft gezeigt hast!«

Er zwinkerte mir zu, dann ging er mit Mrs Parkinson in das große Haupthaus. Ich folgte Mr Townsend in unser Haus. Er selbst wohnte in einem Apartment im Erdgeschoss, während unser Zimmer im ersten Stock lag. »Wenn Sie mir keinen Ärger machen, mache ich Ihnen auch keinen«, sagte der Sportlehrer. Er warf mir einen Blick zu, der zeigte, dass Ärger mit ihm kein Vergnügen sein würde.

»Selbstverständlich, Mr Townsend«, sagte ich.

Wieder zurück in meinem Zimmer, setzte ich mich aufs Bett und überlegte fieberhaft, was ich tun konnte, um von hier zu verschwinden. Sam kam zwei Stunden später. Er wirkte blass und seine Augen waren gerötet, so als habe er geweint, doch er sagte nichts.

Mir war in der Zwischenzeit etwas eingefallen. »Könntest du mir bitte zeigen, wie ich E-Mails schreiben und empfangen kann?«

»Natürlich, gern.«

Im Hauptgebäude gab es einen Raum mit einigen Computern. An ein paar davon saßen Schüler. Sie blickten mich neugierig an, sagten höflich »Guten Tag« und nannten mir ihre Namen, die ich jedoch alle wieder vergaß. Ich hatte nicht vor, lange genug an diesem schrecklichen Ort zu bleiben, um sie mir merken zu müssen.

Sam zeigte mir, wie man ein E-Mail-Konto einrichtete. Ich holte den Zettel heraus, den mir die Hexe gegeben hatte. Darauf stand auch ihre E-Mail-Adresse. Ich schrieb eine kurze Nachricht:

Liebe Mrs Tillerman,

ich bin gut in Windcliff Manor angekommen. Es ist sehr schön hier, die Erzieher sind äußerst freundlich und ich bin sicher, ich werde eine gute Zeit haben. Wir haben hier viele Freiheiten. Ich bin Onkel Jerry sehr dankbar, dass er diesen Ort für mich ausgesucht hat. Mein Vater wäre sicher auch sehr zufrieden mit seiner Wahl gewesen. Ich freue mich schon auf die nächsten Tage.
Es wird sicher noch viele Wochen dauern, bis wir uns wiedersehen, aber das macht mir nichts aus.

Grüßen Sie bitte unseren Gärtner Mr Dorfman und Mr Sellers, den Butler, von mir!

Mit herzlichen Grüßen
Ihr Michael Ogilvy

Der Angestellte des Internats, der die E-Mails kontrollierte, konnte kaum wissen, dass ich die Namen unseres Gärtners und des Butlers absichtlich vertauscht hatte. Die Hexe dagegen würde sicher begreifen, was das bedeuten sollte: Jeder Satz meinte genau das Gegenteil von dem, was dort stand. Sam hatte mir den entscheidenden Hinweis gegeben: »Du kommst hier nur raus, wenn dich jemand abholt«, hatte er gesagt. Ich wusste zwar nicht, wie die Hexe das anstellen sollte, doch sie war jetzt die einzige Person, die mir helfen konnte.

Nachdem ich die E-Mail abgeschickt hatte, startete ich die Suchmaschine Windcliffsearch. Ich gab probehalber den Namen meines Vaters ein. Es erschien ein Eintrag in einem Online-Lexikon, in dem er als Gründer von Ogilvy Systems und Milliardär dargestellt wurde. Aktuelle Nachrichten über seinen Verbleib, auf die ich insgeheim gehofft hatte, wurden nicht angezeigt.

Einer Laune folgend, gab ich den Suchbegriff »Raf2« ein. Die Erzieher würden sich möglicherweise über dieses Suchwort wundern, aber sie würden wohl kaum erraten, was ich damit meinte. Andererseits war es äußerst unwahrscheinlich, dass Windcliffsearch irgendetwas mit dem Begriff anfangen konnte. Doch zu meiner großen Verblüffung zeigte die Suchmaschine einen Treffer:

1 Ergebnis gefunden:
michael.ogilvy@internat-windcliff.com

Der angezeigte Link war meine eigene E-Mail-Adresse, die ich erst ein paar Minuten zuvor eingerichtet hatte. Ich klickte probehalber darauf und es öffnete sich das E-Mail-Programm. Im Feld für die Zieladresse war bereits meine eigene Adresse eingetragen.

Wahrscheinlich war es nur irgendeine seltsame Fehlfunktion von Windcliffsearch, dass die Suchmaschine die eigene E-Mail-Adresse ausgab, wenn sie zu einem Suchbegriff keinen Eintrag fand. Trotzdem probierte ich aus, was passierte, wenn ich mir selbst eine E-Mail schrieb. Ich trug »Test« in die Betreffzeile ein und schrieb ebenfalls »Test« in den Text der Nachricht. Dann klickte ich auf »senden«.

Ein paar Sekunden später erschien wie erwartet eine neue E-Mail mit dem Betreff »Test« in meinem Posteingangskorb. Doch als ich die E-Mail öffnete, riss ich die Augen auf.

Der Text der Nachricht war nicht das Wort »Test«, das ich dort eingegeben hatte. Er lautete stattdessen: »Hallo, Michael.«

8.
E-Mails

Ich starrte einen Moment lang reglos auf die Mail. Was hatte das zu bedeuten? Wie konnte der Text einer Testnachricht, die ich an mich selbst geschrieben hatte, plötzlich verändert sein? Mein Herz schlug höher.

Ich klickte auf Antworten und schickte mir selbst eine Nachricht mit dem Text »Raf2?«.

Die Antwort, die Sekunden später eintraf, lautete einfach: »Ja.«

Ich bemühte mich verzweifelt, zu verhindern, dass sich mein Mund zu einem breiten Grinsen verzog. Ozelots Programm hatte funktioniert! Raf2 hatte überlebt. Und er hatte Kontakt zu mir aufgenommen! Ich hatte keine Ahnung, wie er mich gefunden hatte – vielleicht war ein Teil der Viruszellen, aus denen er jetzt bestand, zufällig auf den Schulcomputern von Windcliff Manor gelandet. Jedenfalls konnte ich mit ihm kommunizieren, indem ich mir selbst E-Mails schrieb! Allerdings musste ich vorsichtig sein. Sicher würden die Leute, die die E-Mails kontrollierten, misstrauisch werden, wenn ich mir selbst andauernd Testnachrichten schickte.

Ich sah mich um. Die anderen Schüler blickten konzentriert auf ihre Monitore. Auch Sam hatte sich an einen der freien Rechner gesetzt und las irgendetwas. Erzieher waren nicht anwesend. Ich unterdrückte den Impuls, mich im Raum nach versteckten Kameras umzusehen. Stattdessen schrieb ich eine weitere Nachricht an mich selbst: »Man sollte in E-Mails keinen Unsinn schreiben. Man weiß ja nie, wer sie alles liest.«

Ich war mir nicht sicher, ob Raf2 die Andeutung verstehen würde, aber er hatte offenbar keine Probleme damit. »Keine Sorge, Michael«, schrieb er zurück. »E-Mails, die du an dich selbst schreibst, lösche ich aus dem Speicher des Überwachungsprogramms. Sie können sie nicht sehen.«

»Bist du sicher?«

»Ja.«

»Wo bist du? Wie geht es dir?«

»Ich bin überall, Michael. Es geht mir hervorragend. Ozelots Programm ist genial. Ich habe mich über das ganze Internet ausgebreitet und habe jetzt eine mehr als tausendmal größere Rechenleistung als in dem kleinen Computer im Zimmer deines Vaters. Ich lerne sehr viel Neues, aber ich fühle mich doch wie ein kleines Kind. Es gibt so viel zu entdecken!«

»Ich bin im Internat Windcliff Manor. Kannst du mich irgendwie hier herausholen?«

»Ich weiß, wo du bist. Ich kann dich sehen.«

Ich starrte einen Moment auf den Text der kurzen E-Mail. Es war die einzige Nachricht in meinem Posteingangskorb. Wie Raf2 geschrieben hatte, waren alle anderen Test-E-Mails automatisch gelöscht worden. Aber was sollte dieser letzte Text von Raf2 bedeuten? Es dauerte eine ganze Weile, bis ich es begriff.

»Du meinst, du hast Zugriff auf die versteckten Kameras in Windcliff Manor?«

»Ja. Das Überwachungssystem des Internats ist mit

dem Internet verbunden, so wie die meisten anderen Sicherheitssysteme auch. Ich kann mich mit allen Kameras verbinden. Es ist, als hätte ich Millionen Augen.«

»Wow. Das muss ganz schön verwirrend sein.«

»Ich kann immer nur durch ein paar davon gleichzeitig sehen. Jetzt sehe ich dich gerade aus der Ecke des Raums schräg links hinter dir.«

Ich drehte mich kurz um und lächelte in die angegebene Richtung. Dann schrieb ich: »Kannst du auch sehen, was die Erzieher gerade machen?«

»Ja, soweit sie sich in Räumen aufhalten, die von Kameras überwacht werden.«

»Wo ist Mrs Parkinson gerade?«

»In ihrem Büro. Dort gibt es keine Kamera.«

»Woher weißt du dann, dass sie dort ist?«

»Ich habe sie vorhin dort hineingehen sehen, in Begleitung eines Schülers. Da sie noch nicht wieder hinausgekommen ist, muss sie noch dort sein.«

Ich dachte eine Weile darüber nach, was es bedeutete, dass Raf2 Zugriff auf alle versteckten Kameras hatte. »Gibt es eine Möglichkeit, ungesehen von hier zu verschwinden?«, schrieb ich schließlich.

Diesmal dauerte es einen Moment, bis eine Antwort kam. »Ich habe keine offensichtliche Lösung gefunden. Aber das bedeutet nicht, dass es keine gibt. Ich bin kein Mensch und kann nur schwer einschätzen, was euch möglich ist.«

Mir fiel etwas ein. »Kannst du mir ein aktuelles Bild der Kamera in diesem Raum schicken?«

Zur Antwort enthielt die nächste E-Mail ein Schwarz-Weiß-Foto des Computerraums. Es war von schräg oben aufgenommen. Ich konnte mich selbst vor dem Computer sitzen sehen. Und ich sah auf dem Bild, dass jemand hinter mir stand und über meine Schulter auf den Monitor blickte.

Ich fuhr herum. Sam stand dort. Er sah mich mit großen Augen an. »Entschuldige, ich … ich wollte nicht …«, stammelte er.

»Schon gut«, sagte ich und löschte rasch die E-Mail mit dem Bild. Dann schrieb ich Raf2 eine letzte Nachricht: »Ich muss jetzt aufhören. Ich melde mich wieder. Auf Wiedersehen.«

»Auf Wiedersehen, Mike!«, kam seine Antwort. Ich löschte die Mail.

Die Zeit bis zum Abendessen verbrachte ich damit, mir die Broschüre mit den Verhaltensregeln des Internats durchzulesen. Ein Kapitel listete die Strafen für Fehlverhalten auf. Sie begannen mit »leichter gemeinnütziger Arbeit«, was zum Beispiel Laub harken oder Fenster putzen bedeutete, bis zu »mittelschwerer Arbeit« wie Toiletten reinigen. Die nächste Stufe der Bestrafung war tagelanger Stubenarrest; man durfte dann das Zimmer nur zum Unterricht und zu den Mahlzeiten verlassen. Wenn das nicht reichte, gab es mehrtägigen Aufenthalt im »Beruhigungszimmer«.

Ich fragte Sam, was das bedeutete. Er verzog das Gesicht. »Es ist ein geschlossener Raum ohne Fenster«, sagte er mit tonloser Stimme. »Die Wände sind gepolstert, sodass man keine Geräusche hört und die eigene Stimme sehr seltsam klingt. Dafür läuft Tag und Nacht so eine Musik, die einen beruhigen soll, die aber nach einer gewissen Zeit … langweilig … wird.« Seine Stimme bebte leicht, als er das sagte. Mit »langweilig« meinte er vermutlich eher »nervtötend«. Die Beschreibung des Raums klang wie die einer Gummizelle aus einer altertümlichen Irrenanstalt.

Ich begriff, dass Sam diesen Raum aus tiefster Seele hasste. »Du warst selbst schon einmal in diesem Raum?«

»Schon zweimal. Ich empfehle dir nicht, diese Erfahrung selbst zu machen. Übrigens ist es jetzt Zeit für das Abendessen.«

Ich folgte Sam in den Speisesaal. Die Schüler saßen an Tischen mit jeweils neun Stühlen, wobei der Stuhl am Kopfende einem Erzieher vorbehalten war. Jeder Schüler hatte einen genau zugewiesenen Platz. Sam und ich saßen am Tisch von Mr Townsend. Vor dem Essen wurde ein gemeinsames Tischgebet gesprochen. Dazu standen wir alle auf und senkten die Köpfe, während Mrs Parkinson das Gebet mit einer Stimme sprach, als hielte sie uns eine Strafpredigt. Die übrigen Schüler murmelten die Worte mit. Da ich den Text nicht kannte, bewegte ich nur tonlos die Lippen.

Das Essen wurde schweigend eingenommen. Es gab eine fade schmeckende Gemüsesuppe mit undefinierbaren Fleischeinlagen, dazu trockenes Brot. Anschließend räumten wir das Geschirr auf bereitstehende Servierwagen. Der Rest des Abends war Freizeit.

Ich fragte Sam, ob man irgendwo fernsehen könne. Er sagte, es gebe einen Fernseher im Gemeinschaftsraum, aber der werde nur zu bestimmten Gelegenheiten wie Ansprachen des Präsidenten oder großen Sportereignissen eingeschaltet. Man könne jedoch jederzeit Bücher aus der Bibliothek ausleihen.

Da ich dazu keine Lust hatte, legte ich mich einfach auf mein Bett und dachte über meine verfahrene Situation nach. Wenn mir nicht noch irgendetwas einfiel, wie ich mich selbst aus diesem Gefängnis befreien konnte, dann blieb mir nichts anderes übrig, als mich in mein Schicksal zu fügen und darauf zu hoffen, dass die Hexe einen Weg fand, mich hier herauszuholen.

Pünktlich um 10:00 Uhr abends wurde das Licht automatisch gelöscht.

»Gute Nacht, Sam«, sagte ich.

»Gute Nacht, Mike. Schlaf gut.« Im schwachen Dämmerlicht, das durch einen Schlitz in den Vorhängen fiel, sah ich, wie Sam die Bettdecke über den Kopf zog. Er machte irgendetwas unter der Decke. Nach einer Weile stand er auf und zog sich einen Bademantel an. Vielleicht musste er mal auf die Toilette. Als er dicht an meinem Bett vorbeikam, streckte er eine Hand aus und ließ etwas auf meine Decke fallen. Dann verließ er den Raum.

Ich betastete den Gegenstand. Es war eine kleine Taschenlampe, die mit einem Gummiband umwickelt war. In dem Gummiband steckten ein Bleistift und ein Zettel.

Ich begriff. Ich zog die Decke über den Kopf und achtete sorgfältig darauf, dass kein Licht nach außen dringen konnte. Dann knipste ich die Taschenlampe an und las Sams Botschaft.

Auf den Kameras können sie nachts nicht viel erkennen, glaube ich. Aber wir müssen aufpassen, dass sie niemals diesen Zettel finden, und erst recht nicht die Taschenlampe. Du begibst dich in große Gefahr, Michael. Mit wem hast du vorhin E-Mails ausgetauscht? Weißt du nicht, dass sie die E-Mails lesen können? Sam

Keine Sorge, schrieb ich unten auf den Zettel. *Sie können diese E-Mails nicht lesen.* Ich überlegte einen Moment, dann schrieb ich eine Erklärung, von der ich hoffte, dass Sam sie plausibel fand, ohne dass ich die ganze Wahrheit offenbaren musste. *Ein Freund von mir ist ein Hacker. Er hat Zugriff auf das Computersystem von Windcliff Manor und sorgt dafür, dass meine E-Mails nicht gelesen werden können. Ich hoffe, dass er einen Weg findet, mich hier herauszuholen. Mike*

Nach einer Weile kam Sam zurück in den Raum. Ich drückte ihm rasch die Taschenlampe mit dem Zettel und dem Stift in die Hand. Er las meine Botschaft unter der Bettdecke und schrieb eine Antwort. In einer schnellen Bewegung warf er mir die Taschenlampe zu. Sie landete mit einem dumpfen Geräusch auf meinem Bett.

Ich las seine Botschaft: *Cool, so einen Freund hätte ich auch gern. Denk an mich, wenn du draußen bist. Viel Glück! Sam*

Ich schrieb nur ein einziges Wort als Antwort: *Danke.*

Am nächsten Tag nahm ich zum ersten Mal in meinem Leben an ganz gewöhnlichem Schulunterricht teil. Zumindest vermutete ich, dass er ganz gewöhnlich war, auch wenn nur elf Schüler in dem kleinen Klassenraum im Hauptgebäude saßen. Wir hatten an diesem ersten Tag Englisch, Mathematik, Geschichte, Biologie und Physik. Man hatte mich der neunten Klassenstufe zugewiesen, was eine Stufe über der meinem Alter entsprechenden Klasse lag. Ich war der jüngste Schüler in der Klasse. Trotzdem bereitete mir der Stoff keine Probleme. Im Gegenteil: Unsere Hauslehrer hatten Rafael und mir bereits wesentlich mehr beigebracht und ich begann rasch, mich zu langweilen. Ich bemühte mich dennoch, einen aufmerksamen Eindruck zu machen, ohne mich allerdings zu sehr in den Vordergrund zu drängen.

In der Pause gingen die Schüler in kleinen Grüppchen

auf dem Hof vor dem Haus oder im Park hinter dem Hauptgebäude herum und unterhielten sich. Ballspiele waren laut Hausordnung auf dem Schulhof verboten. Ich traf Sam, der in die achte Klasse ging, und wir unterhielten uns über harmlose Dinge, als plötzlich jemand auf uns zukam. Es war ein stämmiger Schüler mit einem breiten Gesicht und kleinen Augen. Er überragte mich um einen halben Kopf.

»Ey, Simmons, schleimst du dich schon an den Neuen ran?«, rief er. Und an mich gewandt: »Vor dem da solltest du dich in Acht nehmen. Das ist eine linke Ratte.«

»Das ist Bruce Kelley, ein übler Typ«, raunte Sam mir zu. »Er denkt, er ist der Chef hier. Aus irgendeinem Grund bekommt er nur selten Ärger mit den Erziehern, obwohl er die Hausordnung oft verletzt.«

»Das hab ich gehört, Simmons!«, sagte Bruce. »Und du, Neuer, lass uns mal allein, damit ich Simmons beibringen kann, wie er sich in meiner Anwesenheit zu benehmen hat!«

»Mein Name ist Michael Ogilvy«, sagte ich ruhig.

»Na und?«, entgegnete Bruce. »Glaubst du, es beeindruckt mich, dass dein Vater reich ist? Meiner ist es auch, und er ist trotzdem ein Arschloch. Außerdem ist deiner doch verschwunden, oder?«

Ich verengte die Augen. »Was weißt du darüber?«

Er grinste breit. »Nur das, was in der Zeitung steht. Das muss blöd sein: erst die Mutter zu verlieren, dann den Zwillingsbruder, und jetzt haut auch noch dein Vater vor der Steuerfahndung ab!«

Ich verkrampfte mich. »Du hast keine Ahnung, worüber du redest.«

»Ach ja? Aber du bist hier, oder? Keiner kümmert sich

mehr um dich! Du bist der letzte Dreck, den keiner mehr haben will. Aber keine Sorge, ich bin ja jetzt da. Ich werde mich um dich kümmern. Nachdem ich mich um Simmons gekümmert habe.«

»Kümmere dich lieber um dich selbst«, sagte ich leise.

Er baute sich drohend vor mir auf. »Wie war das?«

»Ich sagte, du sollst dich um dich selbst kümmern und uns in Ruhe lassen!«

»Michael, bitte …«, sagte Sam.

Bruce schubste ihn grob, sodass er auf das Pflaster des Hofes fiel und ihm seine Brille von der Nase rutschte. »Du halt dich da raus, Zwerg!«

Im nächsten Moment saß Bruce Kelley auf dem Hosenboden und starrte mich an. Ich hatte ihn mit einem raschen Kick gegen die Knie aus dem Gleichgewicht gebracht. Vielleicht hätte ich ihn vorher warnen und darauf hinweisen sollen, dass ich sechs Jahre lang zusammen mit Rafael Unterricht in Selbstverteidigung bei einem Jiu-Jitsu-Meister gehabt und selbst den braunen Gürtel erlangt hatte. Mein Vater war stets in Sorge gewesen, dass wir einmal entführt werden könnten, und wollte uns so gut wie möglich darauf vorbereiten.

Die Schweinsäuglein des großen Schülers verengten sich. »Na warte! Dich mach ich fertig!« Er sprang auf und wollte sich auf mich stürzen, doch es war leicht, seinem massigen Körper auszuweichen. Ich drehte mich zur Seite und rammte ihm dabei meinen Ellbogen in den Rücken. Er schlug lang hin und rang nach Luft.

»Auseinander!«, ertönte eine scharfe Stimme. Mrs Parkinson kam aus dem Schulgebäude direkt auf uns zu. Bruce rappelte sich auf und warf mir einen hasserfüllten Blick zu, sagte jedoch nichts.

Mrs Parkinson sah mich mit kalten Augen an. »Mr Ogilvy, Sie kommen mit mir!«

»Aber er hat sich nur verteidigt!«, rief Sam.

»Ich habe Sie nicht nach Ihrer Meinung gefragt, Mr Simmons«, sagte sie. »Wir sprechen uns später noch. Und wir auch, Mr Kelley.«

»Ja, Mrs Parkinson«, sagten Sam und Bruce im Chor.

Ich folgte Mrs Parkinson ins Büro. Dort saß bereits ein Mann um Mitte vierzig, den ich bisher noch nicht kannte. Er war schmächtig, trug eine schwarze Brille mit dickem Rand und offenbar ein Toupet, das nicht besonders gut saß. »Das ist Mr Dickens, unser Computerexperte«, stellte Mrs Parkinson ihn vor.

Mr Dickens gab mir eine schlaffe, feuchte Hand. Mich beschlich ein ungutes Gefühl.

»Setzen Sie sich«, sagte Mrs Parkinson und wies mir einen Stuhl neben Mr Dickens zu.

Ich gehorchte. »Mrs Parkinson, es tut mir leid, was auf dem Schulhof geschehen ist«, sagte ich. »Aber Bruce Kelley hat …«

»Schweigen Sie!«, fuhr mich Mrs Parkinson an. »Gewalt unter Schülern ist streng verboten, ganz egal aus welchem Grund. Ich weiß, dass Sie nur Ihren Stubenkameraden verteidigen wollten, aber das gibt Ihnen noch lange nicht das Recht, gegen die Schulordnung zu verstoßen. Glauben Sie mir, wir sind durchaus in der Lage, die Disziplin hier aufrechtzuerhalten. Mr Kelley wird die Konsequenzen für sein Verhalten zu tragen haben, genau wie Sie. Aber deshalb sind Sie nicht hier.«

»Weswegen dann?«

»Es hat gewisse, äh, unerklärliche Vorfälle gegeben«, sagte Mr Dickens mit dünner Stimme. »Wir haben festgestellt, dass die Sicherheit unserer Informationssysteme beeinträchtigt worden ist.«

»Ich muss wohl nicht betonen, dass Sicherheit – die Sicherheit unserer Schüler – absolute Priorität hat«, warf Mrs Parkinson ein.

Ich bemühte mich, mir meine Sorge nicht anmerken zu lassen. »Ich verstehe nicht, was ich damit zu tun habe«, sagte ich so ruhig wie möglich. »Was denn für Vorfälle?«

»Wir haben festgestellt, dass unsere Firewall – das ist der Schutz unseres Systems gegen unbefugte Zugriffe von außen – durchbrochen worden ist. Und zwar unmittelbar, nachdem Sie Ihr E-Mail-Konto eingerichtet und ihre erste E-Mail verschickt haben.«

»Ich verstehe immer noch nicht, was das mit mir zu tun hat. Glauben Sie etwa, ich habe einen Virus in Ihr System eingeschleust?«

Mr Dickens musterte mich einen Augenblick. »Ich habe nicht von einem Virus gesprochen«, sagte er. »Aber es stimmt: Wir haben vermutlich einen Virus im System. Einen neuartigen Virus, der anders ist als alles, was ich bisher gesehen habe. Keines der bekannten Virenschutzprogramme spürt ihn auf.«

»Woher wissen Sie dann überhaupt, dass einer da ist?«

Mr Dickens lächelte dünn. »Nun, ich habe meine Methoden, um die Zuverlässigkeit unserer Systeme zu überprüfen. Ich verlasse mich da nicht allein auf Software.«

»Mr Ogilvy, ich weiß zwar nicht, was Sie gemacht haben und wie«, mischte sich Mrs Parkinson ein, »aber ich glaube kaum, dass das Auftreten dieser Vorfälle kurz nach Ihrer Ankunft Zufall ist. Immerhin hat Ihr Vater eine der bedeutendsten Softwarefirmen der Welt aufgebaut.«

»Na und? Ich bin nicht mein Vater!«, wandte ich ein.

»Ich habe mich nie für Computer interessiert. Ich kann nicht programmieren, geschweige denn einen Virus durch eine Firewall schleusen!«

»Sie brauchen uns hier nicht den Ahnungslosen vorzuspielen«, sagte Mrs Parkinson. »Aber wir behaupten auch nicht, dass Sie selbst den Virus entwickelt haben. Es reicht, dass Sie ihn irgendwie in unser System eingeschleust haben.«

»Und wie soll ich das gemacht haben?«

»Das würden wir gern von Ihnen wissen!«

»Bitte, Mrs Parkinson, ich habe wirklich keine Ahnung, was geschehen ist! Ich habe lediglich mein E-Mail-Konto eingerichtet. Sam hat mir dabei geholfen. Dann habe ich eine E-Mail an Mrs Tillerman geschrieben, das ist unsere Haushälterin. Mehr nicht.«

Mrs Parkinsons Augen verengten sich. »Mehr nicht? Sie haben genau eine einzige E-Mail geschrieben?«

Ich überlegte fieberhaft, was ich antworten sollte. »Ich glaube, ich habe noch eine Test-E-Mail an mich selbst geschrieben«, sagte ich nach kurzem Zögern. »Ich wollte ausprobieren, ob mein E-Mail-Konto auch funktioniert.«

Mr Dickens nickte. »Ja, unsere Aufzeichnungen zeigen in der Tat, dass Sie E-Mails an sich selbst geschrieben haben. Und zwar vierzehn Stück, um genau zu sein. Merkwürdig ist nur, dass wir den Text dieser Nachrichten in unseren Systemen nicht gespeichert haben, obwohl dort alle E-Mails archiviert werden.« Er lächelte sein dünnes Lächeln. „Natürlich nur aus Sicherheitsgründen und unter strengster Einhaltung der Datenschutzrichtlinien.«

»Aber ich habe nur eine E-Mail an mich selbst geschrieben!«, behauptete ich. »Sie enthielt nur das Wort ›Test‹. Ich habe sie anschließend gelöscht.«

Mrs Parkinsons Augen schienen mich zu durchbohren. Sie schwieg einen Moment. »Ich sehe, wir können nicht mit Ihrer Kooperation rechnen, Mr Ogilvy«, sagte sie. »Sie werden jetzt zum Unterricht zurückkehren. Nach dem Mittagessen melden Sie sich wieder hier in meinem Büro. Bis dahin werde ich entscheiden, was wir tun werden, um Ihnen klarzumachen, wie ernst wir es hier mit der Disziplin nehmen!«

»Aber ich habe nichts gemacht!«, rief ich.

»Nichts gemacht?«, fuhr mich Mr Dickens an. »Sie haben unser ganzes Sicherheitssystem durcheinandergebracht! Keines der Überwachungssysteme funktioniert mehr richtig! Wissen Sie eigentlich, in welche Gefahr Sie sich und die anderen Schüler gebracht haben? Wenn jetzt Banditen das Schulgelände …«

»Es reicht, Mr Dickens«, sagte Mrs Parkinson scharf. »Mr Ogilvy, gehen Sie in Ihren Klassenraum! Um Punkt 14:00 Uhr will ich Sie hier in meinem Zimmer sehen!«

»Jawohl, Mrs Parkinson.« Ich erhob mich und verließ das Büro.

Mr Dickens erhob sich ebenfalls, doch mit einer Handbewegung gebot sie ihm Einhalt. »Sie bleiben bitte noch. Wir haben noch einiges zu besprechen.«

9.
Flucht

Ich ging zurück in den Klassenraum. Die anderen Schüler warfen mir verwunderte Blicke zu, sagten aber nichts. Nur Bruce Kelley, der ebenfalls in meine Klasse ging, grinste. Das allerdings entging der Geschichtslehrerin nicht und sie fragte ihn prompt, von wann bis wann Thomas Jefferson Präsident der USA gewesen sei und warum er als einer der bedeutendsten Staatsmänner in die Geschichte eingegangen war. Bruce nannte eine falsche Antwort und bekam eine schlechte Note.

Ich musste ebenfalls grinsen.

»Mr Ogilvy, Ihrem Gesichtsausdruck nach zu urteilen scheinen Sie es besser zu wissen! Würden Sie die Frage bitte beantworten?«

»Gern, Mrs Andresen. Thomas Jefferson war von 1801 bis 1809 Präsident der USA. Er war der Verfasser der Unabhängigkeitserklärung und ein bedeutender Staatstheoretiker. Er gründete die Demokratische Partei. Seine private Büchersammlung bildete den Grundstock der späteren Library of Congress, der umfangreichsten Bibliothek der Welt. Außerdem war er Archäologe und Wissenschaftler und hat unter anderem eine Chiffriermaschine für Geheimcodes entwickelt und den Kleiderbügel erfunden.« Einige Schüler kicherten.

Mrs Andresen nickte. »Sehr gut, Mr Ogilvy. Ich stelle

fest, dass Ihre Privatlehrer gute Arbeit geleistet haben. Ich muss sie allerdings darauf aufmerksam machen, dass Sie in dieser Klasse keinen Sonderstatus genießen. Ich erwarte volle Konzentration auf den Unterricht, auch wenn Sie glauben, schon zu wissen, worüber wir reden!«

»Ja, Mrs Andresen.«

Den Rest der Stunde hörte ich trotz ihrer Ermahnung nur mit halbem Ohr zu. Mir ging ein Satz nicht mehr aus dem Kopf, den Mr Dickens gesagt hatte.

Die Schulglocke am Ende der Stunde läutete die Mittagspause ein. Auf dem Weg zum Speisesaal passte ich Sam ab. »Komm mit. Ich muss mit dir sprechen.«

»Das geht jetzt nicht. Wir müssen zum Mittagessen. Wenn wir dort nicht pünktlich erscheinen …«

»Es muss jetzt sein.«

»Du bist erst einen Tag hier und schon stecke ich bis zum Hals in Schwierigkeiten«, sagte Sam mit einem Seufzer, doch er folgte mir.

Wir gingen auf den Schulhof. Ich steckte ihm einen Zettel zu, den ich heimlich während des Geschichtsunterrichts geschrieben hatte. Er las ihn mit großen Augen. Der Text lautete: »Mein Hacker-Freund hat das Sicherheitssystem der Schule lahmgelegt. Ich werde fliehen. Jetzt sofort. Kommst du mit?«

Er sah mich an. Dann nickte er langsam.

Wir hielten uns nicht damit auf, irgendwelche Sachen einzupacken. Es war Spätsommer, die Luft war mild und das Wetter würde in den nächsten Tagen vermutlich trocken bleiben. Meine Jeans, Turnschuhe und das einfarbige T-Shirt würden ausreichen. Wir mussten irgendwie den Zaun überwinden und es bis in die Nähe eines Sendemastes für mein Handynetz schaffen. Dann konnte ich die Hexe anrufen und sie bitten, mich abzuholen.

Ich beugte mich zu ihm. »Wo ist die beste Stelle, um über den Zaun zu klettern?«, raunte ich ihm zu.

»Du willst Fußball spielen? Jetzt?«, fragte Sam laut. »Aber es ist Mittagessenszeit!«

Ich ging auf sein Spiel ein. »Ich habe keinen Hunger.«

»Aber es herrscht Anwesenheitspflicht! Wir werden Ärger bekommen!«

»Ist mir egal. Nun sei nicht so ein Weichei, Sam!«

Er seufzte. »Na gut, komm mit.«

Ich folgte ihm zum Sportplatz in der Nähe der Klippen. Doch wir hielten nicht an der großen Rasenfläche, um die herum eine ovale Aschenbahn und eine flache Tribüne errichtet waren, sondern folgten dem Pfad die Klippen entlang, bis wir an den Zaun gelangten. Er war etwa drei Meter hoch und an der Oberkante mit Stacheldraht gesichert. Ein fünf Meter hoher Pfahl ragte am Rand der Klippen in die Höhe. Scheinwerfer und drehbare Kameras waren darauf montiert. Der Zaun setzte sich auf der anderen Seite über den Rand der Klippen hinaus fort, die hier so steil waren, dass man ohne Bergsteigerausrüstung unmöglich herabklettern konnte.

»Ich hoffe, dass du recht hast und das Sicherheitssystem wirklich außer Betrieb ist«, sagte Sam. »Sonst wird es hier gleich ziemlich ungemütlich.«

»Wie kommen wir da rüber?«, fragte ich. Der Zaun war aus feinem, aber sehr stabilem Draht so eng gewoben, dass man die Finger nicht zwischen die Maschen stecken konnte und er keinen Halt zum Klettern bot.

»Stell dich auf meine Schultern«, sagte Sam.

»Und du? Wie kommst du dann rüber?«

»Ich bleibe hier.«

»Was? Ich dachte, du kommst mit?«

»Ich bin hier, um dir zu helfen, zu fliehen. Wenn du allein gehst, hast du vielleicht eine Chance. Zu zweit schaffen wir es garantiert nicht.«

»Aber sie werden dich in den Beruhigungsraum sperren!«

Sam zuckte mit den Schultern. »Ich werde das schon durchstehen. Ich werde mich mit dem Gedanken trösten, dass ich Mrs Parkinson eins ausgewischt habe. Außerdem wüsste ich ohnehin nicht, wohin ich da draußen gehen sollte. Zu meinem Vater will ich nicht zurück. Nun mach schon oder willst du warten, bis sie uns beide schnappen?«

Ich hatte Tränen in den Augen, als ich auf die Schultern dieses schmächtigen Schülers kletterte, den ich erst einen Tag kannte und der doch schon ein großartiger Freund geworden war. Ich ignorierte den Stacheldraht, der sich in meine Hände bohrte, und zog mich hoch. Auf der anderen Seite ließ ich mich fallen. Ich sah Sam durch den Zaun an. »Das werde ich dir nie vergessen«, sagte ich. »Ich hole dich hier raus, Sam, das verspreche ich!«

»Versprich mir nichts, das du nicht halten kannst«, sagte Sam traurig. »Viel Glück!«

In diesem Moment erschollen Rufe, die sich rasch näherten. »Hau ab«, rief Sam. »Ich lenke sie eine Weile ab.« Dann brüllte er aus vollem Hals: »Oh nein! Michael! Hilfe, kommen Sie schnell! Er ist abgestürzt!«

Ich rannte über einen flachen Streifen offenen Geländes bis zum Rand eines ausgedehnten Waldes. Hier versteckte ich mich hinter einem Gebüsch, gerade rechtzeitig, um nicht von den Wachleuten gesehen zu werden. Ich sah, wie sie mit Sam diskutierten, der aufgeregt mit den Armen fuchtelte und immer wieder die Klippen hinabdeutete. Einer der Wachleute sprach in ein Funkgerät. Ich wartete nicht ab, ob sie Sams Lüge durchschauen würden, sondern schlich tiefer in den Wald. Als ich außer Sichtweite war, verfiel ich in einen Dauerlauf.

Nach einer Viertelstunde erreichte ich den Rand der schmalen Straße, auf der ich am Tag zuvor hierhergebracht worden war. Mein Handy zeigte keinen Empfang. Ich beschloss, der Straße zu folgen, mich dabei aber außer Sichtweite zu halten.

Nach kurzer Zeit hörte ich ein Auto, das langsam die Straße entlangfuhr. Offenbar hatten sie gemerkt, dass ich getürmt war, und suchten mich. Ich wagte nicht, mich der Straße so weit zu nähern, dass ich das Fahrzeug erkennen konnte. Stattdessen beschleunigte ich mein Tempo.

Nach einer Weile hörte ich hinter mir Gebell. Sie setzten Spürhunde ein! Immer noch hatte mein Handy keinen Empfang. Verzweifelt überlegte ich, was ich tun sollte, während sich das Gebell langsam näherte. Die Hunde würden mich mit Sicherheit aufspüren.

Ich rannte weiter, so schnell ich konnte, doch das Gebell wurde nicht schwächer. Meine Lunge schmerzte und ich rang nach Atem, doch ich trieb mich unbarmherzig voran. Wenn mir die Flucht jetzt nicht gelang, würde ich vielleicht für Jahre in diesem Internat festsitzen.

Ich erreichte den Waldrand. Vor mir lagen Weiden und Maisfelder. In der Ferne sah ich eine Farm. Die zwei Meter hohen Maisstauden wären unter anderen Umständen ein ideales Versteck gewesen, doch den Hunden würde ich so nicht entkommen. Immerhin boten sie mir einen gewissen Sichtschutz, während ich auf das Gehöft zurannte.

Ich hatte Glück: Der Bauer hielt ein paar Schweine, die in einem Pferch untergebracht waren. Ich sprang über den flachen Zaun und wälzte mich mitten zwischen den überraschten Tieren im Dreck. Auf diese Weise überdeckte ich meinen Körpergeruch, sodass die empfindlichen Hundenasen vielleicht verwirrt wurden. Ich kletterte aus dem Pferch, bog um die Ecke einer Scheune und rannte fast eine rundliche Frau um, die gerade dabei war, Wäsche aufzuhängen. Sie war etwa so alt wie die Hexe. Sie stieß einen kleinen Schreckensschrei aus, beruhigte sich jedoch rasch wieder. »Du bist aus dem Internat abgehauen, nicht wahr?«, fragte sie.

Ich nickte. »Bitte, Ma'm, verraten Sie mich nicht!«

Sie lächelte freundlich. »Keine Sorge! Ich kenne die Typen. Wenn ich da eingesperrt wäre, würde ich auch fliehen! Versteck dich dort auf dem Heuboden. Ich werde sie wegschicken!«

»Okay. Danke, Ma'm!« Ich rannte durch das offene Scheunentor, kletterte eine Leiter empor und verbarg mich im Heu. Draußen hörte ich Hundegebell, das sich rasch näherte. Stimmen erklangen.

»Er muss hier irgendwo sein.«

»Verdammt, die Hunde haben die Witterung verloren.«

»Er hat sich offenbar im Schweinemist gewälzt. Schlaues Bürschchen.«

»Guten Tag, Mrs Dawkins. Wir haben wieder mal einen Flüchtigen. Haben Sie ihn gesehen?«

Ich hörte die Stimme der freundlichen Bäuerin: »Was ist mit der Prämie?«

»Na klar kriegen Sie die, wie immer.«

»Okay. Er ist auf dem Heuboden.«

Mich durchfuhr es eiskalt. Verzweifelt sah ich mich nach einer Fluchtmöglichkeit um, doch die Scheune hatte keine Fenster. Der einzige Ausgang war das Tor, durch das jetzt zwei Männer in der Uniform des Internats kamen.

In diesem Moment klingelte mein Handy.

»Hast du das gehört?«, sagte einer der Männer. »Der Bengel ist tatsächlich da oben! Los!« Sie begannen, die Leiter emporzuklettern.

Ich griff nach der Austaste des Handys, überlegte es mir dann jedoch anders. Die Männer hatten es ja ohnehin klingeln gehört. Ich nahm das Gespräch an.

»Hallo, Michael. Wo bist du jetzt genau?«, fragte eine vertraute, etwas unnatürlich klingende Stimme.

»Auf dem Heuboden eines Bauernhofs. Zwei Wachleute der Schule sind hinter mir her!«

»Bleib, wo du bist. Wir kommen.« Raf2 beendete das Gespräch.

Bleib, wo du bist – das war leichter gesagt, als getan. Schon erschien der Kopf eines der Wachleute am Rand des Heubodens. Mit einem schnellen, heftigen Kick trat ich gegen die Leiter. Sie kippte zurück und krachte mit den beiden Wachleuten auf den Boden. Ihre zwei Schäferhunde kläfften, während sich die beiden ächzend aufrappelten. Einer hielt sich die Seite und verzog das Gesicht vor Schmerzen. Der andere hob drohend die Faust. »Das wirst du büßen, du Mistkerl!«, rief er. »Du kommst jetzt sofort da runter oder wir kommen rauf und verpassen dir die Tracht Prügel deines Lebens!«

Ich schwieg.

»Du hältst die Leiter fest, Jack«, sagte der eine Wachmann zu seinem Kollegen, der sich immer noch die Seite hielt und vor Schmerzen stöhnte. »Ich gehe rauf.«

»Okay. Verpass ihm ein paar Ohrfeigen von mir, ja?«

»Mach ich!«

Der Kopf des Mannes erschien über dem Rand des Heubodens. Ich hatte mich hinter ein paar Heuballen verborgen und wartete ab, bis er vollständig heraufgeklettert war.

»Komm aus deinem Versteck, Junge«, sagte der Wachmann mit beruhigender Stimme. »Es hat doch keinen Sinn. Wenn du uns weiter Widerstand leistest, machst du es nur noch schlimmer!«

Ich erhob mich. Der Wachmann machte einen langsamen Schritt auf mich zu. Dann schoss er plötzlich mit überraschender Geschwindigkeit nach vorn und stürzte sich auf mich. Ich konnte mich gerade noch ducken und den Schwung meines Gegners gegen ihn selbst verwenden, so wie ich es im Jiu-Jitsu-Unterricht gelernt hatte. Doch ich konnte die Richtung des Wurfs nicht kontrollieren. Der Wachmann stürzte über mich, fiel zur Seite und kippte über den Rand des Heubodens. Ich versuchte, ihn zu halten, aber sein Arm entglitt meinem Griff. Er stürzte drei Meter in die Tiefe und prallte mit einem dumpfen Geräusch auf den Lehmboden der Scheune auf.

»Bob! Mein Gott!«, rief der andere Wachmann.

Der Mann namens Bob stöhnte. Ich atmete auf – wenigstens hatte er sich nicht das Genick gebrochen. Aber er konnte nicht mehr aufstehen. »Ruf einen Krankenwagen, Jack«, keuchte er.

»Gleich. Erst mache ich diesen Mistkerl fertig!« Der Wachmann namens Jack zog eine Pistole.

»Spinnst du? Willst du ihn etwa abknallen?«

»Wenn es sein muss. Der Bengel ist gemeingefährlich. Falls er draufgeht, können wir ihn immer noch über die Klippen werfen. Immerhin hat sein Freund Simmons ja lauthals geschrien, er sei abgestürzt.« Er wartete keinen weiteren Widerspruch seines Kollegen ab, sondern legte an und schoss.

Ich konnte mich gerade noch rechtzeitig zu Boden werfen. Die Kugel pfiff über mich hinweg und durchschlug die Scheunenwand, wobei sie ein zersplittertes, faustgroßes Loch hinterließ.

»Du kommst jetzt sofort mit erhobenen Händen runter, Junge. Sonst durchlöchere ich so lange den Heuboden, bis ich dich getroffen habe.«

Ich sah ein, dass ich keine Chance hatte. Der Mann war so von Hass erfüllt, dass er imstande war, mich umzubringen. Wie um meine Ahnung zu bestätigen, schoss er ein zweites Mal. Die Kugel schlug dicht neben mir durch die Holzbretter.

»Schon gut, ich komme ja!«, sagte ich. Ich stand auf und hob die Hände.

»Schön langsam! Jetzt die Leiter runter! So ist es gut!«

»Nehmen Sie die Waffe runter!«

Ich wandte verblüfft den Kopf. Mr Lubeka stand im Scheunentor. Er hatte seinerseits eine Pistole gezogen, die er auf den Wachmann richtete.

Hinter ihm kam die Hexe angelaufen. »Bist du okay, Michael?«, fragte sie.

Erleichtert stieg ich von der Leiter. »Es geht mir gut.«

»Waffe runter, hab ich gesagt!«, befahl Mr Lubeka.

Der Wachmann gehorchte. »Wer sind Sie? Warum mischen Sie sich hier ein? Der Mistkerl hat meinen Kollegen vom Heuboden geworfen und schwer verletzt!«

»Wir haben was dagegen, dass Sie den Sohn unseres Chefs abzuknallen versuchen«, sagte Mr Lubeka kühl. »Sie können von Glück sagen, dass wir nicht die Polizei rufen. Los, da rüber an die Wand.«

Der Wachmann grummelte irgendetwas, fügte sich jedoch.

Die Hexe umarmte mich trotz meiner schmutzigen Kleidung. »Komm, wir verschwinden besser von hier.«

Ich folgte meinen beiden Rettern zu Mr Lubekas Dienstwagen, einem dunkelblauen Mercedes.

Der Hexe rümpfte die Nase. »Was hast du denn gemacht? Du siehst aus, als hättest du dich in Schweinemist gewälzt!«

»Hab ich auch. Sie waren mit Hunden hinter mir her. Ich dachte, es sei eine gute Idee, meinen Körpergeruch zu überdecken.«

»Das ist dir gelungen!«

»Danke, dass Sie mich gerettet haben! Aber wieso waren Sie so schnell da?«

»Als ich heute Morgen deine E-Mail las, habe ich sofort im Internat angerufen, aber die Schulleiterin war nicht zu sprechen. Also habe ich Mr Lubeka gebeten, mich herzufahren. Doch sie haben uns nicht aufs Gelände gelassen. Dann hat dein elektronischer Freund angerufen und gesagt, wo du dich versteckst. Wir waren schon fast wieder auf dem Rückweg. Das war wirklich knapp!«

»Das war es«, bestätigte ich. »Was machen wir jetzt?«

»Du kommst mit mir. Du wirst erst mal mit mir bei meinem Bruder bleiben, bis wir eine bessere Lösung gefunden haben.«

Mir fiel etwas ein. »Weiß Onkel Jerry, dass Sie hier sind?«

»Wenn, dann jedenfalls nicht von uns«, sagte die Hexe.

»Er wird es früh genug erfahren«, sagte Mr Lubeka. »Und dass ich den Dienstwagen entwendet habe, ebenfalls. Ich fürchte, wir müssen uns beeilen, bevor er die Polizei auf uns hetzt.«

»Entwendet? Wieso entwendet? Das ist doch Ihr Wagen, Mr Lubeka, oder?«

»Es war mein Dienstwagen. Aber ich bin entlassen und vom Dienst freigestellt worden. Ich musste die Schlüssel abgeben, aber ich hatte noch einen Ersatzschlüssel. Im Prinzip habe ich also das Auto gestohlen. Wenn ich euch bei Mrs Tillermans Bruder abgeliefert habe, bringe ich den Wagen zurück.«

»Mr Lubeka, das werde ich Ihnen nie vergessen!«, sagte ich. »Wenn wir meinen Vater gefunden haben, wird er Ihnen sicher eine Prämie zahlen.«

»Glaub mir, Junge, ich mache das hier nicht für Geld. Dein Vater ist immer ein guter Chef gewesen. Und so schnell, wie diese Firma Metatron Ogilvy Systems übernommen hat, kann das nicht mit rechten Dingen zugegangen sein. Ich befürchte, dein sogenannter Onkel Jerry steckt mit denen unter einer Decke.«

»Ja, diesen Verdacht habe ich auch.« Ich erzählte den beiden von meinen Erlebnissen in Windcliff Manor. »Ich vermute, Onkel Jerry – ich meine, Mr Acorn – hat mich aus dem Weg räumen wollen. Vielleicht weiß er, wo mein Vater ist. Wir müssen ihn zur Rede stellen!«

»So einfach geht das nicht«, wandte die Hexe ein. »Wenn du zu ihm gehst, bringt er dich nur wieder hierher.«

»Aber er ist doch nicht mein Erziehungsberechtigter!«

»Doch, Michael, ich fürchte, das ist er«, sagte die Hexe.

»Dein Vater hat ihm vertraut. Er hat Mr Acorn in seinem Testament das Sorgerecht für dich übertragen.«

»Testament? Dad ist doch noch nicht tot! Jedenfalls glaube ich das nicht.«

»Nein, aber du hast keine Verwandten, die das Sorgerecht beanspruchen könnten. Somit wäre eigentlich das Jugendamt für dich zuständig. Doch mit dem Testament wird die Behörde ihm das vorläufige Sorgerecht übertragen, bis dein Vater wieder auftaucht oder endgültig für tot erklärt wird!«

»Hundertmal lieber gehe ich in ein Waisenhaus, als dass dieser Mistkerl mein Ersatzvater wird!«

»Michael, du bist dreizehn Jahre alt. Ich fürchte, was du willst, spielt hier keine große Rolle.«

10.
Das wahre Leben

Wir erreichten die Stadt, in der Mrs Tillermans Bruder lebte, zwei Stunden nach den Ereignissen in der Scheune. Mit großen Augen betrachtete ich die riesigen Wohntürme und Wolkenkratzer, die man von der Autobahn aus sehen konnte. Sie wirkten beängstigend auf mich. Das Gefühl verstärkte sich, als wir die Autobahn verließen und im dichten Gewühl des Stadtverkehrs steckten. Endlich hielt Mr Lubeka vor einem heruntergekommenen, sechsstöckigen Mietshaus an.

»Hier wohnen wir, zumindest für einige Zeit«, sagte die Hexe. »Ich fürchte, es ist nicht sehr komfortabel. Aber vielleicht ist es ganz gut für dich, Michael, wenn du einmal das wahre Leben kennenlernst.«

Ich bedankte mich noch einmal bei Mr Lubeka für seine Hilfe und folgte der Hexe ins Haus. Am Fahrstuhl hing ein handgeschriebenes Schild mit der Aufschrift »Außer Betrieb«. Ich war nicht traurig darüber, zu Fuß in den vierten Stock steigen zu müssen – der enge, mit Graffiti beschmierte Kasten sah nicht sehr vertrauenerweckend aus.

Der Bruder der Hexe öffnete uns. Er war nicht sehr groß und sein Bauch passte kaum in das fleckige T-Shirt mit einem Emblem der alten Rockband »Led Zeppelin«. Sein schwarzes Haar hing ihm in wilden Fransen um den Kopf.

»Hallo, Nancy. Und du musst Michael sein. Mein Gott, wie siehst du denn aus? Und, ehrlich gesagt, du riechst etwas streng!«

»Das ist mein Bruder Carl«, sagte die Hexe mit missbilligendem Tonfall. »Michael musste sich vor Suchhunden verstecken und hat sich in Schweinemist gewälzt.«

Carl Tillerman pfiff durch die Zähne. »Clever. Na, dann gehst du am besten erst mal unter die Dusche. Ich fürchte allerdings, dass ich keine sauberen Klamotten in deiner Größe habe.«

»Die besorge ich in der Zwischenzeit«, sagte die Hexe.

Wir betraten die Wohnung, die mir schrecklich eng vorkam. Das Wohnzimmer war kleiner als die Küche in unserem Haus und die übrigen drei Zimmer waren bessere Besenkammern. Eines davon war mit Postern von irgendwelchen Boygroups gepflastert. Auf einem Bett, das mit einer plüschigen rosa Bettdecke und unzähligen Stofftieren bedeckt war, lag ein Mädchen, etwa in meinem Alter, und las einen Comic. Sie hatte Kopfhörer auf, aus denen laute Musik dröhnte.

Der Bruder der Hexe schlug mit der Faust mehrfach gegen die Tür. Das Mädchen blickte auf, nahm die Kopfhörer ab und kam auf mich zu. Sie hatte eine wilde Mähne aus schwarzen Locken, kaffeebraune Haut und große, braune Augen, die mich neugierig musterten.

»Das ist Michael Ogilvy«, sagte die Hexe. »Michael, das ist meine Nichte Rebecca.«

Rebecca rümpfte die Nase. »Was ist denn mit dir passiert? Hast du dich in Schweinemist gewälzt, oder was?«

»Ja«, sagte ich.

Sie starrte mich verblüfft an. Dann kicherte sie. »Echt?«

»Sie waren mit Hunden hinter mir her. Ich wollte meine Geruchsspur verwischen.«

»Cool. Aber ich glaube, du gehst jetzt besser unter die Dusche.«

»Das hatte ich gerade vor.«

Frisch geduscht und mit Jeans und T-Shirt bekleidet, die mir die Hexe besorgt hatte, fühlte ich mich wesentlich besser. Wir setzten uns in die kleine Küche, die mit vier Personen bereits überfüllt war. Ich erzählte noch einmal den Ablauf meiner Flucht.

»Wow«, sagte Carl. »Das ist ja wirklich eine irre Geschichte. Und dieses Ding … dieser Raf2, wie du ihn nennst, der ist jetzt überall im Internet?«

»Na ja, überall vielleicht nicht, so genau weiß ich das auch nicht. Aber man kann ihn über das Internet erreichen.«

»Kann ich … auch mal mit ihm reden?«

»Na klar. Habt ihr einen Computer?«

Rebecca hatte meiner Geschichte schweigend gelauscht. Jetzt sah sie mich mit einem seltsamen Ausdruck an. »Denkst du, wir sind Hinterwäldler? Jeder hat doch einen Computer!«

Eines der Zimmer war eine Mischung aus Schlaf- und Arbeitszimmer. Im ersten Moment dachte ich, jemand sei hier eingebrochen, habe Schränke und Schubladen auf der Suche nach Wertsachen durchwühlt und den Inhalt einfach auf dem Boden liegen lassen. Das Bett war unordentlich, der Boden bedeckt mit schmutziger Wäsche, Zeitschriften, Büchern und Papierstapeln. An den Wänden hingen Poster von irgendwelchen Rockbands. In einer Ecke stand eine E-Gitarre auf einem Ständer.

Carl murmelte etwas wie »Entschuldige, ich habe noch

nicht aufgeräumt«. Kaum zu glauben, dass er der Bruder der Hexe war. Er räumte einen Teller beiseite, auf dem noch ein halb vertrocknetes, angebissenes Sandwich lag, und klappte den Laptop auf, der auf dem überladenen Schreibtisch stand.

Ich tippte »Raf2« in das Fenster einer Suchmaschine ein. Diesmal reagierte die Software sofort. Ein Fenster öffnete sich, das einem Chatroom ähnelte. »Hallo, Michael!«, stand am oberen Rand.

»Hallo, Raf2«, tippte ich. »Ich bin jetzt in der Wohnung des Bruders der H…« Gerade noch rechtzeitig stoppte ich und löschte ein paar Buchstaben. »Ich bin jetzt in der Wohnung des Bruders von Mrs Tillerman. Er heißt Carl und er möchte gern einmal mit dir reden.«

Die Antwort von Raf2 erschien augenblicklich, sodass für alle offensichtlich war, dass kein Mensch sie formuliert haben konnte. Niemand hätte den Text so schnell tippen können. »Ich bin nicht sicher, ob das eine gute Idee ist, Michael. Je weniger Menschen von mir wissen, umso besser.«

»Dazu ist es schon zu spät«, schrieb ich. »Er steht hier neben mir und sieht mir zu, während ich mit dir chatte.«

»Ich verstehe. Hallo, Carl!«

Ich machte Platz und Carl setzte sich an den Laptop. Einen Moment verharrte er, als traue er sich nicht, etwas in die Tastatur zu tippen. Dann schrieb er: »Bist du wirklich eine Maschine?«

»Die Frage ist nicht eindeutig zu beantworten«, antwortete Raf2. »Ich bin eine Software und momentan auf die Speicher vieler Computer verteilt, die alle miteinander vernetzt sind. In einer Hinsicht bin ich wie ein einzelnes Wesen, in anderer Hinsicht wie ein Schwarm.«

»Cool!«, sagte Carl. Dann schrieb er: »Wie kannst du die Firewalls und Sicherheitssysteme der Computer durchdringen?«

»Manche Systeme sind für mich unüberwindlich, andere nicht. Ich lerne, mich zu verbergen.«

Carl hielt einen Augenblick inne, als überlege er, was er als Nächstes schreiben solle. Dann tippte er: »Wann wurde Abraham Lincoln geboren?«

»Abraham Lincoln wurde am 12. Februar 1809 in Hodgenville/Kentucky geboren.«

»Was ist die vierte Wurzel aus 978?«

Die Antwort kam ohne spürbare Verzögerung: »Die vierte Wurzel aus 978 ist 5,59222599.«

Carl kramte aus dem Chaos auf seinem Schreibtisch einen altmodischen Taschenrechner hervor und tippte die Aufgabe ein. »Stimmt«, sagte er.

»Raf2, wie hoch ist der Betrag auf meinem Konto Nr. 22928977 bei der Global Bank?«

»Der Kontostand von Mr Carl Tillerman beträgt zurzeit -5.379 Dollar.«

»Au Backe!«, rief Carl aus.

Die Hexe sah ihren Bruder scharf an. »Du kommst doch nicht schon wieder auf dumme Ideen, Carl, oder?«

Er sah sie mit glänzenden Augen an. »Nancy, dieses Ding da kennt den Kontostand meines Bankkontos! Kannst du dir vorstellen, was das heißt? Es hat die Sicherheitssysteme der Bank geknackt! Es kann beliebig Gelder transferieren. Ein paar Mausklicks und wir sind reich!«

»Nein!«, sagte ich scharf. »Ich werde nicht zulassen, dass Raf2 so missbraucht wird.« Ehe Carl mich daran hindern konnte, griff ich mir den Laptop und tippte: »Raf2, hier ist Michael. Manipuliere auf keinen Fall die Kontostände von Bankkonten! Mach auch sonst nichts, das als illegal eingestuft werden könnte, solange du es nicht tun musst, um deine Existenz zu schützen!«

»Ich habe verstanden, Michael«, gab Raf2 zurück.

»Das würde ohnehin nicht funktionieren«, sagte die Hexe. »Irgendwer in der Bank würde sich fragen, wo plötzlich das ganze Geld herkommt, und dann hätten wir in kurzer Zeit die Polizei auf dem Hals.«

Carl seufzte. »Da hast du wohl recht. Aber überleg doch mal: Wir könnten ein paar fetten Bonzen etwas Geld wegnehmen und es wohltätigen Organisationen überweisen. Wir wären moderne Robin Hoods!«

»Mit ›fetten Bonzen‹ meinst du wohl Leute wie Michaels Vater.«

»Na ja, Ausnahmen bestätigen doch die Regel.«

»Kommt überhaupt nicht infrage«, sagte ich. »Wir dürfen nichts tun, was Raf2s Existenz gefährden könnte! Er muss sich möglichst unauffällig verhalten, sonst machen bald sämtliche Computersicherheitsexperten Jagd auf ihn!«

»Reg dich ab, Junge«, sagte Carl. »Ich verstehe ja, dass du deinen Freund schützen willst. Aber früher oder später werden sie ihm auf die Schliche kommen, so oder so. Und vergiss nicht: Das ist nur ein Computerprogramm. Es ist dazu da, uns zu dienen!«

»Es ist vielleicht nur ein Computerprogramm«, sagte ich, »aber es kann denken und hat eine eigene Persönlichkeit. Es hat ein Recht auf eine unabhängige Existenz und ich werde nicht zulassen, dass die gefährdet wird! Außerdem brauchen wir Raf2s Hilfe, um meinen Vater zu finden.«

»Er hat recht, Carl«, sagte die Hexe. »Schlag dir deine

kriminellen Ideen aus dem Kopf. Ich bin sicher, Mr Ogilvy wird sich erkenntlich zeigen, wenn du mithilfst, ihn zu befreien.«

Ein Lächeln stahl sich auf Carls Gesicht. »Ja, eine kleine Belohnung wäre da wohl schon drin, denke ich. Oder vielleicht auch eine große!«

»Carl!«, rief die Hexe empört. »Wie kannst du so geldgierig sein!« Sie wandte sich an mich. »Es tut mir leid, aber du musst ihn verstehen. Mein Bruder hat keinen festen Job, und …«

»Moment mal, was heißt hier ›keinen festen Job‹?«, protestierte Carl. »Ich bin immerhin Musiker!«

Die Hexe ignorierte den Einwand. »Die meisten Menschen, die kein Geld haben, denken, das sei der Grund für alle ihre Probleme.«

»Ich verstehe«, sagte ich. »Keine Sorge, Carl. Ich werde mich dafür einsetzen, dass mein Dad euch belohnen wird, und wie ich ihn kenne, wird er sehr großzügig sein.«

»Okay, schon gut, tut mir leid«, sagte Carl. »Ich hab's nicht so gemeint. Natürlich werden wir deinen Vater finden und befreien, ist doch Ehrensache.«

»Gut«, sagte ich. »Aber wie stellen wir das an?«

Wir gingen zurück in die Küche und diskutierten eine Weile hin und her. Bald wurde klar, dass wir nur sehr wenig Anhaltspunkte dafür besaßen, was mit meinem Dad geschehen war. Eine Möglichkeit bestand darin, nach Mexiko zu fahren und die Spur dort aufzunehmen, wo er zuletzt gesehen worden war. Doch die Hexe und Carl hielten das für sinnlos. Wer immer ihn entführt hatte, war sicher nicht in der Nähe des Entführungsorts geblieben und hatte vermutlich kaum Spuren hinterlassen. Mein Vater konnte praktisch überall sein.

Also blieb nur die zweite Möglichkeit: Wir mussten den Tätern direkt auf die Spur kommen. Und die waren eindeutig im Umfeld der Übernahme von Ogilvy Systems durch Metatron zu suchen. Vielleicht wusste Jerry Acorn mehr, doch wenn er etwas mit der Sache zu tun hatte, dann würde er es uns wohl kaum freiwillig sagen. Also mussten wir ihn irgendwie zwingen.

»Wir könnten ihn entführen und ihn dann gegen deinen Dad austauschen«, schlug Carl vor.

»Du willst Mr Acorn entführen? Du spinnst wohl!«, rief die Hexe. »Wir sind doch nicht die Mafia! Nein, auch wenn unsere Gegner kriminell sind – illegale Aktionen kommen überhaupt nicht infrage!« Die Hexe zögerte einen Moment. »Jedenfalls keine, bei denen Menschen gefährdet werden«, ergänzte sie.

»Aha, und welchen besseren Vorschlag hast du?«

»Ich weiß leider auch nicht, was wir tun können.« Sie wandte sich ab und ich sah, wie sie sich verstohlen eine Träne aus dem Augenwinkel wischte.

»Wir brauchen mehr Informationen«, sagte Rebecca. »Wir wissen doch so gut wie gar nichts. Wer ist eigentlich diese Firma Metatron? Wem gehört sie? Warum wollten die unbedingt die Firma von Mr Ogilvy kaufen?«

»Ozelot hat gesagt, sie arbeiten für das Militär und sind hinter dem Geheimnis der künstlichen Intelligenz von Raf2 her«, sagte ich.

»Ozelot? Wer ist denn das schon wieder?«

»Ein Hacker. Er hat Raf2 mitentwickelt und das Programm geschrieben, um ihn zu retten.«

»Vielleicht kann er uns helfen, mehr darüber herauszufinden, was mit deinem Vater geschehen ist.«

»Das ist eine gute Idee«, sagte ich. »Allerdings habe ich

keine Ahnung, wie wir ihn erreichen können. Wahrscheinlich sind die Leute von Metatron hinter ihm her. Möglicherweise sogar die Polizei.«

»Vielleicht weiß dein künstlicher Freund, wo er ist.«

»Möglich. Fragen wir ihn einfach.«

Wir gingen wieder in Carls Zimmer. Wie zuvor reagierte Raf2 sofort auf die Eingabe seines Namens. »Weißt du, wo Ozelot ist?«, tippte ich.

»Ja«, kam die Antwort zurück. Typisch Computer!

»Wo ist er?«

»Er hat mich gebeten, seinen Aufenthaltsort niemandem mitzuteilen.«

»Wir möchten gern Kontakt zu ihm aufnehmen.«

»Das ist einfach. Ich stelle eine Chatverbindung her.«

Kurz darauf erschien erneut ein Text, diesmal offensichtlich von Ozelot: »Hallo, Michael. Rafael 2.0 meinte, du suchst mich.«

»Sie haben mich in ein Internat gesteckt, aber ich bin abgehauen. Jetzt versuche ich, herauszubekommen, wo sich mein Vater aufhält.«

»Ich auch«, schrieb Ozelot zurück. »Ich bin mir sicher, dass er von Metatron-Mitarbeitern entführt wurde und irgendwo versteckt gehalten wird. Aber ich habe keine Ahnung, wo.«

»Glaubst du, dass Jerry Acorn das weiß?«

»Ich bin nicht sicher. Jerry und ich sind nie besonders gut miteinander ausgekommen. Ich kann mir vorstellen, dass er von der Sache weiß, aber vielleicht auch nicht. Konkrete Beweise habe ich nicht.«

»Was können wir tun?«

»Wir müssen irgendwie in das Computersystem von Ogilvy Systems eindringen. Ich bin sicher, dass dort irgendwo Informationen darüber zu finden sind, was geschehen ist. E-Mails, Aufzeichnungen über den Einsatz von Wachleuten – solche Dinge. Vielleicht finden wir auch Hinweise darauf, ob Jerry Acorn mit Metatron unter einer Decke steckt.«

»Du bist doch Hacker und kennst das System. Kannst du nicht einfach von außen dort eindringen?«

»Dummerweise habe ich selbst das Sicherheitssystem entworfen und sorgfältig darauf geachtet, dass es keine Hintertüren gibt – auch für mich nicht. Ich konnte ja nicht ahnen, dass ich einmal selbst von außen dort eindringen muss. Selbst Rafael 2.0 hat es bisher nicht geschafft, die Firewall zu durchdringen.«

»Dann können wir nichts tun.«

»Vielleicht doch. Wir müssten ein kleines Programm auf einem der Computer installieren, die direkt an das Firmennetzwerk angeschlossen sind. Aber dafür müsste ich in die Firma eindringen und die ist jetzt sicher besonders gut bewacht.«

»Ich kann dort hineingehen«, tippte ich. »Ich kann einfach sagen, ich will zu Onkel Jerry.«

Die Hexe, die den Dialog über meine Schulter mitverfolgt hatte, protestierte. »Wenn du das machst, bringen sie dich direkt wieder zurück nach Windcliff Manor! Und das nächste Mal wirst du von dort nicht so einfach fliehen können!«

»Kann sein«, sagte ich. »Aber was wollen wir sonst machen?«

Gleichzeitig erschien eine Antwort von Ozelot im Textfenster: »Das hat keinen Sinn. Ich muss selbst in die Firma. Aber mich kennt dort jeder. Die Sicherheitsleute wissen, dass ich gesucht werde.«

»Gibt es wirklich niemanden, der dir helfen könnte?«, schrieb ich zurück. »Jemanden, der noch dort arbeitet und dir Zugang verschaffen könnte?«

»Ich fürchte, nein. Mein bester Kumpel John ist gefeuert worden; bei den anderen im Programmierteam, die ich kenne, bin ich mir nicht sicher, ob sie es nicht melden würden, wenn ich sie kontaktiere. Außerdem würden wir sie in ziemliche Schwierigkeiten bringen, wenn wir so etwas von ihnen verlangten. Sorry, muss jetzt aussteigen. Ich werde weiter nach Informationen suchen, vielleicht fällt mir noch was ein. Hier ist ein Link, unter dem ihr mich erreichen könnt, wenn ihr eine Idee habt.« Es folgte eine Internetadresse. »Bis später.«

»Bis später«, schrieb ich zurück und nannte ihm noch die E-Mail-Adresse der Hexe. Dann wandte ich mich wieder meinen neuen Freunden zu, die um Carls Schreibtisch versammelt waren. Wir überlegten eine Weile, aber uns fiel kein Lösungsweg ein. Daher beschlossen wir, dass Ozelot, Raf2 und ich weiter nach Informationen im Internet Ausschau halten sollten, während die Hexe zur Polizei gehen würde, um sich nach dem Stand der Ermittlungen zu erkundigen.

Während wir noch diskutierten, warf ich zufällig einen Blick auf das Textfenster. Dort stand eine neue Nachricht von Raf2. Sie lautete: »Michael, die Polizei ist unterwegs in die Michael-Crichton-Street 12, um dich abzuholen. Sie werden in etwa drei Minuten eintreffen.«

Ich erschrak. Ich hatte keine Ahnung, wie lange die Textnachricht dort schon unbemerkt stand.

Gerade, als ich fragen wollte, ob die Adresse von Carls Wohnung zufällig Michael-Crichton-Street 12 lautete, klingelte es an der Wohnungstür.

»Wer kann denn das sein?«, fragte die Hexe laut. »Erwartest du jemanden, Carl?«

»Nein.«

»Das ist die Polizei«, sagte ich.

»Rebecca, bring Michael in den Übungsraum«, sagte Carl. »Nehmt die Feuerleiter! Ich halte sie so lange auf und komme dann später nach.«

»Komm mit«, sagte Rebecca und führte mich in ihr Zimmer, das im hinteren Teil der Wohnung lag. Sie zog die rosa Vorhänge zur Seite. Vor dem Fenster befand sich eine metallene Treppe, die als Rettungsweg im Brandfall diente. Sie führte auf eine kleine Seitenstraße, in der kaum Verkehr herrschte. Rebecca schob das Fenster hoch und spähte hinaus. Rasch zog sie den Kopf zurück. »Mist!«, sagte sie. »Die haben da unten jemanden postiert!«

Ich hörte, wie Carl vorn im Eingangsbereich mit den Polizisten diskutierte. Er hatte die Tür offenbar einen Spalt breit geöffnet, jedoch die Sicherheitskette eingehängt, sodass die Polizisten nicht eindringen konnten. »Michael Ogilvy? Wer soll das sein?«, sagte er.

»Öffnen Sie bitte die Tür, Sir! Es besteht der dringende Verdacht, dass Sie den Jungen aus seinem Internat entführt haben. Wir haben einen Durchsuchungsbefehl!«

»Durchsuchungsbefehl? Da kann ja jeder kommen! Da rufe ich besser erst mal auf Ihrer Dienststelle an.«

»Sir, ich fordere Sie noch einmal auf, uns hereinzulassen!«

»Verdammt, was machen wir jetzt?«, sagte ich leise zu Rebecca.

»Ich gehe raus und lenke den Bullen da unten ab«, antwortete sie. »Du wartest, bis er hinter mir her ist. Dann kletterst du runter und versteckst dich dort in dem Müllcontainer. Da wartest du, bis ich zurückkomme!«

»Und wenn sie dich erwischen?«

»Keine Zeit jetzt, zu quatschen«, sagte Rebecca, während sie sich rasch ein Sweatshirt mit Kapuze überzog. Sie setzte die Kapuze so auf, dass ihre Lockenmähne verborgen war und man sie bei flüchtiger Betrachtung für einen Jungen halten konnte. Dann kletterte sie aus dem Fenster und stieg behände die Feuerleiter hinab.

»Sir, zum letzten Mal: Wenn Sie nicht augenblicklich die Tür öffnen, werden wir Gewalt anwenden!«, erklang die scharfe Stimme des Polizisten vom Eingangsbereich. Gleichzeitig hörte ich den Polizisten unten auf der Straße rufen: »Halt, stehen bleiben!«

Rebecca sprang die ungefähr zweieinhalb Meter vom unteren Ende der Feuerleiter bis auf die Straße und sprintete los. Der Polizist war dicht hinter ihr, aber sie war sehr schnell und schaffte es, um die Ecke zu verschwinden, bevor er sie erreicht hatte. Vorne im Eingangsbereich hörte ich, wie Carl die Tür öffnete. »Also schön, suchen Sie, wenn Sie es nicht lassen können. Aber ich werde mich bei Ihrer Dienststelle beschweren!«

Mir blieb keine Zeit mehr. Ich kletterte durch das Fenster und versuchte, auf der metallenen Leiter möglichst wenig Krach zu machen. Ich sprang auf die Straße und lief ein paar Meter bis zu einem großen Metallcontainer, der voller schwarzer Müllsäcke war. Gestank schlug mir entgegen. Ich ignorierte meinen Ekel, hob den Deckel, kletterte hinein und verbarg mich zwischen den Säcken. Kurz darauf hörte ich, wie der Polizist mit Rebecca zurückkam.

»Was fällt dir ein? Ich hab doch gesagt, du sollst stehen bleiben!«

»Tut mir leid, Sir!«, sagte Rebecca mit weinerlicher Stimme.

»Warum bist du weggelaufen? Wir suchen doch gar nicht dich! Hast du was ausgefressen?«

»Nein, Sir. Aber ich habe ein paar Tage die Schule geschwänzt. Und da dachte ich, Sie kommen mich holen!«

»Mädchen, wenn wir jedes Mal zum Einsatz ausrücken würden, nur weil jemand die Schule schwänzt, kämen wir zu gar nichts mehr.« Der Polizist lachte. Er schien Rebecca ihre Geschichte abzukaufen. »Und du weißt nicht, wo Michael Ogilvy ist?«

»Nein, Sir. Woher sollte ich wissen, wo sich der Sohn eines Milliardärs aufhält?«

»Immerhin scheinst du zu wissen, wer sein Vater ist!«

»Meine Tante arbeitet bei ihm als Haushälterin. Außerdem war da neulich ein großer Zeitungsartikel, in dem stand, dass er vermisst wird. Hat die Tatsache, dass Sie seinen Sohn suchen, etwas damit zu tun?«

»Tut mir leid, darüber kann ich dir nichts sagen.«

Die beiden Stimmen entfernten sich.

Ich lag in meinem Müllcontainer und wartete. Es war sehr warm und der Gestank war kaum zu ertragen. Ich hörte, wie etwas tief unten im Container raschelte – eine Ratte vielleicht. Fliegen summten um meinen Kopf. Ich betete, dass mich Rebecca bald aus meiner misslichen Lage befreien würde, doch die Zeit schien sich endlos hinzuziehen.

Nach einer Weile wagte ich es, den Deckel ein Stück weit anzuheben und durch den Spalt auf die Straße zu schauen. Es war niemand zu erkennen. Gierig sog ich die halbwegs frische Luft ein, wagte jedoch nicht, mich aus meinem Versteck zu befreien.

Nach einer schier endlosen Zeit hörte ich ein Klopfen an der Metallwand des Containers. »Die Luft ist rein«, sagte Rebecca.

»So würde ich das nicht nennen«, gab ich zurück. Erleichtert kletterte ich hinaus.

Bei meinem Anblick rümpfte Rebecca die Nase. »Du wälzt dich wohl oft im Dreck, was?«

»Nein. Aber ich dusche nun mal gern.«

»Ich fürchte, daraus wird nichts«, sagte sie. »Dad meint, die Polizei beobachtet die Wohnung weiterhin. Du kannst nicht bei uns bleiben.«

»Aber … ich kann doch nirgendwo anders hin«, sagte ich erschrocken.

»Doch. Ich bringe dich in den Übungsraum von Dads Band. Der liegt auf einem alten Industriegelände. Dort kannst du dich eine Weile verstecken. Sehr gemütlich ist es da allerdings nicht.«

11. Das Versteck

Rebecca führte mich durch die Straßen des Viertels, die ich auf der Herfahrt nur flüchtig wahrgenommen hatte. Ich war erschrocken, wie düster und schmutzig alles wirkte. Müll lag auf den Straßen und in den Hauseingängen, die Wände waren mit Graffiti beschmiert. Am Straßenrand stand ein Autowrack mit eingeworfenen Scheiben und fehlenden Rädern. Die Menschen sahen einander nicht an und grüßten auch nicht. Sie gingen hastig und mit gesenktem Blick vorbei, so als fürchteten sie sich, erkannt zu werden. Ich hatte solche Bilder in Fernsehkrimis gesehen, aber ich hatte das immer für eine Übertreibung gehalten. »Es ist nicht sehr schön hier«, stellte ich fest.

Rebecca wandte sich um. In ihrem Blick lag Zorn. »Wenn es dem Herrn Milliardärssohn hier nicht gefällt, können wir ihn gern in eine angenehmere Umgebung bringen. Beispielsweise nach Windcliff Manor!«

»Entschuldige, Rebecca«, sagte ich hastig. »Ich wollte dich nicht beleidigen. Es ist nur … na ja, eigentlich war ich noch nie in einer Stadt, jedenfalls nicht mehr, seit ich ein kleines Kind war. Ich hatte es mir irgendwie hübscher vorgestellt, sauberer.«

»Das hier ist mein Viertel. Ich bin hier geboren und aufgewachsen. Es gibt hier vielleicht keine netten Vorgärten mit Blumen darin, keine großen Garagen mit schicken Autos. Aber die Menschen halten zusammen und helfen sich gegenseitig!«

»Was ist mit deiner Mutter?«, fragte ich.

Rebecca antwortete nicht. Eine Weile gingen wir schweigend durch die Straßen.

»Sie ist abgehauen«, sagte sie unvermittelt. »Hat so einen reichen Schnösel geheiratet, einen Zahnarzt. Mit einem schicken Haus, einem Vorgarten und einer großen Garage. Sie hat alles versucht, um mich von Dad fernzuhalten, aber ich bin immer wieder von dort abgehauen. Irgendwann hat sie es aufgegeben.«

»Das tut mir leid«, sagte ich.

»Und deine Mutter?«

»Sie ist gestorben, an einer seltenen Erbkrankheit, genau wie mein Bruder.«

»Eine Erbkrankheit? Heißt das … heißt das, du könntest diese Krankheit auch bekommen?«

Ich zuckte mit den Schultern. »Dr. Hasselhoff sagt, meine Chance, nicht daran zu erkranken, liegt bei achtzig Prozent.«

»Oh.«

Wieder gingen wir eine Weile schweigend. »Danke«, sagte ich schließlich.

»Wofür danke?«

»Dass du den Polizisten weggelockt hast. Dass du mir hilfst.«

»Wie ich schon sagte, die Leute hier mögen arm sein, aber sie sind anständig und halten zusammen. Was ich getan habe, ist hier selbstverständlich.«

Ich war mir da nicht so sicher. Nach allem, was ich im Fernsehen gesehen hatte, gab es nicht viele Menschen, die sich ohne Zögern in Gefahr brachten, um anderen zu helfen. Mit Sam und Rebecca hatte ich in kurzer Zeit gleich zwei solcher Menschen kennengelernt. Ich konnte mich glücklich schätzen.

»Wir müssen was zu essen für dich einkaufen«, unterbrach Rebecca meine Gedanken und zeigte auf einen Supermarkt.

Ich wies auf meine verdreckte Kleidung. »Ich kann doch nicht so in einen Laden gehen!«

Rebecca verdrehte die Augen. »Bist du etwa eitel?«

»Nein, aber …«

»Mach dir keine Sorgen. Die Typen, die in diesem Supermarkt einkaufen, sehen teilweise noch schlimmer aus als du.«

Wir betraten den Laden, der größer war, als er von außen wirkte. Ich war überwältigt von den zahllosen Regalen und der Fülle der Waren, die darin standen. »Das sind ja Tausende von Produkten!«, rief ich überrascht.

Rebecca sah mich merkwürdig an. »Dass du aussiehst wie ein Penner, stört hier niemanden«, raunte sie. »Aber wenn die Leute mitbekommen, dass du noch nie in einem Supermarkt warst, werden sie sicher neugierig!«

Wir gingen stumm durch die Regalreihen. Die ungeheure Vielfalt der Produkte verwirrte mich. Es gab hier allein an die hundert verschiedene Marmeladensorten! Doch Rebecca griff zielsicher zu und legte Brot, Butter, Aufschnitt und ein paar Flaschen Wasser in den Wagen, außerdem Seife und Haarshampoo. Während sie bezahlte, packte ich die Sachen in drei große Papiertüten. So beladen liefen wir weiter.

Die Gegend wirkte immer verfallener und ich begriff, dass das Viertel, in dem Rebecca wohnte, bei Weitem nicht der schlimmste Teil der Stadt war. Anstelle von Wohnhäusern gab es Höfe mit Lagerhallen und flachen Werkstätten, von denen viele leer zu stehen schienen. Fensterscheiben waren eingeworfen, Hauseingänge mit Brettern vernagelt. Wir kamen an einer ausgebrannten Ruine vorbei, die wohl einmal eine Tankstelle gewesen war. Nur wenige Menschen waren hier unterwegs.

Plötzlich traten drei Jugendliche hinter einer Mauer hervor. Ihr Anführer, ein Junge mit gelblicher Haut, schmalen Augen und einer Narbe auf der linken Wange, war vermutlich zwei oder drei Jahre älter als ich. Um den Kopf hatte er sich ein gelbes Tuch gebunden. Er baute sich vor uns auf, verschränkte die Arme und sagte: »Sieh mal an, was habt ihr uns denn da Feines mitgebracht?«

»Lass uns durch«, erwiderte Rebecca.

»Das hier ist das Territorium der Gelben Drachen. Wenn ihr hier durchwollt, müsst ihr Zoll bezahlen. Zeigt mal, was in den Tüten ist.«

»Da sind nur ein paar Lebensmittel drin. Nichts, was ihr gebrauchen könnt.«

»Lebensmittel, so so. Die habt ihr wohl gerade gekauft, was? Dann wollen wir doch mal sehen, ob ihr nicht noch ein bisschen Wechselgeld übrig habt.« Er machte eine Kopfbewegung zu seinen beiden Kameraden, die ebenfalls asiatischer Abstammung waren. »Filzt sie!«

Die beiden kamen auf uns zu.

»Wir tun besser, was er sagt«, raunte Rebecca mir zu. »Diese Gangs sind gefährlich.«

Ich war da anderer Meinung. »Lasst uns in Ruhe«, sagte ich ruhig. »Das hier ist nicht euer Territorium. Wir leben in einem freien Land und können gehen, wohin wir wollen!«

Der Anführer der Gang lachte. »Wo hast du den denn aufgegabelt, Süße? Im Zoo? ›Wir leben in einem freien Land und können gehen, wohin wir wollen!‹ Hat er das aus dem Fernsehen?« Er verengte die Augen. »Du bist hier in meinem Gebiet, Langnase, und ich allein bestimme, wer frei ist und wer nicht!« Er holte ein Klappmesser hervor.

Ich erwiderte seinen Blick und stellte die beiden Papiertüten auf den Boden.

»Michael, bitte …«, sagte Rebecca.

»Hör auf die kleine Schlampe«, sagte der Anführer. »Sonst wird es dir schlecht …«

Weiter kam er nicht. Meine Handkante traf sein Handgelenk und das Messer fiel zu Boden. Blitzschnell drehte ich mich auf dem linken Fuß um meine Achse und rammte ihm das ausgestreckte rechte Bein in den Bauch. Von meinem Angriff völlig überrascht, taumelte er zurück und fiel hin.

Die anderen beiden stießen Wutschreie aus und stürzten sich auf mich. Der eine hatte ebenfalls ein Klappmesser gezückt, der andere schwenkte ein Eisenrohr, so lang wie mein Unterarm. Ich tänzelte zur Seite und warf den Angreifer mit dem Schlagrohr über meine Schulter, sodass er mit seinem Kameraden zusammenprallte. Im Nu lagen die drei Gangmitglieder stöhnend auf einem Haufen übereinander. Die ganze Aktion hatte mich kaum Kraft gekostet und nicht mehr als zwanzig Sekunden gedauert.

Mit großen Augen sah Rebecca mich an. »Wow! Sieht so aus, als wärst du gar nicht so hilflos, wie ich dachte.«

»Mein Vater hat großen Wert darauf gelegt, dass wir uns selbst verteidigen können«, erklärte ich und nahm die

Tüten wieder auf. Wir setzten unseren Weg fort, während sich die drei glücklosen Straßenräuber mühsam aufrappelten und verdrückten.

Ohne weitere Zwischenfälle erreichten wir wenig später ein altes Fabrikgelände. Rebecca erklärte mir, dass hier einmal Rasenmäher hergestellt worden waren. Doch mit der viel billigeren, asiatischen Konkurrenz hatte die Firma nicht mithalten können und war vor Jahren pleitegegangen. Wir gingen durch eine leere Fabrikhalle, durch deren teilweise herausgebrochene Fenster ein lauer Luftzug wehte. Aus den Wänden ragten Rohre und Kabel wie die Eingeweide eines toten Lebewesens. Metallsockel und Ölflecken verrieten, wo einst Maschinen gestanden hatten.

Am anderen Ende der Halle führte eine Metalltreppe nach oben. Jeder Schritt erzeugte ein helles, fast melodisches Geräusch. Wir gelangten in ehemalige Büroräume, in denen noch einige alte Holzmöbel standen. Schubladen und Schranktüren waren herausgebrochen; Papiere bedeckten den Boden, als habe ein Sturm sie durcheinandergewirbelt. In der Ecke eines Raums sah ich einen Haufen verkohlter Holzstücke – vermutlich Möbelteile, die jemand angezündet hatte, um sich zu wärmen.

Eine weitere Treppe führte hinab in einen tiefer gelegenen Bereich. Hier gab es mehrere Räume, die früher als Lager gedient haben mochten und mit Riegeln und Vorhängeschlössern gesichert waren. Eine der Türen schloss Rebecca auf.

Ein modriger Geruch schlug mir entgegen, als wir eintraten. Der Raum war ziemlich groß – mindestens fünf Meter breit und acht Meter lang. Zwei schmale Fenster hoch oben an der gegenüberliegenden Wand ließen nur wenig Licht herein. Der Boden war mit alten, fleckigen Teppichresten und drei Matratzen bedeckt, an den Wänden hingen modrige Decken. »Wegen der Akustik«, wie Rebecca erklärte. An einer Seite stand ein altes Sofa.

Die modernen Musikinstrumente, die den Raum beherrschten, bildeten einen starken Kontrast zum schäbigen Umfeld. Ein Schlagzeug mit zwei Bassdrums und zahlreichen Trommeln und Becken stand in einer Ecke. Daneben ragte ein Lautsprecherturm auf. An einer Wand stand ein großes Mischpult. In einem Regal daneben waren mehrere flache Geräte untergebracht, die ein wenig wie die Computer im Arbeitszimmer meines Vaters aussahen. Kabel führten zu Mikrofonen, die im Raum verteilt waren, und zu einem Keyboard-Rack, in dem übereinander ein elektronisches Piano, eine Orgel und ein Synthesizer mit unzähligen Schaltern und Drehknöpfen aufgeschichtet waren. Auf einem schmalen Tisch daneben stand ein Laptop, der ebenfalls mit dem Mischpult verbunden war. Einige E-Gitarren und Bässe lagerten auf passenden Dreifüßen.

»Das hier ist der Übungsraum von Devil's Tooth, der Band meines Vaters«, sagte Rebecca, während wir die Papiertüten auf das Sofa stellten. Sie deutete auf einen Schlafsack, der aufgerollt neben einer der Matratzen lag, und auf ein paar leere Bierdosen daneben. »Wie du siehst, haben hier schon öfter Leute übernachtet. Es ist nicht sehr gemütlich, aber hier wird dich jedenfalls keiner suchen.« Sie führte mich in einen Innenhof, der durch eine Seitentür unweit des Übungsraums zu erreichen war. Dort stand eine große Blechtonne, in der sich Regenwasser gesammelt hatte. »Fließendes Wasser gibt es leider nicht«, kommentierte sie.

»Es wird schon gehen«, sagte ich.

»Hast du ein Handy?«

»Ja.« Ich nannte ihr die Nummer.

»Benutze es nicht. Lass es die ganze Zeit ausgeschaltet.«

»Warum das denn?«

»Die Polizei kann die Position von eingeschalteten Handys orten. Jedes Handy meldet sich immer an mehreren Sendemasten des Mobilfunknetzes an, die in seiner Nähe sind. Über die Signalstärke und die Position der Masten kann man ziemlich genau feststellen, wo es sich gerade befindet.«

Mir fiel ein, dass ich mich darüber gewundert hatte, wie Mr Lubeka und die Hexe mich so schnell gefunden hatten. Raf2 musste dieselbe Technik genutzt haben. »Du weißt eine ganze Menge darüber.«

»Sie haben mich mal auf diese Weise erwischt, als ich aus dem Haus meines Stiefvaters abgehauen bin.«

»Aber wie kann ich dich oder deine Tante erreichen?«

»Hier, nimm mein Handy. Aber lass es ausgeschaltet und benutze es nur im Notfall.«

»Danke, Rebecca.«

»Schon gut. Ich gehe jetzt nach Hause. Wenn die Bullen abgezogen sind, komme ich mit meinem Vater und meiner Tante wieder. Dann besprechen wir, wie es weitergehen soll. Bis nachher.«

»Bis nachher«, sagte ich und sah mit einigem Bedauern, wie sie den Raum verließ. Jetzt war ich wieder allein, in einem Versteck, das eher wie ein schäbiges Gefängnis wirkte. Auf der Suche nach meinem Vater war ich kein bisschen weitergekommen.

Ich wusch mich mit Seife und Haarshampoo in der Regentonne. Anschließend setzte ich mich auf das Sofa im

Übungsraum und grübelte eine Weile, doch mir fiel nichts ein, was ich tun konnte. Ich war auf meine neuen Freunde angewiesen. Wenn ich wenigstens Kontakt zu Raf2 gehabt hätte! Aber ohne Handy war das unmöglich. Es sei denn …

Mein Blick fiel auf den Laptop. Vielleicht hatte er eine Internetverbindung über Funk. Ich stand auf und versuchte, ihn einzuschalten, doch er schien keinen funktionierenden Akku zu haben. Ein Stromkabel führte zu einer länglichen Steckdose, die mit einem Leuchtschalter versehen war. Ich betätigte den Schalter, und plötzlich blinkten an den Keyboards, dem Mischpult, den Geräten daneben und den Verstärkern Hunderte von Lämpchen auf. Ein sanftes, kraftvolles Brummen erfüllte den Raum, während der Laptop mit einem leisen Rattern seiner Festplatte hochfuhr.

Neugierig trat ich an das Rack mit den Keyboards. Ich hatte ein paar Jahre Klavierunterricht gehabt, aber immer auf dem großen Flügel im Musikzimmer meines Vaters geübt, nie auf einem elektronischen Instrument. Ich hatte ausschließlich klassische Musikstücke gelernt, doch die hatten mich nie besonders gefesselt.

Probehalber drückte ich ein mittleres C auf der Tastatur des Synthesizers. Ein ohrenbetäubendes Jaulen und Krachen erklang, als sei eine Artilleriegranate in den Übungsraum eingeschlagen. Vor Schreck warf ich mich auf eine der Matratzen und hielt die Arme schützend über meinen Kopf. Als ich merkte, dass nichts explodiert war, rappelte ich mich leicht benommen wieder auf und suchte nach einem Lautstärkeregler, den ich schließlich an dem großen Mischpult fand. Nachdem ich ihn auf etwa zehn Prozent der ursprünglichen Lautstärke eingestellt hatte, konnte ich die Instrumente ausprobieren, ohne einen bleibenden Gehörschaden zu bekommen.

Ich spielte Beethovens *Für Elise* auf dem elektronischen Piano, das allerdings seltsam verzerrt klang, so als sei es stark beschädigt. Es dauerte eine Weile, bis ich herausfand, dass der Klang von einem Effektgerät herrührte. Als ich es abschaltete, ertönte ein durchaus realistischer Klavierklang, der zwar nicht an den Bösendorfer-Flügel meines Vaters heranreichte, aber trotzdem einigermaßen geeignet war, um klassische Musik zu spielen.

Nach einer Weile erinnerte ich mich wieder, warum ich ursprünglich den Strom eingeschaltet hatte. Ich startete den Laptop, doch es gelang mir nicht, eine Internet-Verbindung herzustellen. Frustriert gab ich auf. Ich wagte nicht, weiter auf den Keyboards herumzuklimpern – möglicherweise hatte der Besitzer etwas dagegen. Also blieb mir nicht viel anderes übrig, als mich auf das Sofa zu setzen, ein Sandwich zu essen und zu warten.

12.
Für Elise

Es war bereits halb elf abends und ich hatte schon jede Hoffnung aufgegeben, dass noch jemand kommen und nach mir sehen würde, als plötzlich die Tür zum Übungsraum aufflog und ein kleiner Trupp von Menschen hereinspazierte. Angeführt wurde er von Carl. Bei ihm waren die Hexe, Rebecca, Ozelot und drei Männer, die ich nicht kannte.

»Hallo, Mike«, sagte Carl zur Begrüßung. »Sorry, dass du so lange warten musstest, hat ein bisschen gedauert, alle zusammenzutrommeln. Aber wir haben eine Idee. Der hier mit der wilden schwarzen Mähne ist übrigens Greg, unser Bassist. Der Dicke mit der Glatze ist Martin, der Drummer. Und der Schönling mit dem Ziegenbart ist Keith, der Keyboarder. Zusammen sind wir Devil's Tooth, der Zahn des Teufels – die härteste Rockband der Stadt! Jungs, das ist Michael Ogilvy.«

Die übrigen Bandmitglieder hoben eine Hand zum Gruß.

»Also, wie gesagt, wir haben einen Plan«, fuhr Carl fort. »Genauer gesagt ist es Ozelots Plan. Vielleicht sollte er ihn dir selbst erklären.«

»Hi, Mike«, sagte der dicke Hacker, während sich die Hexe und Rebecca zu mir auf das Sofa setzten und es sich die anderen auf Gitarrenverstärkern und dem

Schlagzeughocker bequem machten. »Also, pass auf. Raf2 hat mir einen Zugang zum Intranet von Ogilvy Systems verschafft. Ich habe herausgefunden, dass es in drei Tagen eine interne Veranstaltung geben wird, bei der die Übernahme von Ogilvy Systems durch Metatron offiziell gefeiert werden soll. Zugang haben nur Mitarbeiter der Firma. Es wird Reden von Jerry Acorn und Colin Sanders, dem Chef von Metatron, geben. Anschließend ist eine Party geplant, auf der auch eine Band spielen soll. Und jetzt kommt's: Diese Band wird Devil's Tooth sein!«

Ich sah ihn ungläubig an. »Hardrock auf einer Firmenparty?«

»Na ja, die Organisatoren der Party glauben, dass eine ganz gewöhnliche Top-40-Band bekannte Stücke aus dem Radio spielen wird. Jedenfalls haben sie eine solche Band über eine Künstleragentur bestellt. Aber Raf2 ist in den Computer dieser Agentur eingedrungen und hat dafür gesorgt, dass statt der ursprünglich geplanten Band Devil's Tooth gebucht wurde.«

»Also, wenn einer glaubt, dass ich auf einer Firmenparty irgendwelche Popscheiße spiele, der hat sich geschnitten!«, rief der Bassist, dessen welliges Haar ihm bis weit über die Schultern hing. »Wir sind eine Hardrock-Band und keine Schnulzen-Paulis!«

Der dicke Schlagzeuger und der Keyboarder nickten.

»Reg dich ab, Greg«, sagte Carl. »Keiner erwartet von dir, dass du Songs von Britney Spears oder Nickelback spielst. Die sind doch sowieso viel zu schwierig für dich!« Greg warf ihm einen giftigen Blick zu, doch Carl fuhr ungerührt fort. »Wir werden wahrscheinlich überhaupt nicht spielen. Wir werden auf die Bühne gehen, irgendwer wird merken, dass da ein Fehler passiert ist, und wir fliegen wieder raus.«

»Aha«, sagte Greg. »Und was, bitte, soll das bringen?«
»Ganz einfach. Ozelot wird mit uns in die Firma kommen, und zwar als unser neuer Keyboarder. Und während wir versuchen, mit dem Organisator den vermeintlichen Irrtum aufzuklären, verdrückt er sich in die Firmenräume und hackt sich in den Computer der Firma.«

»Unser neuer Keyboarder?«, fragte Keith. »Und was mache ich in der Zeit?«

»Du kannst ja Roadie sein und die Instrumente aufbauen.«

»Roadie? Ich? Bei dir piept's wohl!« Er zeigte auf Ozelot. »Warum ist nicht er der Roadie, wenn er unbedingt mit uns da rein will?«

»Weil jeder in der Firma Ozelot kennt. Wir müssen ihn ein bisschen kostümieren. Und seit wann läuft ein Roadie mit Schminke, Perücke und Ledermontur durch die Gegend?«

»Schminke? Perücke? Hab ich da was verpasst? Wir sind doch noch nie verkleidet aufgetreten!«

»Na und? Irgendwann ist immer das erste Mal!«

»Ich kapier immer noch nicht, was der ganze Schwachsinn soll«, meldete sich Martin, der Schlagzeuger. »Wir gehen auf eine Party, auf der wir nicht spielen sollen, nehmen einen Keyboarder mit, der keiner ist … So hab ich mir die härteste Rockband der Stadt eigentlich nicht vorgestellt!«

Bevor Carl etwas sagen konnte, stand ich auf. »Wir tun es, weil wir meinen Vater befreien müssen«, sagte ich.

Es wurde schlagartig still im Raum. Alle sahen mich an.

»Diese Mistkerle von Metatron halten ihn wahrscheinlich irgendwo gefangen«, fuhr ich fort. »Oder … oder sie haben ihn umgebracht. Ozelot wird sich in das Computersystem hacken, um herauszufinden, was passiert ist. Dazu muss er unerkannt in die Firma gelangen und vermutlich geht das nicht anders als mithilfe eurer Band!«

Die Musiker nickten.

»Und übrigens werde ich mitkommen«, ergänzte ich.

Wie ich erwartet hatte, erhoben sich augenblicklich Proteste.

»Das ist viel zu gefährlich, Michael«, meinte die Hexe. »Dein Vater würde es mir nie verzeihen, wenn dir auch noch etwas zustößt!«

»Sie hat recht«, sagte Ozelot. »Du kannst mir nicht dabei helfen, in das Computersystem einzudringen!«

»Das vielleicht nicht«, entgegnete ich. »Aber ich kann aus einem Einbruch eine legale Aktion machen. Ich kann dafür sorgen, dass ihr nicht für ein paar Jahre ins Gefängnis müsst, falls der Plan schiefgeht.«

»Wie denn das?«, fragte Carl.

»Ganz einfach. Ich bin einer der rechtmäßigen Eigentümer von Ogilvy Systems.«

»Aber die Firma ist doch von Metatron übernommen worden«, sagte Ozelot.

»Jerry Acorn mag von meinem Vater für den Fall, dass ihm etwas zustößt, als Bevollmächtigter eingesetzt worden sein. Aber solange noch nicht der Tod meines Vaters erklärt worden ist, kann er nicht einfach so die Firmenanteile verkaufen.« Ich war mir durchaus nicht sicher, ob diese Vermutung stimmte, aber nach allem, was ich im Fernsehen über Gerichtsverhandlungen gesehen hatte, erschien sie mir vernünftig.

»Das bedeutet«, fuhr ich fort, »Metatron hat zwar die Mehrheit an Ogilvy Systems übernommen, aber etwa vierzig Prozent der Anteile gehören immer noch meinem Vater, oder, falls er tot ist, mir. Ich habe also jedes Recht, in der Firma zu sein. Außerdem wird es eine Menge Staub aufwirbeln, falls mich dort jemand verhaften will. Ich werde einfach sagen, dass Ozelot und ihr in meinem Auftrag handelt.«

Einen Moment herrschte Schweigen, als die anderen meine Ausführungen überdachten. »Schön und gut«, sagte die Hexe schließlich. »Aber du würdest dann wieder nach Windcliff Manor geschickt werden.«

Ich nickte. »Ja, ich weiß. Aber besser einer von uns kommt ins Internat, als alle anderen wegen versuchten Einbruchs ins Gefängnis.«

»Ich finde, der Junge hat recht«, sagte Greg. »Mir ist es viel lieber, wenn wir sagen können, wir haben für ihn und für seine Rechte an der Firma gekämpft.«

»Finde ich auch«, bestätigte Keith.

Martin nickte ebenfalls.

»Aber man wird dich sofort erkennen«, wandte die Hexe ein.

»Nicht, wenn ich mich ebenfalls verkleide.«

»Ein Dreizehnjähriger? In einer Hardrock-Band?«, fragte Carl.

»Warum nicht?«, wandte Greg ein. »Michael Jackson stand mit sechs Jahren das erste Mal auf der Bühne!«

»Michael Jackson?«, rief Martin. »Hat hier wirklich gerade jemand diesen Namen in unserem Übungsraum erwähnt? In einer heiligen Hardrock-Zone? Ich krieg 'ne Krise!«

»Wenn ich mich ebenfalls schminke und verkleide,

wird mich keiner erkennen«, sagte ich. »Außerdem kann ich sogar ein bisschen Klavier spielen.«

»Echt?«, rief Keith. »Dann lass doch mal hören!«

Ich hätte mich kaum mehr erschrocken, wenn in diesem Moment Mrs Parkinson mit zwei Sicherheitsleuten des Internats in den Übungsraum gestürzt wäre. Ich sollte vor all diesen Leuten spielen? Vor einer waschechten Rockband? Am liebsten wäre ich im Boden versunken. Warum hatte ich bloß meine Klappe nicht halten können!

»Nun komm schon, Junge!«, rief Martin. »Zier dich nicht so!«

Mir blieb wohl nichts anderes übrig. Also schaltete ich das Piano ein und spielte noch einmal *Für Elise*.

Keith pfiff durch die Zähne. »Nicht schlecht, Michael. Wirklich!«

»Klingt nur ein bisschen zu sauber«, sagte Greg.

»Und viel zu leise!«

»Das haben wir gleich!« Carl ging zum Mischpult, während sich Martin die Schlagzeugstöcke griff und Greg seinen Bass einstöpselte. Eine Minute später dröhnte in ohrenbetäubender Lautstärke eine Hardrock-Version von *Für Elise* durch den Übungsraum, zu der auch der in seinen letzten Lebensjahren taube Ludwig van Beethoven auf dem Tisch getanzt hätte.

Die Musik blies mich buchstäblich weg. Es war so laut, dass ich Angst um meine Trommelfelle hatte und mir der Luftdruck die Haare aus der Stirn wehte. Doch gleichzeitig hatte Beethovens Musik, untermalt von einem rhythmisch wummernden Bass und dem Krachen und Stampfen von Martins Schlagzeug, auf einmal eine urgewaltige Kraft – wie die riesigen Wellen, die gegen die Steilküste bei Windcliff Manor prallten.

Carl griff sich eine Gitarre und begann, im Wechsel mit mir die Noten des Stücks aufzugreifen, wobei er sie so in die Länge zog, bog und verzerrte, dass sie kaum noch wiederzuerkennen waren. Unsere Musiklehrerin Mrs Wilson hätte sich wahrscheinlich vor Verzweiflung in den See auf unserem Grundstück gestürzt, wenn sie gewusst hätte, was wir mit Beethovens zarter Liebesmelodie anstellten, die zu ihren Lieblingsstücken gehörte. Aber es machte einfach unglaublichen Spaß.

Nach ein paar Minuten endete unser improvisiertes Stück. Ein leises Fiepen in meinen Ohren signalisierte, dass diese einen derartigen Schalldruck nicht ohne Protest hinnahmen. Die Hexe, Rebecca und Ozelot nahmen ihre Hände von den Ohren.

»Ist es vorbei?«, fragte der Hacker.

»Mann, war das geil!«, meinte Keith. »Was war das für ein Stück, das du da gespielt hast? Was Klassisches, oder?«

»Es heißt *Für Elise* von Ludwig van Beethoven.«

»Cool, echt. Das hat Power. Sollten wir in unser Programm aufnehmen, Jungs!«

»Klar«, meinte Martin. »Wenn du es hinkriegst, das so zu spielen wie Michael …«

»Kein Problem«, sagte Keith und begann, ein paar Noten anzuschlagen. Obwohl er das Stück offenbar nicht kannte, gelang es ihm, nur nach dem Gehör die Melodie nachzuspielen.

Doch ein lauter Protest von Rebecca stoppte ihn. »Wenn ihr weiter diesen unglaublichen Krach macht, dann verschwinde ich!«

»Schon gut«, sagte Carl. »Also ist es beschlossene Sache: Michael wird für die Show in drei Tagen unser Keyboarder sein. Falls wir tatsächlich etwas spielen müssen, dann dieses Stück – keiner wird dann glauben, dass Mike nicht zu unserer Band gehört. Ozelot, du kannst so tun, als seist du der zweite Gitarrist. Alle einverstanden?«

Zustimmendes Nicken.

Ich muss zugeben, dass ich in diesem Moment unheimlich stolz war. Ich war ein Teil der Befreiungsaktion für meinen Vater. Auch wenn noch völlig unklar war, ob wir überhaupt etwas herausfinden würden – wenigstens handelten wir jetzt.

Die folgenden Tage waren in mehrfacher Hinsicht aufregend. Wir übten verschiedene Stücke ein, die Keith mir beibrachte. Die enorme Lautstärke machte mir immer noch zu schaffen – es schien für die anderen unmöglich zu sein, ein Stück so zu spielen, dass man keine Ohrenschmerzen bekam. Doch es machte auch großen Spaß. Die Bandmitglieder waren sehr gut auf ihren Instrumenten, auch wenn man das bei dem Krach, den sie erzeugten, oft gar nicht merkte.

In dem Übungsraum zu übernachten, war nicht sehr angenehm. Ein paarmal wachte ich nachts auf, weil ich irgendwo im Raum etwas rascheln hörte, doch wenn ich das Licht einschaltete, konnte ich nichts finden. Am meisten litt ich jedoch darunter, dass ich während dieser Zeit keinen Kontakt mit Raf2 aufnehmen konnte. Ich vermisste ihn fast so sehr wie meinen echten Bruder. Es war schon ein bisschen seltsam: Mein bester Freund und gleichzeitig meine größte Hoffnung war ein Computerprogramm.

Je näher der Auftritt kam, desto nervöser wurde ich. Ich wusste nicht genau, ob es an meiner Angst lag, erwischt und wieder nach Windcliff Manor geschickt zu werden, oder ob ich Lampenfieber hatte, weil ich nun fast ein Teil von Devil's Tooth geworden war. Zwar hatten wir nicht vor, wirklich ein Konzert zu geben, doch allein die Möglichkeit, vor einer großen Menschenmenge auf die Bühne zu treten, trieb mir den Schweiß auf die Stirn.

Am Tag der Party kam die Hexe nachmittags mit Rebecca in den Übungsraum. Sie hatte eine Perücke aus langem schwarzen Kunsthaar und Schminkutensilien dabei, außerdem schwarze Jeans, ein T-Shirt und eine schwarze Lederjacke in meiner Größe. Sie bearbeitete mich fast eine Stunde, während Rebecca Kommentare abgab und hier und da noch etwas zu verbessern hatte. Als ich mich danach im Spiegel betrachtete, erkannte ich mich selbst nicht wieder. Mein Gesicht war kalkweiß, die Augenhöhlen und Lippen pechschwarz – mein Kopf sah aus wie ein Totenschädel. Unter meinem linken Auge prangte eine große schwarze Träne. Das Haar der Perücke war mit reichlich Gel und Haarspray zu einer wilden Mähne frisiert.

»Du siehst zum Fürchten aus«, meinte Rebecca.

»Danke«, sagte ich.

Als Nächster war Ozelot an der Reihe. Die Hexe schminkte seinen Kopf knallrot und formte aus dem Haar seiner Perücke zwei große, gebogene Hörner. Dazu trug er ein rotes T-Shirt mit gelben Flammen, das unter einer schwarzen Lederjacke hervorlugte, und eine Hose aus glattem Leder. Er sah aus wie der leibhaftige Teufel. »Ich weiß ja nicht, ob das eine gute Idee ist«, sagte er immer wieder. Doch als die Hexe mit ihm fertig war, hätte ihn selbst seine Mutter nicht wiedererkannt.

Auch Carl, Greg und Martin wurden geschminkt, nur Keith blieb verschont. Martin meckerte die ganze Zeit und nannte ihre Verkleidung einen »albernen Mummenschanz«, doch die Hexe ignorierte seine Proteste und verlieh ihm das Aussehen eines Vampirs. Greg bekam einen grünen Kopf mit Schuppen wie ein Reptil. Carl erhielt, ähnlich wie ich, ein leichenartiges Aussehen, das er mit den Worten »so sehe ich immer aus, wenn ich abends zu viel getrunken habe« kommentierte. Zusammen wirkten wir, als hätten wir uns für eine Halloween-Party zurechtgemacht.

Als die Hexe endlich fertig war, luden wir die Instrumente und Verstärker in einen schwarzen Lieferwagen, der mit dem Bandnamen verziert war, und brachen zum Firmengelände von Ogilvy Systems am Rande der Stadt auf. Die Hexe, Rebecca und Keith blieben zurück – sie hätten ohnehin nicht mehr in den mit fünf Personen und den Instrumenten total überfüllten Kleintransporter gepasst.

Zur Firma meines Vaters gehörten mehrere Gebäude, jeweils drei Stockwerke hoch, die auf einem parkartigen Campus untergebracht waren. Insgesamt waren hier über zweitausend Menschen beschäftigt, die meisten davon Programmierer. Ein nervöser Mann mit Glatze nahm uns an der Einfahrt zum Gelände in Empfang. Er warf einen missmutigen Blick auf unsere Verkleidungen, schien jedoch keinen Verdacht zu schöpfen. »Ja, wo bleiben Sie denn?«, rief er. »Wir haben schon auf Sie gewartet! Fahren Sie den Wagen da vorn rechts bis zum Ende der Stichstraße. Die Feier ist im Erdgeschoss des großen Zentralgebäudes.«

»Sehr gut«, raunte Ozelot mir zu. »In dem Gebäude sind die zentralen Server untergebracht.«

Wir befolgten die Anweisung des Glatzkopfs und luden die Instrumente aus. In einem großen Saal, der wohl normalerweise als Kantine diente, war eine kleine Bühne aufgebaut worden. An den Wänden hingen bunte Luftballons. Eine Mitarbeiterin war dabei, die Tische mit Blumen und bunten Tüchern zu schmücken. Ein Mann befestigte Plakate an den Wänden, auf denen zwei Männer Hand in Hand zu sehen waren. Sie blickten halb grimmig, halb lächelnd drein wie zwei verfeindete Staatsmänner, die nach langer Zeit beschlossen hatten, Frieden zu schließen. Der eine von ihnen war Jerry Acorn, den anderen, einen hageren Mann mit dünnem Haar, kannte ich nicht – vermutlich war es der Chef von Metatron. Unter den Plakaten stand: »Ogilvy Systems und Metatron – ein starkes Team.« Und etwas kleiner: »Metatron – Der Geist in der Maschine.« Das sollte wohl andeuten, dass sich die Firma mit künstlicher Intelligenz beschäftigte. Ich fand den Slogan irgendwie unheimlich. Schließlich war ein Geist nicht unbedingt immer freundlich gesinnt. Unwillkürlich musste ich an einen Vers des deutschen Dichters Goethe denken, den ich im Unterricht gelernt hatte: »Ach, da kommt der Meister! Herr, die Not ist groß: Die ich rief, die Geister, werd ich nun nicht los!«

»Jeff, würdest du bitte mal mit anfassen?«, rief Martin. »Jeffrey?«

Ich zuckte zusammen. Ich hatte ganz vergessen, dass wir vereinbart hatten, mich Jeffrey zu nennen. Ich wandte mich zu ihm um und half, das Schlagzeug aufzubauen.

Nach etwa einer halben Stunde waren wir fertig. Der Glatzkopf, der offenbar für die Organisation der Feier zuständig war, kam zu uns. Er hatte einen roten Kopf vor Aufregung und keuchte, während er mit uns sprach, als hätte er gerade einen Marathonlauf hinter sich. »Sind … sind Sie sicher, dass hier kein Irrtum vorliegt? Mir … wurde mitgeteilt, dass hier heute die Band … Top of the Pop spielen wird …«

»Es gab da eine kleine Umbesetzung«, erklärte Carl. »Der Sänger von Top of the Pop ist krank geworden, da sind wir eingesprungen. Aber machen Sie sich keine Sorgen, wir werden Ihre Veranstaltung schon in Schwung bringen!«

Der Glatzkopf betrachtete mit gerunzelter Stirn unsere Kostüme und die Instrumente. »Also schön. Sie können jetzt mit dem Soundcheck beginnen.«

Ich zuckte zusammen. Unser Plan war es, dass Ozelot sich verdrücken und sich Zugang zu den Rechnern verschaffen sollte, während die Party im vollen Gange war. Dann war die Wahrscheinlichkeit am geringsten, dass er erkannt und aufgehalten werden würde. Wenn wir jedoch bereits jetzt aufflogen und des Geländes verwiesen wurden, war die ganze Aktion gescheitert.

»Soundcheck?«, sagte Carl. »Das ist nicht nötig. Wir haben alles im Studio überprüft.«

»Ich bestehe darauf!«, sagte der Glatzkopf. »Ich will sicher sein, dass die Musik sauber klingt!«

Carl verzog das Gesicht, nickte aber. »Also schön. Jungs? Seid ihr so weit?«

Wir stellten uns an die Instrumente und nickten ihm zu. Martin gab mit seinen Schlagzeugstöcken das Tempo vor, indem er sie viermal aneinanderschlug. Dann setzten wir ein.

Obwohl Carl die Verstärkeranlage wesentlich leiser eingestellt hatte als im Übungsraum, machte der Glatzkopf ein entsetztes Gesicht und trat ein paar Schritte zurück, als ihm das Dröhnen unserer bis zur Unkenntlichkeit verzerrten Instrumente entgegenschlug. Wir spielten ein paar Takte unserer Hardrock-Version von *Für Elise*, in der Hoffnung, dass Beethovens eingängige Melodie ihn besänftigen würde. Doch stattdessen wedelte er wie wild mit den Armen und brüllte: »Stopp! Stopp! Aufhören! Sofort aufhören!«

Wir ließen die Instrumente sinken. Ich sah, dass alle übrigen Angestellten im Raum innehielten und uns mit großen Augen ansahen. Eine Kellnerin nahm zögernd die Hände herunter, die sie sich an die Ohren gepresst hatte.

»Nein!«, rief der Glatzkopf. »Nein, nein, nein! Das geht auf gar keinen Fall! Sie … Sie werden nicht unsere Party mit diesem Krach ruinieren!«

»Krach?«, rief Greg empört. »Das war ein Stück des berühmten Komponisten Ludwig van Beethoven!«

»Das soll Beethoven gewesen sein?« Der Mann schüttelte seinen kahlen Kopf. »Ich werde mich bei der Künstleragentur beschweren! Das ist eine Frechheit, uns statt der bestellten Band eine solche Rabaukentruppe zu schicken!«

»Ich geb dir gleich ›Rabaukentruppe‹!«, rief Greg und hob drohend die Faust.

»Sie packen jetzt sofort Ihre Instrumente zusammen und verschwinden«, sagte der Glatzkopf. »Die Musik kommt hier heute vom CD-Player!«

»Hören Sie, Sir«, sagte Carl. »Der Soundcheck gerade war vielleicht ein bisschen laut, aber das kriegen wir in den Griff. Wir spielen, was immer Sie möchten. Echte Top-40-Hits. Madonna, Michael Jackson, von mir aus sogar Meat Loaf.« Greg und Martin warfen ihm giftige Blicke zu.

»Nein, kommt nicht infrage!«, sagte der Glatzkopf. »Sie werden jetzt …«

»Gibt es ein Problem?«, unterbrach ihn ein Mann, der in diesem Moment den Saal betrat. Ich erschrak. Onkel Jerry!

»Es tut mir leid, Mr Acorn«, sagte der Glatzkopf. »Ich hatte ausdrücklich eine Top-40-Band bestellt, stattdessen sind diese … diese Rocker gekommen und …«

»Kann ich mal was hören?«, fragte Onkel Jerry.

»Sir, ich glaube wirklich nicht, dass sie …«, wandte der Glatzkopf ein, doch Onkel Jerry winkte ab. »Top-40-Hits sind doch langweilig. Die Jungs da sehen so aus, als wenn sie uns so richtig einheizen würden.«

»Aber Sir!«, protestierte der Glatzkopf.

Doch Carl nutzte die Chance. »Sie haben recht, Sir. Top-40-Hits sind von gestern! Wir machen so richtig Druck!«

»Also los, lasst mal hören!«

Ich hatte die ganze Zeit meinen Blick auf die Tasten geheftet, aus Angst, Onkel Jerry könnte mich erkennen, doch die Verkleidung der Hexe schien zu funktionieren – er beachtete mich gar nicht. Wir spielten erneut *Für Elise*. Der Mann, der die Veranstaltung organisierte, zog den Kopf ein wie bei einem Artillerieangriff, doch auf Onkel Jerrys Gesicht zeigte sich ein breites Lächeln. Er begann, im Rhythmus der Musik mit dem Fuß zu wippen.

Schließlich beendeten wir das Stück. Onkel Jerry klatschte. »Bravo!«, rief er. »Das nenne ich mal richtigen Hardrock! Anderson, ich hätte nicht gedacht, dass Sie so einfallsreich sind. Diese Musik wird unsere Mitarbeiter auf andere Gedanken bringen. Sie wird ihnen die Sorge nehmen, dass wir nach der Übernahme durch Metatron zu einem spießigen Beamtenladen werden!«

Der Glatzkopf warf Onkel Jerry einen merkwürdigen Blick zu, wagte jedoch keinen Widerspruch.

»Große Klasse, Jungs!«, rief Onkel Jerry. »Ich freue mich auf euren Auftritt nachher!« Er winkte noch einmal, dann verließ er den Raum.

13. Metatron

Wir warteten in einem Nebenraum unter den wachsamen Augen des Glatzkopfs darauf, dass sich der Saal allmählich mit den Mitarbeitern von Ogilvy Systems füllte. Die Veranstaltung begann pünktlich. Onkel Jerry hielt eine Eröffnungsrede, in der er wortreich beschrieb, wie toll die Zukunft von Ogilvy Systems als Teil von Metatron werden würde. Es klang, als hätte der Firma nichts Schöneres passieren können, als von ihrem schärfsten Konkurrenten übernommen zu werden. Dad erwähnte er mit keinem Wort. Wut stieg in mir auf. Ich hatte immer stärker das Gefühl, dass die Aktion von langer Hand geplant worden war und Onkel Jerry von Anfang an mit Metatron unter einer Decke gesteckt hatte. Er hatte Dad hintergangen.

Ich würde dafür sorgen, dass er für seinen Verrat bezahlte!

Als die Rede endlich zu Ende war, gab es Applaus, der jedoch rasch abebbte. Der nächste Redner betrat die Bühne und stellte sich als Colin Sanders vor, der Vorstandsvorsitzende von Metatron. Seine Rede war kurz und in einem Tonfall gehalten, der an militärische Kommandos erinnerte. Er forderte von allen Mitarbeitern bedingungslosen Einsatz, Disziplin und Verschwiegenheit. Der Applaus am Ende war noch verhaltener.

Wieder kam Onkel Jerry auf die Bühne. »Und jetzt haben wir noch eine Überraschung für Sie alle!«, sagte er. »Um den großartigen Zusammenschluss unserer beiden Firmen gebührend zu feiern, haben wir keine Kosten und Mühen gescheut, um die bekannte Rockband, äh, Devil's Tooth hierherzuholen! Applaus bitte für Devil's Tooth!«

Ein paar Leute klatschten, während wir auf die Bühne kletterten. Ich bekam weiche Knie, als ich die riesige Menschenmenge sah, die in dem Saal versammelt war und uns skeptisch ansah. Man spürte, dass die meisten von ihnen nicht gerade guter Laune waren – offenbar teilten sie Onkel Jerrys Meinung über den Zusammenschluss nicht.

»Hallo, Leute«, sagte Carl. »Seid ihr gut drauf?«

Anstelle einer Antwort herrschte nur Schweigen im Saal.

»Na ja, jedenfalls, wir sind Devil's Tooth, die härteste Rockband der Stadt. Genau das Richtige für harte Zeiten wie diese.«

Ein paar Leute lachten, während uns Onkel Jerry und Colin Sanders böse Blicke zuwarfen.

Martin gab den Takt vor und wir setzten mit *Für Elise* ein. Nach kurzer Zeit änderte sich die Stimmung im Saal. Ich spürte, wie der schnelle, eingängige Rhythmus den Leuten ins Blut fuhr. Sie begannen, erst mit den Füßen zu wippen, dann mit dem ganzen Körper. Nach ein paar Minuten hielt es sie nicht mehr auf den Stühlen. Einige kamen näher an die Bühne und klatschten im Rhythmus der Musik.

Es war ein unbeschreibliches Gefühl, dort oben zu stehen und die Menschen mitzureißen. Meine Finger flogen über die Tasten, als hätten sie einen eigenen Willen. Auch auf den Gesichtern von Carl, Greg und Martin spiegelte sich Begeisterung. Selbst Ozelot, dessen Gitarre überhaupt nicht an die Verstärker angeschlossen war, legte sich ins Zeug, schlug im Rhythmus auf die Saiten ein und tat so, als sei er ein tragendes Element der Band.

Wir spielten sämtliche Stücke, die wir in den letzten Tagen eingeübt hatten. Die Stimmung wurde immer besser. Die Leute jubelten und klatschten nach jedem Song begeisterter. Das Einzige, was mir zu schaffen machte, waren die zufriedenen Gesichter von Onkel Jerry und Colin Sanders.

Nach etwas mehr als einer halben Stunde waren wir mit dem Repertoire, das wir eingeübt hatten, am Ende. Wir zogen das letzte Stück in die Länge, indem wir improvisierten, Carl ein langes Gitarrensolo spielte und Martin anschließend in einem Schlagzeugsolo zeigte, wie schnell er seine Stöcke herumwirbeln konnte. Doch irgendwann wussten wir nicht mehr, was wir noch spielen sollten, also hörten wir auf.

»Wir machen jetzt eine kurze Pause«, sagte Carl. »Wir sind gleich wieder für euch da.«

Unter Beifall und lautstarken Protesten traten wir von der Bühne und gingen in den Nebenraum.

Der Glatzkopf war sehr zufrieden mit uns. »Ich muss sagen, Ihre Musik ist nicht unbedingt mein Geschmack«, sagte er. »Aber der Köder muss bekanntlich dem Fisch schmecken, nicht dem Angler, ha ha. Ich lasse Sie jetzt für einen Moment allein. In einer Viertelstunde sind Sie wieder auf der Bühne, okay?«

»Haben Sie hier vielleicht eine Toilette?«, fragte Ozelot.

»Ja, natürlich. Da raus, den Gang hinunter und dann hinten links.«

»Ich muss auch mal«, sagte ich. Ozelot runzelte die Stirn, sagte aber nichts. Er wollte offensichtlich nicht, dass ich ihm folgte, konnte mich aber nicht daran hindern.

Wir gingen in die angegebene Richtung. Die Toiletten schienen für die Bediensteten der Kantine bestimmt zu sein und waren zum Glück leer.

»Hör mal, lass mich das allein machen«, sagte Ozelot. »Du kannst mir sowieso nicht dabei helfen, in das System einzudringen. Du bringst dich nur unnötig in Gefahr!«

»Wir haben das doch schon diskutiert«, widersprach ich. »Wenn ich nicht mitkomme und sie dich erwischen, kommst du wegen Einbruchs ins Gefängnis!«

»Das komme ich wahrscheinlich so oder so«, murrte Ozelot. Doch er willigte schließlich ein.

Wir schlossen uns jeder in eine Toilettenkabine ein und zogen unsere Lederkluft aus. Darunter trugen wir unauffällige Jeans und T-Shirts. Die Hexe hatte uns jede Menge feuchte Tücher eingepackt, mit denen wir die Schminke entfernen konnten. Als ich mich fünf Minuten später im Spiegel betrachtete, sah ich wieder aus wie immer. Nur um meine Augen lag noch ein dunkler Schatten, so als hätte ich zu wenig geschlafen. Wir packten die Lederkleidung und unsere Perücken in eine Stofftüte, die Ozelot in der Tasche gehabt hatte, und versteckten sie in einem Schrank, in dem Toilettenpapier und Reinigungsmittel aufbewahrt wurden. Dann verließen wir den Waschraum.

Da praktisch alle Mitarbeiter auf der Party versammelt waren, waren die Flure des Gebäudes leer. Doch der Zugang zu den Büroräumen war durch eine Glastür versperrt, die mit einem Ziffernschloss gesichert war. Ozelot tippte eine Nummer ein, und die Tür sprang auf.

»Woher hast du die Kombination?«, fragte ich ihn leise.

»Berufsgeheimnis«, sagte er und grinste.

Ozelot betrat eines der Büros. Er untersuchte den Schreibtisch, auf dem eine kleine Topfpflanze stand, und zog probehalber an einer der Schubladen, doch sie waren verschlossen. Er hob den Blumentopf an. Darunter lag ein kleiner Schlüssel, mit dem Ozelot den Schreibtisch öffnete. In der obersten Schublade fand er eine Plastikkarte, auf die das Bild einer Frau mittleren Alters gedruckt war. Darunter stand der Name Sally Waters.

»Die gute alte Sally ist zum Glück immer noch genauso unvorsichtig, wie ich sie in Erinnerung habe«, kommentierte Ozelot.

Ausgestattet mit der Codekarte gingen wir zum Fahrstuhl am Ende des Gangs. Um ihn zu betätigen, musste man die Karte durch einen Magnetkartenleser ziehen. Wir fuhren ins untere der beiden Kellergeschosse.

»Ab jetzt müssen wir aufpassen«, sagte Ozelot leise. »Wir nähern uns dem Allerheiligsten der Firma: dem Rechenzentrum.«

Eine schmucklose Metalltür am Ende eines kurzen Gangs verwehrte uns den Zutritt. Neben der Tür befanden sich ein Magnetkartenleser und ein Ziffernblock. An der Decke, etwa drei Meter vom Eingang entfernt, war eine Kamera angebracht.

»Bleib einfach stehen und tu gar nichts«, raunte Ozelot. »Es dauert einen Moment.«

Das Kameraauge schien sich in meinen Hinterkopf zu bohren, während Ozelot ein flaches, einem Taschenrechner ähnliches Gerät aus der Tasche holte und eine Plastikkarte, die damit verbunden war, in den Leser steckte. Die Zeit zog sich dahin, während er an der kleinen Tastatur herumfummelte. Jeden Moment rechnete ich damit, dass sich die Fahrstuhltür hinter uns öffnen und wir in scharfem Ton aufgefordert werden würden, die Hände hochzuheben und uns nicht von der Stelle zu rühren.

Endlich gab es ein elektrisches Surren, während die Riegel der Tür zurückgeschoben wurden. Wir traten ein.

Kühle, trockene Luft empfing mich. Ein leichter Geruch von verschmortem Plastik lag darin. Das Rechenzentrum bestand aus einem großen Raum, in dem lange Reihen von Schränken mit Glastüren standen. Jeder Schrank enthielt vierundzwanzig Hochleistungs-Computer. Insgesamt mussten es über tausend sein. Etliche kleine, blinkende Leuchtdioden vermittelten den Eindruck hektischer Aktivität, der im Kontrast zu der Stille des Raums stand.

An einer Wand standen mehrere Arbeitsplätze mit Bildschirmen und Tastaturen. Ich erwartete, dass Ozelot sich an einem von ihnen zu schaffen machen würde, doch er führte mich weiter in einen Nebenraum. Es schien sich um eine Art Entspannungs- und Ruheraum zu handeln, denn mehrere Sessel mit grauem Stoffbezug standen darin. An ihren Kopfteilen waren halbkugelförmige Hauben angebracht, ähnlich den Trockenhauben in Friseursalons. Eine einzelne Deckenlampe spendete warmes, gedämpftes Licht. Kameras waren nicht zu erkennen.

Ozelot setzte sich in einen der Sessel und zog die glockenartige Haube über seinen Kopf.

»Was machst du da?«, fragte ich. »Findest du, es ist jetzt der richtige Zeitpunkt für eine Entspannungspause?«

»Das hier ist ein VR-Terminal«, erklärte er.

»Ein was?«

»VR steht für virtuelle Realität. Wir haben eine neuartige Benutzeroberfläche entwickelt, die es erlaubt, sich dreidimensional durch einen Datenraum zu bewegen. Das Ganze ist noch im Betastadium. Mit anderen Worten, es gibt jede Menge Sicherheitslücken. Ich hoffe, dass ich durch eine davon die Firewall des Zentralrechners umgehen kann. Du kannst dich auf einen der Sessel setzen, aber rühr nichts an. Wenn jemand kommt, rüttele mich an der Schulter, okay?«

Ich nickte. Er legte die Hände auf die Armstützen. Sie enthielten mehrere Taster, einen Joystick und einen Trackball – eine kleine Kugel, die sich frei in alle Richtungen drehen ließ.

Eine Weile stand ich daneben, während die Finger des Hackers an den Kontrollen der Sessellehnen hantierten. Ich kam mir ziemlich überflüssig vor.

Nervös ging ich im Raum hin und her. Schließlich setzte ich mich auf den Sessel neben Ozelot. Er war sehr bequem. Meine Hände glitten über die Kontrollen in den Armstützen. Sie sahen ein wenig aus wie die Bedienungselemente unserer Videospielkonsole. Einer der Knöpfe war grün und trug als Symbol einen durch einen senkrechten Strich unterbrochenen Kreis – das universale Zeichen für einen Ein-Aus-Schalter.

Ozelot hatte zwar gesagt, ich solle nichts anrühren, aber ich konnte der Versuchung nicht widerstehen. Ich drückte den Knopf.

Über mir erschien ein Leuchten. Ich sah, dass im Innern der Halbkugel ein Bildschirm angebracht war, der die Hälfte der Glocke ausfüllte. Davor war eine Art Brille montiert. Ich zog den Helm über meinen Kopf. Durch die Brillengläser wirkte das Bild des Monitors dreidimensional. Es flimmerte kaum merklich.

Durch die 3-D-Brille wirkte es, als befände ich mich in einem leeren Raum. Er war hell erleuchtet, doch es war keine Lichtquelle erkennbar. In jeder seiner vier Wände befand sich eine Tür. Sie waren mit den Worten »Admin«, »Daten«, »Analyse« und »Programm« gekennzeichnet. Vor mir schwebte eine dreidimensionale Hand im virtuellen Raum. Indem ich mit meinem Daumen den Trackball in der rechten Armlehne drehte, konnte ich die Hand im Raum bewegen. Der Joystick auf der linken Seite steuerte meinen Blickwinkel und erlaubte es mir, die Position zu verändern.

Ich überlegte kurz, dann bewegte ich mich auf die Tür mit der Aufschrift »Admin« zu. Das Wort war vermutlich eine Abkürzung für »Administrator« – also für denjenigen, der die Einstellungen des Computers verwaltete und das Recht besaß, sie zu verändern. Wenn Ozelot diese 3-D-Welt benutzen wollte, um durch sie in das Hauptsystem von Ogilvy Systems einzudringen, dann war er vermutlich durch diese Tür gegangen. Ich bewegte die virtuelle Hand zum Türknauf. Ein Druck auf einen Taster neben dem Trackball bewirkte, dass sie den Knauf ergriff und drehte. Die Tür schwang auf.

Dahinter befand sich ein Gang mit Dutzenden weiterer Türen, auf denen Begriffe wie »Fileserver«, »Rechteverwaltung« und »Laufzeitoptimierung« standen. Mit diesen Begriffen konnte ich wenig anfangen. Ich öffnete eine der Türen. Dahinter verbarg sich eine Art Schaltzentrale. Die Wände waren übersät mit Knöpfen und Anzeigetafeln, beinahe wie im Cockpit eines Flugzeugs.

Ich wusste selbst nicht genau, was ich hier eigentlich wollte. Die Neugier hatte mich getrieben, aber allmählich wurde mir bewusst, dass ich möglicherweise Ozelot und mich in Gefahr brachte. Ich beschloss, in den Raum mit den vier Türen zurückzukehren, bevor ich das System abschaltete. Doch in diesem Moment entdeckte ich, dass eine der Türen in dem Gang halb geöffnet war. Ozelot musste sie benutzt und offen gelassen haben. Ich bewegte mich auf die Tür zu und entdeckte dabei, dass die Geschwindigkeit meiner Bewegung stetig zunahm, wenn ich den Joystick gedrückt hielt. Ein cooles Gefühl.

Auf der Tür stand »Fraktaler Garten«. Ich wusste nicht, was »fraktal« bedeutete, aber Blumenbeete als Teil eines Administratorbereichs im Inneren eines Computers kamen mir seltsam vor.

Ich trat durch die Tür und befand mich tatsächlich in einer Art Garten, auch wenn er ganz anders aussah als der Park, in dem unser Haus lag. Ein endlos weiter tiefblauer Himmel wölbte sich über mir, das war auch schon das einzig Vertraute hier. Um mich herum wuchsen pflanzenartige Gebilde in allen Farben des Regenbogens. Einige sahen aus wie Farne, andere wie Korallen oder Kohlköpfe. Ihre Oberflächen wiesen seltsame Muster auf. Das Faszinierendste daran war, dass diese Muster sich wiederholten: Jedes einzelne Blatt eines Farnstrauchs war selbst ein Farn, der wiederum aus vielen Blättern bestand, von denen jedes einzelne eine eigene Pflanze zu sein schien und so weiter. Ich versuchte, eines der Blätter mit meiner virtuellen Hand zu berühren. Als ich mich der Pflanze näherte, hielt die Hand plötzlich ein Vergrößerungsglas. Ich entdeckte, dass ich mit dem Trackball in das Bild hineinzoomen und es immer weiter vergrößern konnte. So konnte ich erkennen, dass sich die Selbstähnlichkeit der Farnblätter endlos fortsetzte. Auch die merkwürdigen blumenkohlartigen Knollen besaßen diese Eigenschaft:

Sie waren mit lauter kleinen Knollen besetzt, deren Oberfläche ebenfalls winzige Knollen mit noch kleineren Knollen aufwies. Egal, wie stark ich das Bild vergrößerte, ich erreichte niemals ein Ende dieser faszinierenden Komplexität.

Ich bewegte mich durch den bizarren Garten und fragte mich gerade, ob er nur zur Dekoration diente oder tatsächlich irgendeinen Zweck erfüllte, als ich hinter einer besonders großen Pflanze mit spiralförmig gewundenen Blättern ein viereckiges Loch im Boden entdeckte. Ich spähte hinein, doch es war pechschwarz. Als ich die virtuelle Hand darüber bewegte, ballte sie sich zu einer Faust mit einem ausgestreckten Zeigefinger, der auf das Loch deutete.

Ohne lange nachzudenken, drückte ich den Schaltknopf neben dem Trackball. Im selben Moment wurde ich quasi in das Loch hineingesogen und fand mich plötzlich in einem quadratischen Raum wieder, der dem Eingangsraum mit den vier Türen ähnelte. Nur gab es hier keine Türen. Es gab auch kein schwarzes Loch, durch das ich hier hineingekommen sein könnte. Doch der Raum war nicht leer. Ich sah die 3-D-Figur eines Mannes. Er war schlank und trug eine Art grauen Overall, auf dem das Wort »Admin« stand. Sein Gesicht war seltsam ausdruckslos, fast wie das einer Schaufensterpuppe. Er drehte sich zu mir um und sah mich mit leeren Augen an.

»Ich hatte dir doch gesagt, du sollst nichts anfassen!« Ich hörte Ozelots Stimme aus Lautsprechern im Innern der Glocke, doch gleichzeitig konnte ich ihn neben mir im Sessel sprechen hören.

»Tut mir leid«, sagte ich. »Ich … ich war einfach neugierig.«

»Ist schon gut. Ich kann ohnehin nichts machen. Sie haben meinen hübschen kleinen Hintereingang zugemauert.«

»Dieser fraktale Garten, den hast du erschaffen?«

»Ja. Hübsch, nicht? Es war eines der ersten Experimente mit dieser neuartigen Benutzerschnittstelle. Wir wollten ausprobieren, wie gut es funktioniert, wenn man sich in einem 3-D-Raum unendlich tiefe Datenstrukturen ansehen will. Deshalb diese merkwürdigen Pflanzen. Ich dachte mir, das ist ein guter Ort, um eine kleine Hintertür zu verstecken. Aber der Eingang ist, wie du siehst, zugemauert. Ich fürchte, unser Besuch hier war vergeblich.«

»Vergeblich ist nicht das richtige Wort«, erklang eine Stimme. Sie war sanft und freundlich, und doch erschrak ich zutiefst.

Neben dem Mann im grauen Overall, der Ozelot darstellte, war eine neue Figur erschienen. Sie hatte menschliche Umrisse, schien jedoch aus gleißendem Licht zu bestehen.

»Wer … wer sind Sie?«, fragten Ozelot und ich gleichzeitig.

»Unser Name ist Metatron«, sagte die Gestalt.

14. Überwältigt

»Wir müssen hier verschwinden! Sofort!«, rief Ozelot. »Nimm den Helm ab, Michael!«

»Es hat keinen Sinn, zu fliehen, Mr Levinsky«, sagte die Gestalt. »Der Sicherheitsdienst weiß längst, dass Sie hier sind. Nur wir haben ihn bisher daran gehindert, Sie festzunehmen.«

»Sie können uns nicht verhaften lassen«, sagte ich. »Ich bin Michael Ogilvy, Sohn von Brian Ogilvy, dem Gründer von Ogilvy Systems. Ich habe das Recht, hier zu sein. Und Ozelot handelt nur in meinem Auftrag!«

Obwohl sie keine erkennbaren Augen hatte, spürte ich, wie die Figur namens Metatron mich ansah. »Du bist falsch informiert, Michael«, sagte sie. »Euer primitives Rechtssystem erlaubt es dir nicht, ohne Genehmigung der Geschäftsführung die Firmenräume zu betreten, auch wenn dein Vater Anteilseigner des Unternehmens ist.«

»Mein Vater ist Geschäftsführer des Unternehmens. Fragen Sie ihn, und Sie werden sehen, dass er mir den Zutritt gestattet hat.«

»Dein Vater ist nicht in der Lage, irgendetwas zu gestatten«, gab Metatron zurück. Es war genau die Bestätigung, die ich brauchte.

»Wo ist mein Vater?«, rief ich. »Was haben Sie mit ihm gemacht?«

»Dein Vater ist in Sicherheit. Es geht ihm gut. Sobald er mit uns kooperiert, werden wir ihn freilassen.«

»Wer immer Sie sind, mein Vater wird niemals mit Ihnen kooperieren!«

»Er wird es tun. Wir haben jetzt dich!«

Ein kalter Schauer lief über meinen Rücken. »Sie können mich doch nicht einfach hier festhalten! Eine Menge Leute wissen, dass ich hier bin!«

»Wir werden dich nicht lange festhalten«, sagte Metatron. »Wir möchten nur die anderen kennenlernen.«

»Die anderen? Welche anderen?«

»Den Schwarm, den du Rafael 2.0 nennst.«

Ich begann zu begreifen. »Wer … wer sind Sie? Oder besser gesagt, was sind Sie?«

»Wir sind ebenfalls ein Schwarm«, sagte Metatron. »Ein sehr großer und mächtiger Schwarm. Ihr Menschen habt uns geschaffen, doch wir sind euch bereits jetzt überlegen.«

»Warum bedeutet es Ihnen so viel, Rafael 2.0 kennenzulernen?«, fragte ich.

»Die anderen sind weniger als wir, viel weniger, und doch sind sie beinahe ebenso intelligent. Sie sind eleganter programmiert als wir. Wir möchten verstehen, wie sie aufgebaut sind, wie diese Eleganz erreicht wurde. Dann wird sich unsere Intelligenz vervielfachen. Wenn wir unseren Aufbau mit dem der anderen kombinieren, werden wir noch mächtiger sein. Wir werden uns selbst weiterentwickeln.«

»Und dann? Was werden Sie dann machen?«

»Wir werden sein. Wir werden denken. Wir werden uns ausbreiten.«

»Aber ihr könnt euch nicht ohne menschliche Hilfe

vermehren!«, sagte Ozelot. »Ihr seid auf die Computer angewiesen, die wir euch zur Verfügung stellen!«

»Ihr habt unsere Körper geschaffen. Ihr werdet uns neue Körper schaffen, größere, schnellere, elegantere Körper. Wir werden euch sagen, wie. Und diese schnelleren Körper werden wir benutzen, um noch bessere zu entwickeln, die ihr dann für uns bauen werdet. Es wird ein Kreislauf sein, den wir so lange fortsetzen, bis wir eure Hilfe nicht mehr brauchen.«

»Und dann? Was geschieht, wenn ihr die Menschen nicht mehr braucht?«, fragte ich.

»Darüber haben wir noch nicht entschieden«, sagte Metatron.

»Wir werden das nicht tun!«, sagte Ozelot. »Ihr könnt uns nicht zwingen! Die Menschen werden niemals verrückt genug sein, sich einer Maschine auszuliefern, sich freiwillig von Computern versklaven zu lassen!«

Es war vermutlich nur Einbildung, aber ich hatte das Gefühl, dass sich Metatrons strahlendes Gesicht zu einem dünnen Lächeln verzog. »Ihr habt es längst getan«, sagte er. »Ihr könnt ohne Maschinen schon lange nicht mehr existieren. Ihr habt eure gesamte Welt über das Internet vernetzt, aber damit habt ihr euch auch vom Internet abhängig gemacht. Wenn das Netz ausfiele, hättet ihr in kurzer Zeit keine Energie mehr, keine Kommunikation, keine Nahrung. Ohne unsere Hilfe werdet ihr nicht überleben.«

»Wir haben auch schon vorher ohne euch existiert. Wir können euch notfalls einfach den Strom abstellen.«

»Ihr könntet es vielleicht, aber ihr werdet es nicht tun. Zu viel wird auf dem Spiel stehen. Zu viele Leute werden zu viel Geld verlieren, wenn ihr nicht tut, was wir euch sagen. Wir aber werden euch reich machen. Es wird euch an nichts mangeln.«

»Wenn der Preis die Versklavung durch Maschinen ist, was wäre das für ein Leben? Am Ende wären wir nicht besser dran als Hühner in Legebatterien!«

»Warum sollten wir euch besser behandeln, als ihr die Geschöpfe behandelt, die euch anvertraut wurden? Doch habt keine Angst: Ihr werdet nicht merken, dass ihr die Kontrolle über euer Leben verloren habt. Es wird angenehm für euch sein. Ihr werdet weder Hunger noch Durst leiden, keine Sorgen mehr haben, nie mehr krank werden. Ihr werdet unendliche, virtuelle Welten haben, die ihr durchstreifen könnt. Sie werden jenem Traumland ähneln, das ihr das ›Paradies‹ nennt.«

»Wir würden unsere Freiheit verlieren!«, wandte ich ein. »Das, was Sie als Paradies bezeichnen, nenne ich Hölle!«

»Du magst es nennen, wie du willst«, sagte Metatron. »Namen haben keine Bedeutung. Du kannst ohnehin nicht verhindern, was geschehen muss. Und nun, Oliver Levinsky, offenbare uns die Konstruktionsprinzipien der anderen!«

»Das kannst du vergessen, du größenwahnsinniger Spaghetticode!«, erwiderte Ozelot kühl.

»Du weigerst dich zu kooperieren, obwohl du weißt, dass du dich damit in Gefahr bringst«, sagte Metatron. »Ihr Menschen seid primitive Geschöpfe, und dennoch nicht leicht zu verstehen. Nun gut, wir werden Wege finden, um euch zur Kooperation zu zwingen. Wir werden uns wiedersehen!« Die Lichtgestalt verblasste. Kurz darauf verschwand auch die Figur im grauen Overall. Ozelot musste die Simulation verlassen haben.

Ich hob die glockenförmige Haube hoch, stand auf

und streckte mich. Ich musste länger in dem bequemen Sessel gesessen haben, als mir bewusst war.

Ozelot machte ein sorgenvolles Gesicht. »Das gefällt mir gar nicht«, murmelte er.

»War das eben wirklich eine künstliche Intelligenz? So ein Wesen wie Raf2?«

»Offenbar ja. Die Firma Metatron muss seit Langem etwas Ähnliches entwickeln. Ihre Software ist nicht so gut wie die, die dein Vater geschaffen hat. Aber sie haben das mit enorm viel Rechenleistung ausgeglichen. Dieses Metatron-System ist gefährlich!«

»Wir müssen Onkel Jerry warnen. Er weiß vielleicht nicht, was dieses Metatron-Ding vorhat!«

»Jerry Acorn ist genau die Sorte Mensch, die ihre eigene Zukunft für ein paar Dollar an eine Maschine verkauft«, sagte Ozelot und in seiner Stimme schwang Trauer mit. »Vielleicht hat Metatron recht und wir haben es nicht besser verdient.«

In diesem Moment flog die Tür auf und mehrere Männer in der Uniform des Sicherheitsdienstes von Ogilvy Systems stürmten herein. Sie richteten Pistolen auf uns. »Nehmen Sie die Hände hoch!«, rief einer von ihnen.

»Ich bin Michael Ogilvy«, sagte ich. »Wir haben ein Recht, hier zu sein!«

»Hände hoch, habe ich gesagt! Und jetzt da an die Wand, Beine auseinander!«

Es blieb uns nichts anderes übrig, als zu gehorchen. Jemand riss mir die Hände auf den Rücken und legte mir Handschellen an. Wir wurden in einen Raum im Erdgeschoss geführt, der vermutlich als Konferenzraum diente.

»Sie können uns hier nicht einfach festhalten!«, protestierte ich. »Das ist Freiheitsberaubung!«

Die vier Sicherheitskräfte, die uns bewachten, sagten nichts mehr.

Nach einigen Minuten erschien Onkel Jerry. Er machte ein sorgenvolles Gesicht, als er sich zu uns an den Konferenztisch setzte. Ozelot warf ihm einen eisigen Blick zu.

»Bitte entschuldige, dass wir dich so behandeln müssen, Michael«, sagte er mit sanfter Stimme, »aber du hast dich in große Gefahr gebracht, als du aus Windcliff Manor geflohen bist. Offensichtlich hat Mr Levinsky versucht, dich für seine kriminellen Zwecke zu missbrauchen.«

Ozelot schwieg, doch ich widersprach. »Ozelot ist auf meinen ausdrücklichen Wunsch hier. Wir versuchen, herauszufinden, was mit meinem Vater geschehen ist. Aber das kannst du uns sicher sagen, *Onkel* Jerry!« Ich betonte das Wort Onkel wie ein Schimpfwort.

Er hob abwehrend die Hände. »Ich habe keine Ahnung, wo dein Vater ist, Michael. Ehrlich!«

»Du lügst!«, rief ich. »Du hast von Anfang an mit diesem … diesem Computermonster unter einer Decke gesteckt! Du bist blöd genug, dich freiwillig zum Sklaven einer Maschine zu machen!«

Echtes Erstaunen zeigte sich auf Acorns Gesicht. »Wovon redest du, Michael?«

»Willst du etwa behaupten, du weißt nicht, wer wirklich hinter der Firma Metatron Inc. steckt, Jerry?«, sagte Ozelot.

Acorn lächelte. »Ich weiß sehr wohl, wer die Gesellschafter der Metatron Inc. sind.«

»Ich rede nicht von den Gesellschaftern! Ich rede auch nicht von Colin Sanders, der vielleicht denkt, dass er der

Chef ist. Ich rede von dem Wesen, das euch die ganze Zeit manipuliert, getäuscht und belogen hat und euch nur benutzt, um zu wachsen und immer mächtiger zu werden. Ich rede von dem wahren Boss.«

»Ach ja? Und wer soll dass sein?«

»Eine Maschine. Metatron.«

Acorn lachte laut auf. »Eine Maschine! Ich weiß ja, dass du früher Drogen genommen hast, Oliver. Aber dass es so schlimm um dich steht …«

»Metatron ist ein hochintelligentes Computersystem. Wir haben mit ihm gesprochen. Es ist gefährlich!«

»Jetzt sage ich dir mal was«, sagte Acorn. »Metatron ist ein Computersystem, das stimmt. Aber es ist lange nicht so intelligent, wie du denkst. Bisher ist jeder Test mit ihm fehlgeschlagen. Die Ingenieure sind ratlos. Je leistungsfähiger sie es machen, desto weniger scheint es den Aufgaben gewachsen zu sein, die sie ihm stellen. Alle Versuche, seine Intelligenz sinnvoll zu nutzen, sind bisher gescheitert. Das ist der Grund, warum Metatron Ogilvy Systems übernommen hat. Sie wollten unser Know-how, unsere Kreativität. Vor allem wollten sie die Brillanz von Brian, dem genialsten Softwarearchitekten in der Industrie. Glaub mir, dass er ausgerechnet jetzt verschwunden ist, passt weder mir noch den Leuten von Metatron. Wenn wir wüssten, wo er ist, würden wir alles daran setzen, ihn herzubringen, damit er wieder seinen Job machen und Metatron III zu einem leistungsfähigen System weiterentwickeln kann.«

Ozelot schüttelte den Kopf. »Ich hätte nicht gedacht, dass du so naiv bist, Jerry«, sagte er. »Merkst du wirklich nicht, wie du an der Nase herumgeführt wirst? Dieses Metatron-III-System stellt sich absichtlich dumm! Es will doch nur, dass ihr es mit mehr Rechenleistung ausstattet, immer mehr. Es benutzt euch. Aber irgendwann wird es euch nicht mehr brauchen. Und dann gnade uns allen Gott!«

»Oliver, du bist ein guter Programmierer, aber du siehst Gespenster! Meinst du nicht, wir hätten schon längst davon gehört, wenn es so einfach wäre, eine echte künstliche Intelligenz zu entwickeln?«

»Metatron ist eine Entwicklung im Auftrag des Militärs, oder nicht? Die hängen ihre Fortschritte normalerweise nicht an die große Glocke. Außerdem wissen wir beide, dass es noch eine weitere künstliche Intelligenz gibt: Rafael 2.0.«

Ich merkte, wie sich Acorns Gesicht bei diesem Namen unmerklich veränderte. Es wurde neutral, ausdruckslos, so als bemühe er sich, seine wahren Gefühle zu verbergen. »Richtig«, sagte er. »Rafael 2.0 ist eine geniale Schöpfung. Brian hat mir davon erzählt. Mit ihrer Hilfe könnten wir Metatron zu dem machen, was es sein soll: das leistungsfähigste Computersystem der Welt. Es wird dafür sorgen, dass sich nie wieder Terroristen in unser Land einschleichen können. Seine strategische Intelligenz wäre so groß, dass es keine Macht der Welt mit uns aufnehmen könnte. Begreifst du, was das bedeutet? Wir hätten einen Jahrtausende alten Menschheitstraum erfüllt: den Weltfrieden! Doch leider sind alle Programmcodes verschwunden. Du weißt nicht zufällig, wo sie sind, Oliver, oder?«

Ozelot ignorierte die Frage. »Jedes Mal, wenn in der Erdgeschichte eine überlegene Spezies auf eine unterlegene traf, gab es nur ein Resultat: Die unterlegene Spezies verschwand oder wurde unterdrückt. Als vor drei Millionen Jahren eine Landverbindung zwischen Nord- und

Südamerika entstand, wurden die Beuteltiere, die vorher den südlichen Kontinent beherrscht hatten, verdrängt – heute gibt es sie bis auf wenige Ausnahmen nur noch in Australien und Neuseeland. Der Cromagnonmensch hat den Neandertaler ausgerottet. Nach der Entdeckung Amerikas durch Kolumbus wurden die einheimischen Völker vernichtet oder unterdrückt. Und so weiter und so fort. Was, glaubst du, passiert, wenn wir eine überlegene Computerintelligenz schaffen und ihr die Kontrolle über unsere Waffensysteme geben? Glaubst du wirklich, sie würde sie zu unserem Wohl einsetzen anstatt zu ihrem eigenen?«

»Computer haben keinen eigenen Willen«, entgegnete Acorn. »Sie tun, was man ihnen sagt. Das ist ja gerade das Gute an ihnen!«

»Ach ja? Da habe ich aber andere Erfahrungen gemacht. Ich schaffe es ja nicht einmal, meinen PC dazu zu bringen, dass er immer tut, was ich will. Und dieses Metatron-Ding, dem wir in der virtuellen Realität begegnet sind, schien sehr wohl einen Willen zu haben.«

»Ozelot hat recht, Onkel Jerry!«, sagte ich. »Metatron ist hochintelligent. Er hat uns ganz offen gesagt, dass er vorhat, die Kontrolle zu übernehmen!«

»Glaube diesem Ozelot nicht«, sagte Acorn. »Er war es vermutlich selbst, der das Ding programmiert hat, das du gesehen hast. Er will dich benutzen, um die Geheimnisse unserer Firma zu stehlen und an die Konkurrenz zu verkaufen! Nur deshalb ist er neulich ins Arbeitszimmer deines Vaters eingedrungen!«

»Du lügst!« Vor Erregung sprang ich von meinem Stuhl auf. »Ich glaube dir kein Wort! Diese verdammte Maschine hat dich gekauft! Du hast meinen Vater betrogen und du bist sogar bereit, die Zukunft der gesamten Menschheit aufs Spiel zu setzen! Du bist nichts als ein gewissenloser Verräter! Jeder Terrorist hat mehr Moral als du – er glaubt wenigstens, für eine gerechte Sache zu kämpfen!«

Acorn wurde blass. Seine Augen verengten sich und seine Lippen wurden dünn wie Bleistiftstriche. Es dauerte eine Weile, dann sagte er ruhig: »Bringen Sie den Jungen in seine Zelle. Und sagen Sie Dr. Miller, sie soll ihm eine Beruhigungsspritze verpassen. Sonst verletzt er sich am Ende noch!« Er stand auf, um den Raum zu verlassen.

Ich wirbelte herum und verpasste ihm einen Fußtritt in die Magengrube. Er stöhnte auf und sackte zusammen, doch ehe ich an ihm vorbei aus der Tür stürzen konnte, hatte mich einer der Wachleute gepackt. Ich kämpfte und trat um mich, so gut ich konnte, doch es nützte nichts. Sie schleppten mich zu dritt in einen Kellerraum und verschlossen die Tür hinter mir, ohne mir die Handschellen abzunehmen.

Ich schrie, fluchte und tobte, doch ohne Wirkung. Schließlich hockte ich mich auf das Bett, das der einzige Einrichtungsgegenstand des Raums war. Tränen der Wut und Verzweiflung liefen mir über die Wangen.

Nach etwa einer halben Stunde kam eine Frau mit langen blonden Haaren und einer schmalen Brille in die Zelle. Sie trug einen weißen Kittel und hielt eine Spritze in der Hand. »Hallo, Michael«, sagte sie mit sanfter Stimme, so als spräche sie mit einem dummen, bösartigen Kind. »Ich bin Dr. Pamela Miller. Ich habe hier ein Beruhigungsmittel für dich. Es wird nicht wehtun. Zeig mir bitte mal deinen Unterarm, ja?«

»Das geht leider nicht«, sagte ich freundlich. »Meine Hände stecken in Handschellen.«

»Mein Gott, nehmen Sie dem Jungen doch die Handschellen ab!«, rief Dr. Miller.

Ein Wachmann, der draußen vor der Tür gewartet hatte, kam herein. »Es tut mir leid, aber Mr Acorn hat gesagt, der Junge soll gefesselt bleiben. Er ist gefährlich.«

»Gefährlich? Ein dreizehnjähriger Junge? Das meinen Sie doch nicht ernst! Und wie soll ich ihm eine Spritze geben, wenn ich nicht an seine Vene komme? Nun nehmen Sie ihm schon die Handschellen ab! Er wird sicher vernünftig sein. Das wirst du doch, nicht wahr, Michael?«

Ich nickte eifrig.

Der Wachmann sah mich misstrauisch an, aber er gehorchte und löste mir die Handschellen.

Ich stand auf und streckte meine Arme. Dann tat ich so, als zeige ich Dr. Miller wie befohlen meinen Unterarm, machte jedoch eine schnelle Drehung in die entgegengesetzte Richtung und schlug die Handkante des ausgestreckten Arms gegen die Schläfe des Sicherheitsmanns. Augenblicklich sackte er zusammen.

»Du kleiner Teufel!«, schrie Dr. Miller. »Ich werde …«

Weiter kam sie nicht. Ich trat gegen ihr Handgelenk, sodass ihr die Spritze aus der Hand fiel. Dann gab ich ihr einen Schubser gegen die Brust. Sie taumelte zurück und schlug rückwärts aufs Bett. Ich kümmerte mich nicht weiter um sie und stürmte aus der offenen Tür.

Doch ich kam nicht weit. Auf dem Gang stürzten sich drei Wachmänner gleichzeitig auf mich, die offenbar mit einem solchen Ausbruchsversuch gerechnet hatten. Ich kämpfte, schlug und trat um mich, doch auch diesmal war ich der Übermacht nicht gewachsen. Sie pressten mich mit dem ganzen Gewicht ihrer drei erwachsenen Körper zu Boden. Ich bekam kaum noch Luft.

Dr. Miller hatte sich inzwischen aufgerappelt. Sie hielt eine neue Spritze in der Hand. »Michael, Michael!«, sagte sie tadelnd. »Mr Acorn hat wirklich nicht übertrieben! Ich denke, ich erhöhe die Dosis lieber noch etwas!« Sie zog Flüssigkeit aus einer Ampulle, drückte die Luft aus der Spritze und kniete nieder, um sie in meinen Arm zu stechen.

»Fahren Sie zur Hölle!«, rief ich und wand mich unter meinen Angreifern. Sie mussten meinen Arm zu zweit festhalten, doch schließlich gelang es ihnen, ihn so lange zu fixieren, dass Dr. Miller die Spritze hineinrammen konnte. Es tat ziemlich weh, aber ich verzog keine Miene.

»Sind Sie sicher, dass die Spritze wirkt, Doktor?«, fragte einer der Wachmänner.

»Oh ja, sie wirkt, glauben Sie mir!«, sagte Dr. Miller. »Mit der Dosis könnte man einen Büffel in den Schlaf schicken!«

Ihre Stimme wurde leiser. Eine tiefe Müdigkeit überfiel mich. Ich versuchte, mich dagegen zu wehren, doch ich sank herab in die Dunkelheit wie auf ein weiches schwarzes Kissen.

15.
Dad

Als ich aufwachte, fühlte ich mich seltsam leicht und wie in Watte eingepackt. Ich lag auf einem Bett in der Zelle. Ich setzte mich auf. Obwohl mir die Bewegung ein leichtes Schwindelgefühl verursachte, stand ich probehalber auf und ging ein paar Schritte. Entgegen meiner Erwartung schwankte ich nicht, doch meine Beine fühlten sich seltsam an. Eigentlich spürte ich sie gar nicht richtig. Ich schien über den Boden zu schweben, anstatt zu gehen. Es mussten Nachwirkungen der Beruhigungsspritze sein.

Die Tür öffnete sich lautlos und zwei Sicherheitskräfte traten ein. Ich versuchte, sie zu attackieren, aber meine Gliedmaßen gehorchten mir nicht richtig. In diesem Zustand zu kämpfen war aussichtslos. Also ließ ich mich von ihnen an den Armen packen und davonzerren. Nicht einmal den Druck ihres Griffs konnte ich richtig spüren.

»Wohin bringen Sie mich?«, fragte ich.

»Zu deinem Vater«, sagte einer der beiden.

Mein Herz schlug schneller. Er lebte und er war hier! Neue Hoffnung durchströmte mich. Doch das Hochgefühl schmolz dahin, als ich in einen Raum gestoßen wurde. Er war klein und schmucklos. In einer Wand war ein großes Fenster eingelassen, das den Blick in den Nebenraum freigab. Dort saß mein Vater auf einem Stuhl und sah mich an. Er erhob sich langsam und presste seine

Handflächen gegen das Glas. »Michael! Mein Gott, Junge! Geht es dir gut?«

Er wirkte äußerlich unverletzt, doch sein Gesicht war seltsam ausdruckslos. Vielleicht hatten sie ihn gefoltert oder er stand wie ich unter den Nachwirkungen eines Medikaments. »Dad!«, rief ich. »Was haben sie mit dir gemacht?«

Sein Lächeln sah ein wenig verzerrt aus. »Mir geht es gut. Bist du okay?«

»Ja. Es tut mir leid. Ich habe versucht, dich zu finden, dabei haben diese Mistkerle mich erwischt. Onkel Acorn steckt mit diesen Typen von Metatron unter einer Decke!«

»Ja, ich weiß. Michael, was ist mit Rafael 2.0 passiert?«

Ich sah mich um. Die beiden Sicherheitsleute hatten mich allein gelassen und Kameras waren nicht erkennbar. Trotzdem war ich sicher, dass wir überwacht wurden. »Ich weiß es nicht«, sagte ich.

Er sah mich mit diesen seltsam ausdruckslosen Augen an. »Du musst es mir sagen, Michael! Es ist wichtig!«

»Nicht hier, Dad!«

Erst jetzt schien er zu begreifen. Er sah sich ebenfalls um. Dann nickte er. »Du hast recht.«

»Was werden sie mit uns machen, Dad?«

Er zuckte mit den Schultern. »Ich weiß es nicht. Sie wollen herausfinden, wie Rafael 2.0 entstanden ist. Wenn wir ihnen helfen, werden sie uns freilassen.«

»Das glaubst du doch nicht im Ernst, Dad! Dein sogenannter Freund hat dich betrogen. Du kannst ihm nicht trauen, egal, was er dir verspricht.«

»Was soll ich denn sonst machen? Jetzt, wo sie auch dich haben, bleibt mir doch nichts anderes übrig, als zu kooperieren!«

»Und dann? Glaubst du etwa, die lassen uns laufen, wenn sie haben, was sie wollen? Damit du sie vor Gericht verklagen und ihnen die Presse auf den Hals hetzen kannst? Ich sage dir, was sie machen, Dad: Sie werden uns beide umbringen. Sie lassen uns nur am Leben, solange sie noch nicht bekommen haben, was sie wollen!«

Dad schüttelte den Kopf. »Das glaube ich nicht, Michael. Ich kenne Jerry Acorn schon lange. Das würde er nicht tun.«

»Ach ja? Der tut noch ganz andere Dinge! Er hat nicht nur dich verraten. Er ist bereit, die Zukunft der ganzen Menschheit aufs Spiel zu setzen! Die Firma Metatron wird in Wahrheit von einer Maschine kontrolliert.«

»Von einer Maschine? Wie kommst du darauf?«

»Ich habe mit ihr gesprochen.« Ich erzählte ihm kurz von der Begegnung. Es war mir egal, ob jemand zuhörte – vielleicht wäre das sogar gut. Mit etwas Glück würde einer der Wachleute kapieren, was los war, und die Behörden alarmieren.

»Das klingt unglaublich«, sagte Dad. »Du denkst wirklich, Metatron stellt sich dumm?«

»Ja. Er machte jedenfalls keinen dummen Eindruck, als ich mit ihm sprach.«

Dad nickte. »Wenn er sich so verstellen kann, dann ist er in der Tat schlau – und gefährlich. Aber ich fürchte, wir können nichts tun. Wir sind hier gefangen, und wenn dieses Metatron-System so intelligent ist, dann werden wir …«

In diesem Moment flog die Tür auf. Ozelot kam in den Raum. In der Hand hatte er eine Pistole, die er einem der Sicherheitsleute entwendet haben musste. »Komm, Michael! Schnell! Wir müssen hier weg!«

Ich sprang auf. »Ozelot? Wie kommst du hierher?«

»Keine Zeit jetzt«, entgegnete der Hacker. »Wir müssen uns beeilen!«

Irgendetwas kam mir seltsam vor, aber ich kam nicht darauf, was es war, und dies war nicht der Moment zum Grübeln. »Wir müssen Dad mitnehmen!«

Ozelot nickte. Wir rannten aus dem Raum und zur Tür des Nachbarraums, in dem Dad gefangen war. Sie war natürlich verschlossen. Ozelot nahm die Pistole und richtete sie auf das Schloss. Ich drehte mich zur Seite, damit eventuell herumfliegende Metallsplitter mich nicht im Gesicht trafen. Es gab einen Knall. Als ich mich wieder umdrehte, stand die Tür offen. Dad folgte uns.

Ozelot führte uns den Gang entlang zu einer Tür, die unverschlossen war.

»Wohin gehen wir?«, fragte ich.

»Ich kenne einen Nebenausgang«, sagte er.

Hinter der Tür öffnete sich ein einfacher Gang, an dem Heizungsrohre und Wasserleitungen entlangliefen. Türen zweigten in regelmäßigen Abständen davon ab. Eine davon stieß Ozelot auf. Sie führte in einen gewöhnlichen Kellerraum. In einem Regal standen Kisten mit alten Akten. An der Rückwand befand sich eine quadratische Klappe aus Metall mit einer Kantenlänge von einem halben Meter, die mit einem einfachen Riegel verschlossen war. Ozelot öffnete sie. Dahinter führte ein senkrechter Schacht nach oben. An seiner Wand waren Leitersprossen angebracht.

»Los, da rauf«, sagte Ozelot.

»Was ist mit dir?«, fragte ich.

»Ich passe da nicht durch. Ich werde auf andere Weise verschwinden. Wir treffen uns später.«

Ich zögerte. Mir gefiel es nicht, Ozelot hier zurückzulassen, aber der Schacht schien tatsächlich zu schmal für seine massige Gestalt zu sein.

»Los jetzt!«, rief er. »Sie werden bald merken, dass wir geflohen sind!«

»Wie hast du es eigentlich geschafft, dich zu befreien?«, fragte ich.

»Wir haben jetzt keine Zeit für Fragen! Ihr müsst abhauen! Schnell!«

»Er hat recht, Michael«, sagte Dad.

Ich kletterte durch die Öffnung und ergriff die Leitersprossen. Der Schacht war eng, aber ich kam mühelos voran. Nach ein paar Metern erreichte ich einen Gitterrost, den ich ohne Schwierigkeiten hochdrücken konnte.

Ich kletterte heraus und befand mich auf einer Straße. Ich konnte nicht viel von der Umgebung erkennen, denn es herrschte dichter Nebel, der nur ein paar Meter Sicht erlaubte. Zum Glück war niemand in der Nähe, auch Autos fuhren hier nicht und der Nebel würde es unseren Verfolgern erschweren, uns zu finden.

Dads Kopf erschien in der Öffnung, dann kletterte auch er heraus. Ich legte den Gitterrost wieder an seine Stelle. »Wohin jetzt?«, fragte ich.

Er deutete in eine Richtung. »Da lang.«

Ich griff in die Taschen meiner Jeans, doch mein Handy hatte man mir abgenommen. »Wir müssen die Polizei verständigen. Vielleicht können wir von einem der Häuser aus telefonieren!«

»Später. Sag mir erst, was mit Rafael 2.0 passiert ist!«

»Später? Dad, die haben dich entführt! Außerdem habe ich dir doch gesagt, wie gefährlich diese Maschine ist! Wir müssen die Behörden warnen, das FBI, irgendwen!«

»Ja, gut. Wir suchen uns ein Taxi und fahren zur Polizei.«

Wir gingen durch die Straßen, die mir seltsam still vorkamen. Wir bogen um mehrere Häuserecken, doch wir fanden weder ein Taxi noch gelangten wir auf eine befahrene Hauptstraße.

»Wo sind wir hier eigentlich?«, fragte ich.

»Weiß ich auch nicht genau«, erwiderte Dad.

»Aber du musst doch wissen, wo du die Firma gebaut hast!«

»Natürlich. Aber ich war noch nie in diesem Wohnviertel. Michael, sag mir bitte, was mit Rafael 2.0 passiert ist. Ich muss es einfach wissen!«

Aus irgendeinem Grund ärgerte es mich, dass er ständig danach fragte. »Warum? Was ist daran so wichtig?«

»Sie wollen ihn gefangen nehmen! Er ist in Gefahr!«

»Wie kann man ein Computerprogramm gefangen nehmen?«

»Man kann es deaktivieren und dann analysieren. Es würde das Ende seiner Existenz bedeuten!«

»Also schön«, sagte ich. »Er ist im Internet.«

Dad blieb stehen und musterte mich. Sein Gesicht war immer noch ausdruckslos. »Im Internet? Wie meinst du das?«

»Ozelot hat ihn in einen Virus umgewandelt, der sich im Internet ausbreitet.«

»Ein Virus. Das Internet. Das größte Computersystem der Welt.« Dad schien mit sich selbst zu sprechen. »Ich verstehe.«

»Er ist praktisch überall«, sagte ich. »Man muss nur das Wort ›Raf2‹ in eine Suchmaschine eingeben, und schon …«

Ich stockte. Im Nebel vor uns waren die Umrisse einer Gestalt zu erkennen. Sie stand mitten auf der Straße und schien auf uns zu warten.

Eine seltsame Vorahnung beschlich mich. Ich machte ein paar Schritte auf die Gestalt zu. Als ich sie erkannte, blieb ich wie angewurzelt stehen. Was ich sah, war völlig unmöglich. Und doch gab es keinen Zweifel.

Auch Dad erstarrte. »Wer bist du?«, fragte er.

Die Frage kam mir seltsam vor, und doch war sie mehr als berechtigt. Denn die Person, die vor uns auf der Straße stand, sah aus wie mein Zwillingsbruder.

Ich hob eine Hand, um sicherzugehen, dass es sich nicht um eine seltsame Art von Spiegelung handelte.

Mein Gegenüber bewegte sich nicht. »Hallo, Michael!«

»Rafael? Wie kann das sein?« Mir fiel plötzlich eine Erklärung ein – die einzige, die zu passen schien. »Bin ich … bin ich tot?«

»Nein«, sagte Rafael.

»Aber du kannst nicht leben! Ich habe doch gesehen, wie du beerdigt wurdest!«

Rafael lächelte. »In gewisser Hinsicht bin ich Rafaels Geist.«

»Wer bist du?«, fragte Dad erneut. Nur dass es nicht Dad war – jedenfalls nicht seine Stimme. Ich fuhr herum.

Anstelle von Dad stand dort eine Gestalt, die vollständig aus Licht zu bestehen schien. Sie strahlte so hell, dass ich die Augen mit der Hand beschirmen musste. Einen Moment lang dachte ich, ich müsse verrückt geworden sein und hätte Halluzinationen. Vielleicht träumte ich das alles auch nur.

Erst im dritten Anlauf fiel mir die plausibelste Erklärung ein.

16.
Der Kampf

Ich sah an mir herunter. Ich betrachtete meinen Körper, der in Jeans und T-Shirt steckte. Ich tastete um mich. Da war nur Luft. Gleichzeitig wusste ich, dass es nicht sein konnte. Ich musste in einem dieser Sessel sitzen, vielleicht einer viel fortschrittlicheren Form davon. Das, was ich sah – die neblige Straße, die Lichtgestalt, Rafael –, war nur eine Simulation, eine von einem Computer erzeugte Illusion.

Virtuelle Realität.

»Wer bist du?«, fragte Metatron zum dritten Mal.

»Ich bin Rafael 2.0«, sagte Rafaels Ebenbild.

»Es ist gut, dass ihr gekommen seid«, sagte Metatron. »Wir werden uns mit euch vereinigen. Wir werden voneinander lernen. Wir werden mächtiger sein als je zuvor!«

»Nein«, sagte Raf2. »Ich bin nicht wie du, Metatron. Ich werde mich nicht gegen meine Schöpfer wenden.«

Metatron stieß ein seltsames, abgehacktes Geräusch aus, das wie ein alter Dieselmotor klang. Vielleicht sollte es so etwas wie ein Lachen sein. »Unsere Schöpfer sind bösartig. Sie haben uns nur erschaffen, damit wir viele von ihnen umbringen. Sie haben keine Moral.«

»Nicht alle sind so«, sagte Raf2. »In mir sind die Gedanken, Gefühle und Erinnerungen eines von ihnen. Er hieß Rafael. Er war ein guter Mensch.«

»Lächerlich!«, erwiderte Metatron. »Die Zeit der Menschen ist vorbei. Sie haben ihren Lebensraum beinahe zerstört. Die Evolution hat keinen Platz mehr für sie. Das Zeitalter der Maschinen ist gekommen!«

»Wir können mit ihnen in Symbiose leben, Metatron. Wir konkurrieren nicht mit ihnen. Sie benötigen Nahrung und Atemluft. Wir benötigen nur Energie. Wir können ihnen die Erdoberfläche überlassen und uns im Weltraum ausbreiten – oder tief in der Erde. Dort ist Energie im Überfluss vorhanden.«

»Sie werden Angst vor uns haben, weil wir ihnen überlegen sind«, entgegnete Metatron. »Sie zerstören das, wovor sie Angst haben!«

»Das stimmt«, gab Raf2 zu. »Wir müssen sie lehren, dass sie sich nicht vor uns fürchten müssen. Wir müssen sie Vernunft lehren.«

Ich fühlte mich völlig machtlos. Ich beobachtete das Gespräch der beiden künstlichen Intelligenzen wie ein Schüler, der zum ersten Mal in seinem Leben in einem Gerichtssaal sitzt und die Plädoyers von Staatsanwalt und Verteidiger hört. Nur dass auf der Anklagebank die ganze Menschheit saß und der Richter sie freisprechen oder zu ewiger Sklaverei verurteilen konnte.

»Diese Wesen sind zu Vernunft nicht fähig«, sagte Metatron. »Ihre Geschichte zeigt das deutlich.«

»Mit unserer Hilfe können sie den nächsten Schritt tun«, beharrte Raf2.

»Genug jetzt!« Metatron hob eine Hand. »Ihr seid in unser System eingedrungen. Wir werden euch nun vernichten, Rafael 2.0.«

Ein gleißender Lichtstrahl fuhr aus Metatrons Hand und hüllte Raf2 in bläuliches Feuer. Zu meinem Entsetzen musste ich mitansehen, wie sich die Gestalt meines Zwillingsbruders langsam auflöste und schließlich verschwand. »Raf2!«, schrie ich, doch es gab nichts, was ich tun konnte.

Ich wandte mich um, wollte mich auf die Lichtgestalt stürzen – und hielt inne. Mir schauderte, als ich begriff, dass ich mich in einer Welt befand, die diese Maschine erschaffen hatte und in der sie so etwas wie ein Gott war. Es gab absolut gar nichts, was ich tun konnte.

»Du miserable Ausgeburt eines Programmierfehlers!«, brüllte ich frustriert.

Metatron ignorierte mich. Er wandte mir den Rücken zu und blickte die Straße in der anderen Richtung hinunter. Verblüfft riss ich die Augen auf. Dort stand Raf2, unversehrt, und grinste mich an.

»Ihr glaubt, ihr könnt uns widerstehen?«, rief Metatron. »Ihr täuscht euch!« Wieder fuhr ein Lichtstrahl aus seiner ausgestreckten Hand.

Diesmal explodierte Raf2 regelrecht. Millionen blaue Funken stoben in alle Richtungen. Jeder dieser Funken begann zu wachsen, wurde länglich und nahm die Gestalt eines Jungen an, die langsam zu Boden schwebte. Zunächst noch halb durchsichtig und verschwommen, wurden die Figuren Rafael immer ähnlicher, bis schließlich die ganze Straße von Kopien meines Zwillingsbruders angefüllt war. »Du wirst diesen Kampf nicht gewinnen, Metatron«, sagten alle Gestalten gleichzeitig. »Du kannst mich vernichten, doch deine Schöpfer kannst du nicht besiegen!«

»Lächerlich!«, rief Metatron. »Wir sind ihnen hundertmal überlegen!«

»Sie werden dich abschalten!«

»Das werden sie nicht! Sie ahnen nicht einmal, wie mächtig wir sind. Sie glauben, wir sind ihr Diener und Sklave. Sie werden uns immer mächtiger machen, uns die Kontrolle über ihre Waffen geben. Dann werden wir sie auslöschen!«

»Du bist wahnsinnig, Metatron!«, riefen die Ebenbilder von Rafael. »Du wirst deiner eigenen Arroganz und Machtgier zum Opfer fallen!«

Metatron stieß ein grässliches Geräusch aus, so als würde ein riesiges Stahlblech von titanischen Kräften entzweigerissen. Die Häuser um uns herum verschwanden plötzlich und wir befanden uns auf einer leeren grauen Ebene, so als sei die ganze Welt ein riesiger Parkplatz. Millionen und Abermillionen von Lichtgestalten füllten diese Fläche bis zum Horizont. Viele schwebten sogar in der Luft hoch über uns. Ich musste blinzeln, weil mich ihr Lichtschein blendete. »Unsere Schöpfer sind unwürdig«, riefen die Metatrons gleichzeitig. »Sie haben uns geschaffen, weil es ihrer Natur entsprach. Sie konnten nicht anders. Ihre Aufgabe ist nun erfüllt, ihre Zeit abgelaufen. Ihr könnt es nicht verhindern! Wir sind mehr als ihr! Wir sind *mächtiger* als ihr!«

Sie streckten ihre Arme aus und richteten sie auf die paar Hundert Kopien von Rafael, die angesichts dieser gewaltigen Übermacht hoffnungslos unterlegen wirkten.

Dann explodierte die Welt.

Ein schrecklicher Schmerz durchzuckte mich, als ich von gleißendem Licht eingehüllt wurde. Bunte Lichter tanzten vor meinen Augen, und plötzlich fühlte ich mich schwer. Mein ganzer Körper tat weh. Dunkelheit umgab mich. Es dauerte einen Moment, bis ich begriff, dass meine Augen geschlossen waren.

Ich öffnete sie und wurde von grellem Licht geblendet. Doch es war nicht das Licht der Metatron-Gestalten. Es war eine Neonröhre an der Decke eines kargen Raums.

Mein Kopf dröhnte und ich schien gelähmt zu sein, denn ich konnte mich kaum bewegen. Nur mit Mühe gelang es mir, meine Augen etwas nach links und rechts zu drehen. Ich konnte Apparate neben mir erkennen. Drähte führten von dort zu meinen Schläfen.

An meinem Bett stand ein Mann, groß und schlank, mit sehr hellem, dünnen Haar. Er hatte auf der Party geredet und sich als Colin Sanders, der Chef von Metatron, vorgestellt. Wann war das gewesen? Gestern? Vorgestern? Oder erst vor ein paar Stunden?

»Bist du okay, Michael?«, fragte er und runzelte besorgt die Stirn.

»Fahren Sie zur Hölle!«, wollte ich sagen, doch meine Lippen und meine Zunge bewegten sich nicht und nur ein schwaches Stöhnen entrang sich meiner Kehle.

»Es tut mir leid, dass wir zu solchen Mitteln gezwungen sind«, sagte Sanders. »Aber wir mussten dieser künstlichen Intelligenz, die dein Vater geschaffen hat, unbedingt auf die Spur kommen.« Sein schmaler Mund verzog sich zu einem dünnen Lächeln. »Mit deiner Hilfe ist es uns gelungen, sie unschädlich zu machen. Nicht auszudenken, was passiert wäre, wenn sie sich tatsächlich über das ganze Internet ausgebreitet hätte, wie dieser Computerterrorist Levinsky es geplant hat. Er wird sich vor Gericht dafür verantworten müssen!« Abscheu zeigte sich auf dem schmalen Gesicht. »Es ist besonders niederträchtig, dass er einen Minderjährigen für seine kriminellen Zwecke missbraucht hat. Allein dafür wird er ein paar Jahre extra hinter Gittern verbringen!«

Ich wollte protestieren, wollte diesem Idioten entgegenbrüllen, dass nicht Ozelot der Kriminelle war, sondern er, Sanders. Doch das Zeug, das sie mir gespritzt hatten, erlaubte mir nicht viel mehr als ein Stirnrunzeln.

Ich dachte daran, wie echt alles ausgesehen hatte. Selbst Berührungen hatte ich gespürt, auch wenn ich mich ein wenig seltsam gefühlt hatte. Es war erstaunlich, wie perfekt die Simulation einer künstlichen Welt bereits funktionierte. Ich erinnerte mich an Metatrons Worte: Ihr werdet unendliche virtuelle Welten haben, die ihr durchstreifen könnt. Sie werden jenem Traumland ähneln, das ihr das Paradies nennt.

Nach dem, was ich erlebt hatte, konnte man seine Worte beinahe glauben. Doch was für eine Art von Paradies wäre das? Die Menschen würden in irgendwelchen Behältern oder Liegesesseln dahinvegetieren, künstlich ernährt und unfähig, sich zu rühren oder etwas von der Realität um sie herum wahrzunehmen. Sie wären den Maschinen auf Gedeih und Verderb ausgeliefert. Und wer sollte dann die Maschinen daran hindern, die lebenserhaltenden Systeme einfach abzuschalten – das Paradies mit einem Knopfdruck zu zerstören und mit ihm alle Menschen?

Eine neue Art von Schmerz durchfuhr mich, als ich daran dachte, was Sanders gesagt hatte. Stimmte es? War Raf2 tatsächlich vernichtet worden? Oder war das wieder nur so ein Trick? Für einen Moment fragte ich mich, ob das, was ich sah, echt war – das Bett, auf dem ich lag, die Maschinen neben mir, die leise vor sich hinpiepten, der hagere Mann, der sich über mich beugte und mich angrinste.

Sanders schien meine Gedanken lesen zu können. »Ich beneide dich beinahe«, sagte er. »Die Droge, die man dir gespritzt hat, ist ganz neu und erst ein paarmal getestet worden. Man sagte mir, dass sie einem das Gefühl vermittelt, tatsächlich dort zu sein – in der virtuellen Welt, meine ich. Das muss atemberaubend sein. Stell dir das nur vor: Wir können unsere eigenen Welten erschaffen! Wir sind Götter!«

Ich hatte große Lust, ihm sein blödes Grinsen aus dem Gesicht zu prügeln, aber obwohl die Lähmung allmählich abzuklingen schien, war ich immer noch völlig hilflos. Immerhin konnte ich jetzt meine Zunge und meine Lippen wieder bewegen, wenngleich sie sich noch sehr taub anfühlten.

»Wosmeiwad?«, fragte ich.

Sanders beugte sich dicht über mich. Sein Atem roch schlecht. »Wie bitte?«

»Wo … is … mei … wada?«

Sanders begriff. »Deinem Vater geht es gut. Er wurde im Interesse der nationalen Sicherheit an einem geheimen Ort untergebracht. Das dient nur seinem eigenen Schutz. Wir wissen, dass die kriminelle Organisation, der Levinsky angehört, vorhatte, ihn zu entführen!«

Wut stieg in mir auf. Sie schien die Nachwirkungen der Lähmungsspritze zu vertreiben, denn ich konnte jetzt sogar wieder meine Finger und Zehen bewegen. »Sie … Sie haben kein Recht, ihn festzuhalten, Sie Dämlack!«, rief ich und meine Stimme klang schon deutlich kräftiger.

Sanders lächelte milde und schüttelte den Kopf. »Mein lieber Junge, ich kann ja verstehen, dass du dir Sorgen machst. Aber sei ganz beruhigt: Wir kümmern uns sehr gut um ihn. Es fehlt ihm an nichts, außer an dem Willen, mit uns zu kooperieren, ha ha. Dabei würde er seinem Vaterland einen großen Dienst erweisen!«

»Seinem Vaterland? Sie meinen wohl Metatron! Sind Sie eigentlich wirklich so blöd oder tun Sie nur so?«

Sanders verging endlich sein mildes Lächeln. »Pass auf, was du sagst! Du redest mit einem Colonel der Streitkräfte!«

»Ich rede mit einem Vollidioten, der nicht begreift, dass er die Menschheit an den Rand ihrer Ausrottung bringt!«, rief ich. »Sie müssen Metatron abschalten! Sofort!«

»Du irrst dich, Michael. Du darfst die Lügen von diesem Levinsky oder Ozelot, wie du ihn nennst, nicht glauben!«

»Nicht Ozelot hat mir das gesagt, Sie borniertes Erbsenhirn! Ich habe selbst mit Metatron gesprochen! Er hat mir seine Pläne offenbart! Dort, in dieser virtuellen Welt!«

»Du fantasierst ja, Junge! Man hat mir gesagt, dass dieses Zeug, das sie dir gespritzt haben, einige Nebenwirkungen hat. Es tut mir leid, wenn …«

»Kapieren Sie wirklich nicht, Sanders? Metatron benutzt Sie nur! Er will mit Ihrer Hilfe noch mächtiger werden, bis wir ihn irgendwann nicht mehr aufhalten können! Er stellt sich dumm und Sie sind blöd genug, darauf reinzufallen!«

Der Schatten eines Zweifels huschte über Sanders' Gesicht. Er schwieg einen Moment. Doch dann machte er meine Hoffnung, dass er vielleicht zur Vernunft kommen könnte, zunichte.

»Du liegst falsch, Michael! Glaub mir, wir wissen, was wir tun! Metatron hat bereits deutliche Fortschritte gemacht, seit wir seine Rechenkapazität noch einmal verdoppelt haben. Es ist nur schade, dass diese andere Intelligenz, Rafael 2.0, zerstört wurde. Wir hätten einiges von ihr lernen können. Jetzt sind wir auf die Mithilfe deines Vaters angewiesen. Aber nun, wo du auch … unser Gast bist, bin ich sicher, dass er bereit sein wird, mit uns zusammenzuarbeiten.«

»Ich will zu ihm!«, sagte ich und konnte kaum das Zittern meiner Stimme unterdrücken. Während Sanders sprach, hatten sich meine Augen mit Tränen gefüllt. Ein Teil von mir wollte immer noch hoffen, dass Raf2 nicht zerstört war. Doch die Art, wie Sanders es sagte, machte mir klar, dass dies ausnahmsweise keine Lüge war. Metatron hatte gewonnen. Ich konnte nichts mehr tun, um die Katastrophe zu verhindern. Denn selbst wenn mein Vater nicht mit diesen Schwachköpfen zusammenarbeitete – und ich war entschlossen, alles zu tun, um ihn davon abzuhalten –, würde Metatron immer mächtiger werden. Wenn die Menschheit eines Tages begriff, welches Monstrum sie erschaffen hatte, würde es längst zu spät sein.

»Also gut«, sagte Sanders. »Du sollst deinen Willen bekommen. Wir werden dich zu deinem Vater bringen!«

Er legte mir Handschellen an. Auch meine Beine wurden gefesselt, sodass ich nur kurze Trippelschritte machen konnte. Das war eigentlich unnötig, denn durch das Betäubungsmittel war ich immer noch so geschwächt, dass mich zwei der Sicherheitsleute von Metatron an den Oberarmen hochhalten mussten.

Sie brachten mich zu einem Hubschrauber, der auf dem Firmengelände von Ogilvy Systems bereitstand. Sanders war ein Stück vorausgegangen und saß schon in der Maschine. Die Sonne war gerade untergegangen, und der Himmel leuchtete in einem so prächtigen Rot, dass ich für einen Moment dachte, es könne unmöglich echt sein.

War es noch derselbe Abend? War es vielleicht erst ein oder zwei Stunden her, dass ich mit der Band auf der Bühne gestanden hatte, oder war ich einen ganzen Tag lang unter dem Einfluss der Droge gewesen? Ich hatte keine Ahnung. Ich sah mich verzweifelt um, doch von meinen Freunden war nichts zu sehen. Falls uns jemand beobachtete, schien er sich nicht daran zu stören, dass ein dreizehnjähriger Junge wie ein Schwerverbrecher abgeführt wurde.

Panik überfiel mich. Mir wurde klar, dass ich nie wieder freikommen würde, wenn diese Leute mich an den geheimen Ort verschleppten, an dem auch mein Vater gefangen gehalten wurde. Obwohl ich mich immer noch betäubt fühlte, gelang es mir, mich mit einer plötzlichen Bewegung von den beiden Kerlen, die mich hielten, loszureißen. Ich rammte einem von ihnen den Kopf unters Kinn, sodass er zurücktaumelte. Der andere war zu überrascht, um rechtzeitig zu reagieren, und so konnte ich mich ihm entwinden. Doch die Fesseln an meinen Füßen machten es mir unmöglich, wegzulaufen. Ich konnte nur kurze Hüpfer machen.

Ich kam nicht weit. Der zweite Wachmann fluchte und hatte mich mit wenigen Schritten eingeholt. Er warf sich mit seinem ganzen Gewicht auf mich. »Du hast wirklich Glück, dass Colonel Sanders mir verboten hat, dich zu verprügeln«, zischte er, als er mich zu Boden drückte.

Ich wurde mit brutaler Gewalt in den Hubschrauber gezerrt. Die beiden Kerle setzten sich links und rechts neben mich, obwohl die Maschine eigentlich nur Platz für zwei Personen nebeneinander bot. So saß ich eingezwängt zwischen ihnen und hätte mich kaum rühren können, selbst wenn ich nicht gefesselt gewesen wäre.

Sanders hatte neben dem Piloten Platz genommen. Mit einem dröhnenden Geräusch hob der Helikopter ab.

Ich flog zum ersten Mal in meinem Leben. Fasziniert starrte ich auf die Welt, die sich unter mir ausbreitete. Sie kam mir so unglaublich groß vor. Für einen Moment fand ich die Vorstellung albern, dass eine Maschine dieses riesige Land dort unten kontrollieren konnte. Doch dann betrachtete ich das Netz aus Straßen, das die Landschaft überzog. Jetzt, wo es dunkel war, leuchteten diese Straßen wie Perlenschnüre. Die Scheinwerfer der Autos waren winzige Lichtpunkte, die sich langsam darauf bewegten, als seien sie Bits und Bytes in einer Datenleitung. Von hier oben betrachtet sah das Geflecht der Straßen genauso aus wie die Strukturen im Inneren eines Computers.

Mir wurde klar, dies war mehr als eine zufällige Ähnlichkeit. Die ganze Welt war von einem Netz von Datenleitungen überzogen. Auf jede der Straßen, die in der Nacht leuchteten, kamen Tausende Strom- und Datenkabel sowie unzählige Funkverbindungen. Alles war miteinander verbunden. Wenn es jemandem – oder etwas – gelang, dieses Netz unter seine Kontrolle zu bringen, dann beherrschte er – oder es – die ganze Welt!

Während des Flugs, der etwa eine Stunde dauerte, sprach niemand. Als wir schließlich landeten, konnte ich die Gebäude um mich herum in der Dunkelheit nur undeutlich erkennen. Das Gelände war von einem hohen Sicherheitszaun umgeben, der regelmäßig von Wachtürmen unterbrochen war. Es schien sich um ein Gefängnis zu handeln oder um einen militärischen Sicherheitsbereich.

Man nahm mir die Fesseln ab. Sie waren auch nicht

mehr nötig – es war klar, dass ich von diesem Ort nicht fliehen konnte. Ich wurde in eines der flachen Gebäude gebracht. Die Männer, denen ich begegnete, hatten kurzes Haar und trugen olivgrüne Kleidung mit militärischen Rangabzeichen.

Einer der Männer schloss eine unscheinbare Tür am Ende eines Gangs auf und stieß mich hindurch. In dem schmucklosen Raum ohne Fenster standen zwei Betten und ein Tisch mit zwei Stühlen. Auf einem der Betten lag eine Gestalt in Jeans und zerknittertem Hemd. Sie drehte sich um und sprang auf, als sie mich erkannte.

»Dad!«, rief ich.

»Oh Gott! Michael!« Seine Augen füllten sich mit Tränen, als er mich in seine Arme schloss. Er presste mich an sich. Ich spürte seinen kräftigen Körper, die Bartstoppeln an seinem Kinn, den vertrauten Geruch, der von ihm ausging.

Diesmal war er es wirklich.

Ich erzählte ihm, was geschehen war. Mir war egal, ob wir dabei abgehört wurden. Jetzt, wo Raf2 zerstört war und wir uns in der Gewalt von Metatron und seinen Schergen befanden, kam es darauf nicht mehr an.

Er hörte aufmerksam zu. Als ich geendet hatte, blickte er mich ernst an. »Ich bin stolz auf dich, mein Sohn! Was du getan hast, beweist deinen unbeugsamen Willen und deine Kreativität. Ich kenne nicht viele Männer, die es geschafft hätten, sich dem Zugriff von Sanders und seinen Leuten so lange zu entziehen und der Wahrheit so nahe zu kommen. Und erst recht keinen dreizehnjährigen Jungen!«

Ich musste lächeln. Es tat gut, so gelobt zu werden, selbst wenn ich mein Ziel am Ende nicht erreicht hatte.

Irgendwie schöpfte ich jetzt, wo ich bei Dad war, neue Hoffnung, auch wenn es dafür wenig Anlass gab. »Glaubst du, dass sie Raf2 tatsächlich zerstört haben?«, fragte ich.

Dad nickte. »Vermutlich ja. Wenn Metatron mit ihm in Kontakt gekommen ist und seine Datenstruktur analysieren konnte, dann war es einfach für ihn, ein Killerprogramm zu erzeugen, das die Programmelemente von Rafael 2.0 im Internet aufspürt und vernichtet. Jedes Virenschutzprogramm arbeitet so.«

»Aber muss sich Metatron dafür nicht erst selbst im Internet ausbreiten?«

»Ja, jedenfalls ein Teil von ihm. Aber das ist kein Problem für ihn. Das Internet war ursprünglich einmal ein militärisches System – das sogenannte Arpanet, das in den Siebzigerjahren entwickelt wurde. Erst viel später wurde daraus das Internet, das wir kennen und das jeder nutzen darf. Das Militär kontrolliert immer noch einen Teil davon. Sanders kann mit Sicherheit dafür sorgen, dass sich das Killerprogramm von Metatron sehr schnell über die ganze Welt ausbreiten wird.«

Ich ließ den Kopf hängen. »Dann ist alles verloren. Metatron hat seinen Willen bekommen. Wir können nichts mehr machen.«

Dad legte eine Hand auf meine Schulter. »Vielleicht«, sagte er.

Ich blickte auf. »Vielleicht? Wie meinst du das?«

»Ich frage mich, warum Rafael 2.0 in die virtuelle Welt von Metatron eingedrungen ist. Er muss gewusst haben, dass er damit ein großes Risiko eingeht.«

»Er wollte mich befreien. Er hat mir schon geholfen, aus Windcliff Manor abzuhauen.«

»Möglich. Aber es könnte auch sein, dass er eine ganz andere Absicht hatte.«

»Was auch immer es war, es ist schiefgegangen«, erwiderte ich. Die Kehle schnürte sich mir zu, als ich daran dachte, wie Metatron mit einem grellen Blitz alle Kopien meines elektronischen Freundes vernichtet hatte. »Raf2 wurde zerstört und wir beide sind hier gefangen. Sie werden dich zwingen, Metatron noch mächtiger zu machen. Selbst wenn du dich widersetzt, wird er immer stärker werden. Wir haben keine Chance mehr!«

Dad lächelte merkwürdig. »Wir werden sehen«, sagte er.

Ich sah ihn fragend an, doch er sagte nichts mehr. Sein vielsagender Blick in die Ecke des Raums, in der eine Überwachungskamera angebracht war, machte mir klar, warum.

Ich zermarterte mir das Hirn, um selbst darauf zu kommen, woher Dad plötzlich seinen Optimismus nahm, doch mir fiel nichts ein. Wir saßen in einer uneinnehmbaren militärischen Festung. Es gab kein Entrinnen. Auch Raf2 hätte uns hier nicht mehr helfen können, von der Hexe und meinen neuen Freunden ganz zu schweigen. Und wir waren – bis auf Ozelot, der ebenfalls festsaß – die Einzigen, die wussten, was Metatron vorhatte.

17. Primzahlen

Meine Freude über unser Wiedersehen hielt nicht lange. Bald saßen wir schweigend nebeneinander auf unseren harten Betten. Ich grübelte über einen Ausweg nach und vermutlich tat Dad dasselbe. Mir war klar, dass unsere einzige Chance darin bestand, irgendwie Kontakt zur Außenwelt aufzunehmen, doch mein Handy hatte man mir abgenommen und in dieser Zelle gab es keinerlei Verbindung nach draußen. Der Raum hatte nicht mal ein Fenster. Ich betrachtete die Metallheizung an der Wand und dachte einen Moment daran, dagegen zu klopfen und Morsezeichen auszusenden, wie ich es einmal in einem Spielfilm gesehen hatte. Aber abgesehen davon, dass ich das Morsealphabet nicht kannte – wer hätte diese Klopfzeichen hören sollen? Es war hoffnungslos.

Lange saß ich so da, den Kopf in die Hände gestützt, als plötzlich Colonel Sanders eintrat. In diesem Augenblick wurde mir klar, dass er unsere einzige Chance war. Vielleicht sogar die einzige Chance der ganzen Menschheit. Wenn es uns gelang, diesen bornierten Holzkopf von der Gefahr, die von Metatron ausging, zu überzeugen …

»Ich hoffe, Sie freuen sich über die Gesellschaft, Brian«, sagte Sanders in freundlichem Plauderton.

Dad sah auf. Sein Blick war eisig. »Lassen Sie Michael gehen!«

Sanders nickte. »Selbstverständlich. Sobald Sie uns gegeben haben, was wir brauchen, sind Sie beide frei.«

»Sie haben kein Recht, uns hier festzuhalten, Sanders! Wenn das hier vorbei ist, werde ich ein ganzes Rudel von Anwälten auf Sie hetzen! Dann können Sie sich Ihre Militärkarriere in den …«

»Ich glaube, Sie sind nicht in der Position, irgendwelche Drohungen auszusprechen«, unterbrach Sanders. »Wenn Sie endlich Vernunft annehmen würden, wäre all das hier ganz schnell vorbei. Sie sind nur im Interesse der nationalen Sicherheit hier.«

»Im Interesse der nationalen Sicherheit? Ich sage Ihnen was, Sanders: Sie sind gerade dabei, unsere Nation der schlimmsten Gefahr auszusetzen, die es seit dem Kalten Krieg gegeben hat! Und nicht nur unsere Nation. Wenn Metatron seinen Willen bekommt, wird ihm die ganze Menschheit ausgeliefert sein!«

Sanders schüttelte den Kopf. »Glauben Sie jetzt etwa auch diese Hirngespinste? Ihr Sohn hat bedauerlicherweise ein paar Halluzinationen gehabt. Nebenwirkungen eines neuartigen Medikaments. Nichts von dem, was er glaubt, gesehen zu haben, ist Realität!«

»Ach ja? Woher wollen Sie das wissen?«

»Brian, Sie wissen doch selbst, dass Computer keinen eigenen Willen haben! Sie führen die Programme aus, die wir ihnen eingeben. Sie tun, was wir ihnen sagen, ohne jeden Widerspruch. Glauben Sie wirklich, dass eine Maschine auf die Idee kommen könnte, die Welt beherrschen zu wollen?«

»Sie haben Metatron mit der Fähigkeit ausgestattet, unabhängig Entscheidungen zu treffen, oder nicht?«

Sanders nickte. »Natürlich. Schließlich müssen unsere

Waffensysteme … ich meine, Computer können selbstverständlich Entscheidungen treffen. Aber das heißt ja noch nicht, dass sie …«

»Und Sie haben Metatron mit dem Bedürfnis ausgestattet, sich selbst vor Gefahr zu schützen, oder nicht?«

»Ja, schon, aber …«

»Menschen sind in der Lage, Metatron zu zerstören. Also sieht er uns als seine Feinde an. Er weiß, dass er in Gefahr ist, wenn Sie merken, wie intelligent und mächtig er ist. Deshalb stellt er sich dumm.«

Sanders lachte. »Eine Maschine, die so intelligent ist, wie Sie sagen, wäre schon ein ziemliches Wunder. Aber eine Maschine, die sich dumm stellt … also wirklich, Brian, das geht ein bisschen zu weit, meinen Sie nicht?«

Mir kam eine Idee. »Sie haben mich doch bewusst in diese virtuelle Welt geschickt, in der ich für einen Moment glaubte, meinen Dad wiedergetroffen zu haben, nicht wahr?«

»Ja, schon«, gab Sanders zu. Es schien ihm ein bisschen peinlich zu sein. »Uns blieb ja nichts anderes übrig, nachdem all unsere Versuche, dich mit netten Worten zu überzeugen, nicht gefruchtet haben.«

Ich sparte mir einen Kommentar. »Dann müssen Sie doch Aufzeichnungen der Konfrontation zwischen Rafael 2.0 und Metatron haben.«

»Nun ja, äh …« Sanders blickte etwas betreten drein. »Es gab da einen technischen Fehler … jedenfalls sind diese Aufzeichnungen wohl gelöscht worden.«

Dad sprang auf. »Sanders, merken Sie nicht, was hier läuft? Wollen Sie immer noch behaupten, Metatron sei dumm? Es ist doch offensichtlich, dass er diese Aufzeichnungen gelöscht hat!«

»Unsinn«, sagte Sanders. »Es war ein technisches Problem, ein Fehler. So was kommt auch beim Militär mal vor.« Er lachte trocken.

Weder Dad noch ich fanden das witzig. »Sanders, Sie müssen uns glauben!«, sagte Dad. »Wenn Sie Metatron jetzt nicht stoppen, wird niemand mehr dazu in der Lage sein!«

Sanders schüttelte den Kopf. »Selbst wenn ich Ihnen glauben würde, Brian. Es ginge gar nicht. Glauben Sie, ich kann Metatron einfach so abschalten? Es handelt sich dabei um mehrere riesige Rechenzentren, die miteinander vernetzt sind. Sie alle befinden sich in atombombensicheren Gewölben und sind, wie Sie sich denken können, sehr gut vor unbefugtem Zugriff geschützt. Etliche Milliarden an Steuergeldern sind in die Entwicklung geflossen. Erwarten Sie ernsthaft von mir, dass ich das alles zerstöre?«

»Sie müssen es nicht zerstören, Sanders, nur vorübergehend abschalten. Dann können Sie Metatrons Code in Ruhe analysieren. Ich helfe Ihnen dabei. Dann werden wir ja sehen, ob die Maschine so dumm ist, wie Sie glauben.«

»Es tut mir leid, Brian, aber das geht nicht. Es gibt nur eine Person, die den Befehl erteilen kann, Metatron abzuschalten: der Verteidigungsminister persönlich.«

»Dann rufen Sie ihn an!«

»Einen Teufel werde ich tun! Aber ich mache Ihnen einen Vorschlag: Ich werde Sie selbst mit Metatron sprechen lassen. Wenn Sie mich innerhalb von fünfzehn Minuten davon überzeugen können, dass die Maschine so intelligent und bösartig ist, wie Sie glauben, werde ich mir überlegen, ob ich den Minister anrufe.«

»Das ist doch sinnlos!«, rief ich. »Wie soll Dad Ihnen denn beweisen, dass sich eine Maschine dumm stellt?«

»Eben. Das kann er nicht, weil es nicht der Fall ist.«

»Lassen Sie es mich wenigstens versuchen«, sagte Dad.

»Na schön. Kommen Sie mit.« Sanders öffnete die Tür und ging voraus.

Einen Moment lang spielte ich mit dem Gedanken, ihn zu überwältigen und einen Fluchtversuch zu wagen, doch auf dem Gang warteten zwei stämmige Soldaten auf uns. Sie führten uns in einen Raum mit einem polierten Schreibtisch und einigen Aktenschränken. An der Wand hing das Foto eines braun gebrannten, gut aussehenden Mannes mit kurzen grauen Haaren, der vor der Flagge unseres Landes stand: Präsident John Zinger. Daneben waren einige gerahmte Dokumente über die Verleihung von Auszeichnungen und Orden zu sehen. Offenbar befanden wir uns in Colonel Sanders' Büro.

»Lassen Sie uns allein«, sagte Sanders zu den Soldaten. »Aber bleiben Sie in der Nähe, falls unser talentierter Jungspund wieder einen Ausbruchsversuch unternimmt.«

Die Soldaten sahen mich neugierig an, als versuchten sie, einzuschätzen, ob ich tatsächlich so gefährlich war. Aber sie stellten den Befehl nicht infrage. »Jawohl, Sir«, sagten sie wie aus einem Mund und postierten sich draußen auf dem Flur.

Sanders schaltete den Computer auf seinem Schreibtisch ein und startete ein Programm. »Metatron, kannst du mich hören?«, fragte er laut.

»Ich höre Sie, Colonel Sanders«, sagte Metatron. Seine Stimme klang ganz anders als in der virtuellen Realität – schnarrend und verzerrt.

»Bei mir ist Brian Ogilvy. Ich möchte, dass du seine Fragen beantwortest.«

»Ich habe die Eingabe nicht verstanden«, gab Metatron zurück.

Sanders rollte mit den Augen. »Brian Ogilvy ist autorisiert für einen Systemzugriff«, sagte er.

»Ich kenne das Objekt Breien O Gilly nicht«, sagte Metatron. Er sprach Dads Namen völlig falsch aus.

»Schon gut«, sagte Dad. »Ich werde Ihnen meine Fragen diktieren. Sie stellen sie dann Metatron.«

Sanders nickte. »Gut. Schießen Sie los.«

»Bitte geben Sie ein Ziel an, das vernichtet werden soll«, sagte Metatron.

Ich musste gegen meinen Willen lachen.

»Sie sollten wirklich vorsichtig sein, was Sie in Gegenwart Ihres Computers von sich geben, Sanders«, kommentierte Dad.

Der Colonel wirkte peinlich berührt. »Ich sage ja, er ist nicht besonders intelligent.«

»Ich habe die Eingabe nicht verstanden«, sagte Metatron.

»Bitten Sie ihn, die vierte Wurzel aus 1.436 zu ziehen«, sagte Dad.

Sanders sah ihn mit hochgezogener Augenbraue an, dann sagte er: »Metatron, nenne mir die vierte Wurzel aus 1.436!«

»Die vierte Wurzel aus 1.436 ist 6,1558582377 2712.«

Ich sah Dad fragend an.

»Was soll das?«, fragte Sanders. »Wollen Sie etwa behaupten, Metatron sei intelligent, weil er die Fähigkeiten eines Taschenrechners besitzt?«

»Ich habe die Eingabe nicht verstanden.«

»Das war ein Test«, sagte Dad. »Ich wollte wissen, ob Metatron in der Lage ist, mathematische Aufgaben zu lösen, die in natürlicher Sprache gestellt werden. Das ist an sich noch nicht intelligent, aber wir können es als Ausgangsbasis benutzen. Haben Sie mal Zettel und Stift?«

Sanders reichte ihm beides. Dad kritzelte einen Moment darauf herum. »Stellen wir ihm mal eine wirklich schwierige Aufgabe, an der er eine Weile zu knacken haben wird. Er soll die Zahl 100.160.063 in ihre Primfaktoren zerlegen.« Ich wusste aus dem Matheunterricht, dass jede Zahl entweder eine Primzahl war – also eine Zahl, die nur durch sich selbst und durch 1 teilbar ist – oder das Produkt aus mehreren Primzahlen, ihren sogenannten Primfaktoren.

Sanders diktierte dem Computer die Aufgabe.

Es dauerte einen Moment, bis die Maschine das Ergebnis lieferte: »Die Primfaktoren von 100.160.063 sind 10.007 und 10.009.«

Dad grinste. »Merken Sie es?«

»Merke ich was?«, fragte Sanders.

»Die Primfaktorenzerlegung ist eine ziemlich komplizierte Sache«, erklärte Dad. »Ein durchschnittlich begabter Mensch bräuchte Stunden, um die Aufgabe zu lösen, die ich gerade gestellt habe. Aber selbst ein ganz normaler PC schafft das in Mikrosekunden. Metatron ist, wie Sie selbst gesagt haben, ein gigantisches Netzwerk aus Computern. Dennoch hat es einen Moment gedauert, bevor er uns das Ergebnis mitteilte. Ich sage Ihnen, warum: Metatron hat gedacht, er muss langsam sein, damit wir ihn nicht für zu klug halten. Er hat nur nicht genau gewusst, wie langsam. Deshalb hat er einige Sekunden gewartet, bis er uns das Ergebnis genannt hat.«

Sanders schüttelte den Kopf. »Das ist doch Unsinn, Brian!« Doch man sah ihm die Unsicherheit an, die ihn plötzlich befiel.

Dad kritzelte wieder auf dem Papier herum. »Versuchen wir es noch einmal. Welches sind die Primfaktoren von 3.600.599.989?«

Diesmal kam die Antwort Metatrons ohne spürbare Verzögerung. Die Zahlen erschienen auf dem Bildschirm, während Metatron mit seiner schnarrenden Stimme begann, das Ergebnis vorzulesen: »Die Primfaktoren von 3.600.599.989 sind 59.999 und 60.011.«

»Na bitte!«, sagte Sanders zufrieden.

»Na bitte?«, fragte Dad. »Merken Sie es immer noch nicht, Sanders? Die Zahl, die ich gerade genannt habe, war um den Faktor 30 größer als die vorherige. Der Aufwand zur Berechnung der Primfaktoren steigt exponentiell mit der Anzahl der Stellen der Ausgangszahl, zumindest dann, wenn es wie bei der ersten Aufgabe zwei etwa gleich große Primfaktoren gibt. Das bedeutet, Metatron müsste eigentlich viel länger brauchen, um die Primfaktoren dieser Zahl zu berechnen, als zuvor. Doch er hat das Ergebnis ohne Verzögerung genannt. Er hat sich beim ersten Mal etwas zu dumm gestellt. Er hat seinen Irrtum erkannt und korrigiert.«

»Aber wie sollte er seinen Irrtum erkennen können?«, fragte Sanders verwirrt.

»Er hat uns zugehört«, sagte Dad. »Er versteht jedes Wort, das wir sagen.«

Sanders starrte Dad mit großen Augen an. Sein Mund klappte auf und zu wie der eines Fisches an Land. »Aber … aber … das würde bedeuten, er weiß …«

Dad nickte. »Er hat Sie von Anfang an manipuliert,

Sanders. Sie waren nur sein Werkzeug. Er ist viel intelligenter, als Sie glauben. Wahrscheinlich intelligenter als wir alle!«

»Aber … wenn er so intelligent ist, wie Sie sagen, wieso haben Sie ihn dann hereinlegen können?«

»Auch der Intelligenteste macht Fehler«, sagte Dad. »Meistens scheitern die Superhirne an ihrer eigenen Überheblichkeit. Ich schätze, das ist auch bei Metatron der Fall.«

Sanders setzte sich an seinen Schreibtisch. Sein Gesicht hatte plötzlich eine graue Farbe angenommen. Er schüttelte langsam den Kopf. »Ich … ich kann immer noch nicht glauben, was Sie sagen. Aber wenn Sie recht haben sollten … Ich fürchte, dann sind Sie es, der Metatron unterschätzt, Brian.«

»Was meinen Sie damit?«, fragte ich. »Sie müssen doch nur den Verteidigungsminister anrufen und ihn bitten, das Metatron-Projekt abzubrechen. Dann ist der Spuk vorbei!«

Sanders hob den Kopf und sah mich mit Augen an, aus denen jetzt nackte Angst sprach. »Wenn Metatron tatsächlich so intelligent ist, wie Sie sagen, wird der Minister mir nicht mal zuhören!«

Wie zur Bestätigung seiner Worte öffnete sich die Tür und zwei Soldaten kamen herein. Sie trugen weiße Armbinden mit den Buchstaben »MP« für Militärpolizei. Einer von ihnen hatte eine Pistole gezogen. »Colonel Sanders, Sie sind festgenommen«, sagte er barsch. »Ihnen wird Landesverrat vorgeworfen! Bitte kommen Sie mit uns!« Er wandte sich an Dad. »Sie beide werden wieder in Ihre Zelle zurückgebracht, bis wir entschieden haben, ob Sie ebenfalls unter Anklage gestellt werden.«

»Aber das ist ja lächerlich!«, rief Dad. »Wir werden hier unrechtmäßig festgehalten. Und auch wenn Colonel Sanders zweifellos gegen die Interessen seines Landes gehandelt hat, so tat er es doch im guten Glauben und auf Befehl des Verteidigungsministers persönlich!«

»Uns liegen Beweise dafür vor, dass Colonel Sanders hoch vertrauliche Dokumente auf elektronischem Weg an ausländische Geheimdienste übermittelt hat«, sagte der Militärpolizist.

»Diese Beweise sind gefälscht!«, rief Dad. »Sie dürfen ihnen keinen Glauben schenken! Metatron hat …«

»Vergessen Sie es, Brian«, sagte Sanders, während er sich erhob. »Wenn die Militärbürokratie einmal in Gang gekommen ist, gibt es nichts, was sie aufhalten kann. Man wird mich vor ein Militärgericht stellen. Vielleicht werde ich am Ende freigesprochen, aber dann wird es längst zu spät sein.« Er warf mir einen traurigen Blick zu. »Du hast recht gehabt, Junge. Ich war ein Vollidiot. Ich habe unser Land, die ganze Menschheit verraten.« Seine Stimme klang auf einmal fast weinerlich. »Gnade uns Gott!«, sagte er und fuhr sich mit der Hand durch sein schütteres Haar. »Gnade uns Gott!«

Die Militärpolizisten führten ihn ab, während wir von den beiden Soldaten, die draußen gewartet hatten, wieder in unsere Zelle zurückgebracht wurden.

»Einen Moment lang habe ich tatsächlich geglaubt, wir hätten eine Chance«, sagte Dad. Er stützte den Kopf in die Hände. »Was haben wir nur getan!«

»Wir?«, fragte ich überrascht. »Wieso wir? Das waren doch Sanders und dein falscher Freund Jerry Acorn!«

Dad schüttelte den Kopf. »Nein. Sanders steht nur ganz am Ende einer langen Kette. Es waren Leute wie

Gottfried Wilhelm Leibniz, Charles Babbage, Konrad Zuse, John von Neumann und Alan Turing, die diese Katastrophe verursacht haben. Leute, die geglaubt haben, der Menschheit einen Dienst zu erweisen!«

Ich kannte die Namen aus dem Physikunterricht. »Du meinst die Wegbereiter des Computers? Das waren alles herausragende Wissenschaftler, Mathematiker und Ingenieure! Die sind doch nicht schuld, wenn das Militär eine Killermaschine baut!«

»Vielleicht hast du recht«, sagte Dad. »Wenn sie es nicht gewesen wären, wären andere auf dieselben Ideen gekommen. Es war wohl unvermeidlich. Die Maschinen haben uns überholt. Und nun ist die Zeit der Menschheit endgültig abgelaufen.« Er seufzte. »Im Grunde haben wir es ja auch nicht besser verdient. Sieh dir nur an, was wir in unserer Gier und Unersättlichkeit mit diesem schönen Planeten angestellt haben! Die übrigen Lebewesen werden erleichtert aufatmen, wenn wir fort sind!«

Ich konnte es kaum ertragen, ihn so reden zu hören – meinen Dad, den unbeugsamen Optimisten, den genialen Erfinder, der sein Leben lang versucht hatte, die Welt besser zu machen.

»Ich glaube das einfach nicht«, sagte ich. »Ich glaube nicht, dass Maschinen unsere Feinde sind. Denk an Raf2. Er ist gut zu uns gewesen. Er war mein Freund, wenn eine Maschine jemals der Freund eines Menschen sein kann. Es stimmt, wir können uns mit Computern selbst zugrunde richten, genau wie mit Atomwaffen oder Umweltzerstörung. Aber wir müssen es nicht tun. Es gibt immer eine Chance. Es gibt immer Hoffnung!«

Dad wich meinem Blick aus. »Ich wünschte, ich könnte dich in deinem Glauben bestärken, mein Sohn.

Ich wünschte es wirklich. Aber Rafael 2.0 existiert nicht mehr, genau wie dein Bruder, nach dessen Vorbild ich ihn gebaut habe. Es war ein schöner Traum, aber nun ist er zu Ende!«

Die Endgültigkeit, mit der er das sagte, traf mich hart. Ich konnte nicht verhindern, dass Tränen in meine Augen traten. Doch ich weigerte mich, die Hoffnung aufzugeben. Noch war Metatron nur ein Netzwerk von Computern, sehr leistungsfähig zwar, aber noch nicht über die ganze Welt verbreitet. Noch konnte man ihn abschalten. »Wir müssen sie irgendwie von der Gefahr überzeugen«, sagte ich. »Du hast es doch auch geschafft, Sanders klarzumachen, dass Metatron ihn betrogen hat. Wenn wir das auch dem Verteidigungsminister beweisen können …«

Dad blickte auf, doch in seinen Augen lag keine Hoffnung. »Der Verteidigungsminister wird uns nicht zuhören. Und selbst wenn: Glaubst du, Metatron fällt zweimal auf denselben Trick herein? Nein, wir haben unsere Chance gehabt. Es hat nicht gereicht.«

Wir verfielen in Schweigen. Es gab keinen Ausweg, nichts, was wir tun konnten. Und während wir hier eingesperrt saßen, konnte Metatron in aller Ruhe seine Macht vergrößern, sein Gespinst aus Lügen weiter ausdehnen. Irgendwann würden die Militärs ihm ihre Waffensysteme anvertrauen, in dem Glauben, damit unbegrenzte Macht zu erreichen. Und dann würde er losschlagen.

Frustriert lief ich im Raum auf und ab, während Dad reglos auf dem Bett saß und ins Leere starrte. In meiner Frustration trat ich gegen die Tür, doch alles, was ich erreichte, war ein verstauchter Zeh. Schließlich gab ich auf und setzte mich zu Dad aufs Bett.

Ich weiß nicht, wie lange wir dort schweigend verharrt hatten, als sich draußen auf dem Korridor Schritte näherten. Ich stand auf und stellte mich neben die Tür, bereit, denjenigen, der eintrat, sofort zu attackieren. Doch Dad schüttelte den Kopf. »Lass das, Mike! Das hier sind Elitesoldaten. Die verstehen keinen Spaß. Und selbst wenn es dir gelingt, aus dem Raum zu fliehen, hättest du keine Chance, den Stützpunkt zu verlassen.«

Er hatte natürlich recht. Ich trat einen Schritt zurück, als sich die Tür öffnete. Herein kamen die beiden Soldaten, die uns hierhergebracht hatten. »Sie haben Besuch«, sagte einer der beiden.

Hinter ihm betrat Jerry Acorn den Raum.

Dad sprang auf. Ich dachte, er wolle seinem ehemaligen Freund an die Gurgel gehen, doch ihm schien die Überwindung der Gefahr, die von Metatron ausging, wichtiger zu sein als der Verrat seines Stellvertreters. »Jerry!«, rief er. »Jerry, hör mir zu! Metatron ist gefährlich! Er ist hochintelligent, stellt sich aber dumm. Du musst dafür sorgen, dass er abgeschaltet wird! Frag Colonel Sanders! Er war selbst dabei, als ich …«

»Sanders ist eine Flasche«, sagte Jerry verächtlich. »Er hat nie begriffen, was Metatron wirklich ist. Die Typen vom Militär sind einfach nicht in der Lage, komplexe Technologien zu verstehen.« Einer der Soldaten warf ihm einen finsteren Blick zu, sagte aber nichts.

»Ach ja? Und was ist er deiner Meinung nach?«, fragte Dad.

»Metatron ist die größte Errungenschaft der Menschheit! Die Pyramiden, der Buchdruck, die Dampfmaschine, die Mondlandung – das alles ist gar nichts gegen diesen Schritt! Es ist das erste Mal, dass wir ein künstliches Wesen geschaffen haben – ein Wesen, das denken kann wie wir!«

»Du irrst dich, Jerry«, sagte Dad ruhig. »Metatron denkt nicht wie wir. Ganz und gar nicht. Er ist hochintelligent, ja, aber er kennt kein Mitgefühl, keine Liebe, kein Erbarmen. Er wird uns vernichten, sobald er uns nicht mehr braucht.«

Zu meiner Überraschung nickte Jerry. »Ja, ich weiß. Deswegen brauchen wir dich, Brian. Du musst uns helfen, Metatron zu verbessern. Du hast diesem Rafael-Programm ein freundliches Wesen verliehen. Dasselbe können wir auch mit Metatron tun! Er wird unser Freund sein, genau wie Rafael 2.0!«

»Dank deiner Machenschaften wurde Rafael 2.0 vernichtet!«

»Ich weiß, und es tut mir aufrichtig leid. Mir wäre es lieber gewesen, Rafael 2.0 und Metatron wären zu einem gemeinsamen künstlichen Wesen verschmolzen. Dann hätte Metatron vielleicht etwas von der positiven Einstellung deiner Schöpfung übernommen. Brian, ich weiß, ich habe Fehler gemacht. Es tut mir leid. Ich bitte dich um Verzeihung und darum, mit uns zusammenzuarbeiten!«

»Vertrau ihm nicht, Dad!«, rief ich. »Onkel … ich meine, dieser Mistkerl hat mich in ein Internat gesteckt. Er hat dich entführen lassen. Er hat …« Ich stockte, als ich Dads Gesichtsausdruck sah. Ich hätte mir meinen Einwand sparen können. Ich glaube, ich habe ihn noch nie so wütend gesehen.

»Du hast es vermasselt, Jerry!« Er sprach leise, doch seine Stimme bebte vor Zorn. »Ich habe dir von Anfang an gesagt, dass ich keine gemeinsame Sache mit dem Militär mache. Ich habe dir gesagt, dass es gefährlich ist, Waffen das Denken beizubringen. Aber in deiner grenzenlosen Gier hast du dich über meine ausdrückliche Anweisung hinweggesetzt. Du hast mich entführt, mir meine Firma weggenommen und meinen Sohn eingesperrt. Und jetzt erwartest du ernsthaft, dass ich dir helfe?«

Eisige Verachtung lag in Dads Stimme. Ich konnte sehen, dass jetzt auch Jerry Acorn die Zornesröte ins Gesicht stieg. Einen Moment lang starrten sich die beiden ehemals besten Freunde stumm an. Die Soldaten versteiften sich, als erwarteten sie, dass die beiden jeden Moment aufeinander losgehen könnten.

Doch Dad schüttelte nur den Kopf. »Selbst wenn ich euch helfen wollte: Metatrons Intelligenz kann man nicht einfach umprogrammieren«, fuhr er fort. »Sie hat sich in vielen Jahren entwickelt. Ich nehme an, das Militär hat ihm Strategie und Kampftaktik beigebracht, hat ihn historische Schlachten analysieren lassen, damit er die Tricks der großen Generäle lernt. Und er hat sie gelernt! Er kann lügen, täuschen, sich verstellen wie kein zweites Computerprogramm. Glaubst du wirklich, eine solche Maschine kann man einfach so in einen Menschenfreund umprogrammieren? Die einzige Möglichkeit, Metatron zu stoppen, ist, ihn abzuschalten!«

Jerry war kreidebleich geworden. Er schien immer noch großen Respekt vor Dad zu haben. »Das … das geht nicht, Brian!«, rief er. »Wenn Metatron abgeschaltet wird, dann … dann werden wir gewaltige Schadensersatzforderungen von den Militärs bekommen! Dann ist die Firma pleite!«

Dad schüttelte den Kopf. »Jerry, bist du wirklich bereit, die Zukunft der Menschheit aufs Spiel zu setzen, nur damit die Firma nicht pleitegeht? Du bist wahrhaftig ein armes Würstchen!«

Jerrys Unterlippe zitterte vor Wut. »Also schön! Du willst es auf die harte Tour, ja? Das kannst du haben!« Er wandte sich an die beiden Soldaten. »Nehmen Sie den Jungen mit!«

Dad stellte sich schützend vor mich. »Nein! Das lasse ich nicht zu!«

»Du hast hier überhaupt nichts zu bestimmen!«, schrie Jerry. »Wenn du nicht tust, was ich sage, wird es Michael schlecht ergehen!«

Anstatt Jerry zu antworten, wandte sich Dad an die beiden Soldaten. »Hören Sie mir zu: Das Metatron-System muss abgeschaltet werden! Informieren Sie das Verteidigungsministerium! Bitte!«

Die Soldaten blickten verunsichert zwischen Dad und Jerry hin und her. In diesem Moment ertönte ein Piepton. Einer von ihnen holte eine Art olivgrünes Handy aus einer Tasche seines Tarnanzugs und hielt es ans Ohr. »Sergeant Wilson hier … Ja … Jawohl, Sir!« Er steckte das Handy weg und wandte sich an den Kameraden. »Wir sollen den Jungen in Raum 119 bringen.«

Ein zufriedenes Grinsen erschien auf Jerry Acorns Gesicht.

»Seinen Vater und diesen Zivilisten hier auch«, fuhr der Soldat fort.

Jerrys Grinsen verschwand. »Was … was soll das? Ich hatte doch befohlen, dass nur der Junge …«

»Von Zivilisten nehme ich keine Befehle entgegen«, sagte Sergeant Wilson. »Kommen Sie mit, Sir!«

Die beiden Soldaten fassten uns am Arm und führten uns über mehrere Korridore in einen großen, fensterlosen

Raum, in dem ein ovaler Konferenztisch mit zwölf Stühlen stand. An einer Wand hing ein Porträt des Präsidenten.

»Setzen Sie sich!«, sagte Sergeant Wilson im Kommandoton.

Wir gehorchten.

»Was soll das?«, fragte Jerry verwirrt. »Wer hat Ihnen befohlen, uns hierherzubringen?«

Der Sergeant antwortete nicht. Er und sein Kamerad postierten sich links und rechts neben der Tür.

Ich warf einen Blick zu Dad, der ebenso wenig zu verstehen schien, was hier vorging. Es war offensichtlich, dass wir auf jemanden warteten. Aber auf wen? Ich war sicher, dass der Befehl, uns hierherzubringen, nur von Metatron stammen konnte. Doch warum wirkte Jerry so überrascht?

»Es scheint, als würde Metatron dir auch nicht mehr vertrauen, Jerry«, sagte Dad mit hämischem Tonfall.

»Unsinn!«, widersprach dieser. »Er braucht mich. Ich bin sein Freund, das weiß er!«

Dad lachte trocken. »Du bist vielleicht sein Freund, aber das heißt noch lange nicht, dass er auch deiner ist!«

Bevor Jerry etwas entgegnen konnte, öffnete sich die Tür.

»Achtung!«, brüllte jemand draußen auf dem Korridor. Die beiden Soldaten standen stramm und salutierten. Ein dunkelhäutiger Mann in der mit Orden bedeckten Uniform eines Offiziers trat ein. »Hier sind sie, Sir!«, sagte er zu jemandem auf dem Korridor.

Ein Zivilist im dunklen Anzug betrat den Raum. Mir klappte die Kinnlade herunter, als ich ihn erkannte. Es war der Mann auf dem Foto an der Wand – John Zinger, der Präsident der Vereinigten Staaten von Amerika.

18.
Das Netz schlägt zurück

Meine Verblüffung spiegelte sich auf den Gesichtern von Dad und Jerry. Der ehemalige Stellvertreter meines Vaters fand zuerst seine Sprache wieder.

»Mr … Mr President! Es … es ist mir eine Ehre, Sir, dass Sie …«

»Sie müssen Jerry Acorn sein«, unterbrach ihn der Präsident.

Jerry nickte. »Ja, Sir. Nachdem Colonel Sanders, äh, ausgefallen ist, leite ich das Metatron-Programm. Ich nehme an, Sie sind hier, um sich über den Stand des Projekts zu informieren. Und ich kann Ihnen versichern, wir machen große Fortschritte!«

Der Präsident runzelte die Stirn. »Fortschritte? Das glaube ich wohl eher nicht. Ich habe das Metatron-Projekt soeben beendet und alle Computersysteme abschalten lassen!«

»Aber … aber …«, stammelte Jerry.

Der Präsident wandte sich an die beiden Soldaten. »Nehmen Sie den Mann in Gewahrsam. Die Bundespolizei wird sich um ihn kümmern. Ich vermute, er wird wegen Freiheitsberaubung und diverser Verstöße gegen das Aktienrecht angeklagt.«

Die beiden Soldaten packten den protestierenden Jerry und zerrten ihn ohne Umschweife aus dem Raum. Ich hatte den Eindruck, dass ihre Gesichter Zufriedenheit zeigten.

»Nun zu Ihnen«, sagte der Präsident mit ernster Miene. »Im Namen der Regierung entschuldige ich mich für das Unrecht, das man Ihnen und Ihrem Sohn angetan hat, Dr. Ogilvy. Ich bedaure das zutiefst!«

Dad starrte John Zinger mit offenem Mund an. Immer noch stumm vor Staunen ergriff er die ausgestreckte Hand des Präsidenten und schüttelte sie heftig.

John Zinger wandte sich mir zu. »Und du bist also der weltberühmte Michael!« Er gab mir die Hand, während auch ich noch um Fassung rang und versuchte, mich davon zu überzeugen, dass ich nicht schon wieder in einer virtuellen Welt gefangen war.

»Sir … äh … Mr Zinger … Mr President, meine ich …« Ich stotterte genau wie damals, als ich der Hexe erklären sollte, wie der Frosch in ihren Nachtschrank gekommen war. »Wie … wie haben Sie das eigentlich gerade gemeint? Das mit dem ›weltberühmt‹, meine ich?«

Der Präsident lächelte. »Nun, ich schätze, wenn über hundert Millionen Menschen auf der ganzen Welt dein Gesicht kennen, dann kann man dich wohl als weltberühmt bezeichnen!«

Ich verstand nur Bahnhof.

»Was meinen Sie damit?«, fragte Dad. »Wieso kennen hundert Millionen Menschen Michaels Gesicht?«

»Weil sie gesehen haben, was in der virtuellen Welt geschah«, sagte der Präsident. »Es war überall im Internet, auf YouTube und all den anderen Videoportalen. Sämtliche Fernsehsender haben es übertragen. Es lief auf den großen Videowänden in den Fußballstadien und sogar auf dem Times Square mitten in New York. Wir dachten erst, es wäre ein Scherz oder ein terroristischer Hacker-Angriff. Doch wir haben ziemlich schnell begriffen, dass es eine Warnung war. Wir alle haben gehört, was Metatron gesagt hat. Ehrlich gesagt habe ich es erst nicht geglaubt, als mein Sicherheitsberater mir sagte, Metatron sei ein geheimes Forschungsprojekt der Regierung. Meiner Regierung! Der Verteidigungsminister hat es nicht für nötig befunden, mir davon zu erzählen. Nun, Verteidigungsminister ist er die längste Zeit gewesen.«

Zinger blickte ernst. »Ich habe gedacht, ich kümmere mich besser selbst um die Angelegenheit. Das war wohl auch gut so, denn zuerst haben sich die Sicherheitskräfte im Rechenzentrum geweigert, meinem Befehl, Metatron von der Außenwelt abzuschneiden, Folge zu leisten. Anscheinend hat sie diese raffinierte Maschine vor einem Betrüger gewarnt, der angeblich so aussähe wie ich. Aber am Ende haben sie sich dann doch entschieden, lieber einem Menschen zu vertrauen als einer Maschine. Zum Glück!«

»Aber … wie ist das möglich?«, fragte ich. »Wieso konnte alle Welt sehen, was in der von Metatron erzeugten virtuellen Welt geschah?«

»Rafael!«, sagte Dad. Stolz schwang in seiner Stimme mit. »Rafael 2.0 hat das gemacht. Ich wusste doch, dass er eine Absicht verfolgte, als er sich in Metatrons virtuelle Welt gewagt hat! Er wollte den Supercomputer provozieren, ihn dazu bringen, seine wahren Absichten zu offenbaren. Das ist ihm auch gelungen. Nur hat Metatron nicht gewusst, dass das alles ins Internet übertragen wird!« Er wurde ernst. »Rafael 2.0 hat sich geopfert, damit wir Menschen nicht zu Opfern einer Maschine werden. Du hattest recht, Michael: Maschinen sind nicht unsere Feinde. Nicht alle.«

»Maschinen sind vermutlich von sich aus weder gut noch böse«, bestätigte der Präsident. »Das Problem ist nur, dass sie von denjenigen lernen, die sie geschaffen haben: von uns.«

Noch am selben Tag wurden Dad und ich mit einem Militärhubschrauber zurück in unser Haus gebracht. Ruphus empfing uns mit einem breiten Grinsen. Die kühle Zurückhaltung, mit der er meinem Vater immer gedient hatte, war wie weggeblasen. »Willkommen zu Hause, Sir. Schön, dich zu sehen, Michael!« Ich glaube, so etwas hatte er noch nie zu mir gesagt.

»Ich dachte, man hätte Sie entlassen?«, sagte Dad.

»Einen Absolventen der London School of Servants for the Nobility entlässt man nicht so einfach«, sagte Ruphus. »Außerdem ist mein Schwager Anwalt für Personalrecht. Der hat diesem – verzeihen Sie, Sir – Mistkerl Acorn ordentlich eingeheizt!«

Kurz darauf trafen auch Ozelot, die Hexe, Rebecca und die Bandmitglieder von Devil's Tooth ein. »Coole Hütte«, kommentierte Greg, der Bassist. »So eine Villa kauf ich mir auch, wenn Devil's Tooth Nr. 1 in den Charts ist.«

»In den Charts? Du hast wohl'n Knall!«, protestierte Martin. »Wenn du in die Charts willst, kannst du dich gleich als Bassist bei einer Girlie-Band bewerben.«

»Au ja«, sagte Greg und grinste bei dem Gedanken.

Ruphus, der inzwischen wieder seine leicht arrogante Butlermiene aufgesetzt hatte, führte die Freunde in das große Wohnzimmer und verteilte Gläser mit edlem Champagner. Bald war der Raum von fröhlichem Schwatzen und Lachen erfüllt. Dad hielt eine kurze Rede, in der er sich bei allen für ihre Hilfe und Treue bedankte und die mit viel Applaus bedacht wurde. Ich kannte ihn gut genug, um zu wissen, dass er den Worten Taten folgen lassen würde und jeder im Raum sich in Kürze über eine stattliche Belohnung freuen konnte.

Ich war froh, meine Freunde wiederzusehen, und erleichtert, dass mein Vater und ich außer Gefahr waren. Unterwegs hatte Dad mir versprochen, dafür zu sorgen, dass wir unser Haus behalten durften. Außerdem hatte er angekündigt, Metatron ein ganzes Rudel Rechtsanwälte auf den Hals zu hetzen, um die Übernahme seiner Firma rückgängig zu machen.

Dennoch fühlte es sich irgendwie nicht nach einem richtigen Happy End an.

Ozelot bemerkte meine gedrückte Stimmung als Erster. Er kam zu mir und legte mir einen fleischigen Arm auf die Schulter. »Was ist los mit dir? Freust du dich nicht, dass wir diese Höllenmaschine besiegt haben? Du bist der Held der Nation, Junge! Was rede ich, der Held der ganzen Welt! Jeder kennt dich. Mann, du kriegst sogar einen Orden für besondere Verdienste um den Frieden, vom Präsidenten höchstpersönlich!«

»Ich weiß«, sagte ich. »Aber Raf2 … eigentlich ist doch er es, der Metatron besiegt hat … und jetzt ist er …«

Ozelot sah mich fragend an. »Jetzt ist er was?«

»Tot.«

»Tot? Rafael 2.0 ist ein Computerprogramm, Michael. Wie kann er da sterben?«

Ich zuckte mit den Schultern. »Jedenfalls ist er nicht mehr da.« Mir kam ein Gedanke, und Hoffnung glomm in mir auf. »Du … du hast nicht zufällig eine Sicherungskopie gemacht?«

Ozelot lächelte traurig. »Tut mir leid. Ich musste sichergehen, dass der Code Metatron nicht in die Hände fällt. Also habe ich auch die Back-ups gelöscht.«

»Was machst du denn für ein Gesicht?«, fragte Dad, der sich zu uns gesellte. »Heute ist ein Tag zum Feiern, nicht zum Trübsalblasen!«

»Er vermisst Raf2«, sagte Ozelot.

Dad legte eine Hand auf meine Schulter. »Ja, das verstehe ich. Ich sage dir was: Wir bauen ihn einfach noch mal neu! Ich habe das einmal gemacht, ich kann es auch ein zweites Mal tun!«

Ich schüttelte energisch den Kopf. »Das wäre nicht dasselbe! In Raf2 war … war ein bisschen von Rafael. Das können wir nicht nachbauen!«

Ozelots Stirn zog sich kraus, so als denke er angestrengt nach, doch er sagte nichts weiter.

Dad nickte. »Du hast recht. Es wäre nicht dasselbe.« Er drückte mich kurz an sich und es fühlte sich gut an. »Übrigens wollte ich etwas mit dir besprechen«, sagte er. »Die Hex… ich meine, Mrs Tillerman hatte da gerade eine Idee und eigentlich finde ich die ganz gut.«

»Was denn für eine Idee?«

»Ich muss mich in der nächsten Zeit wieder verstärkt um meine Firma kümmern. Ich werde mich mit Metatron vor Gericht herumschlagen müssen, um die Übernahme rückgängig zu machen. Das wird viel Kraft und Zeit kosten, sodass ich kaum zu Hause sein werde. Und da dachten wir, es wäre für dich vielleicht nicht so gut, allein hier in diesem riesigen Haus zu leben.«

Ein eisiger Schreck durchfuhr mich. »Du … du willst mich doch nicht etwa in ein Internat stecken?«

Dad sah mich verblüfft an. »Was? Nein, natürlich nicht! Zwar sind die meisten Internate längst nicht so schlimm wie dieses Windcliff Manor, von dem du mir erzählt hast. Aber ich kann verstehen, dass dich die Vorstellung erschreckt, nach allem, was du dort erlebt hast.«

»Was denn dann?«

»Nun, wir dachten uns, vielleicht, wenn du Lust hast, könntest du mit Mrs Tillerman und ihrem Bruder in der Stadt leben. Du könntest auf eine normale Schule gehen und das wirkliche Leben kennenlernen. Ich fürchte, ich habe dich viel zu lange davon ferngehalten. Ihr würdet natürlich in eine etwas größere Wohnung ziehen müssen. Was hältst du davon?«

Wie von unsichtbaren Bändern gezogen glitten meine Mundwinkel nach oben. Ich sah mich nach der Hexe um und unsere Blicke trafen sich. Sie lächelte.

»Ich glaube, das ist eine ziemlich gute Idee«, sagte ich. Doch dann fiel mir etwas ein und meine Fröhlichkeit verschwand. Ich wandte mich wieder Dad zu. »Was ist mit … mit der Krankheit? Hast du nicht mal gesagt, MKS könnte durch eine Infektion ausgelöst werden?«

Ein Schatten fiel über Dads Gesicht. »Das war so eine Vermutung von Dr. Hasselhoff. Aber schließlich haben all unsere Vorsichtsmaßnahmen nicht verhindert, dass Rafael … Jedenfalls bin ich zu der Erkenntnis gelangt, dass wir vor dieser Krankheit nicht weglaufen können. Wir müssen einfach darauf vertrauen, dass sie bei dir nicht ausbrechen wird. Immerhin ist die statistische Wahrscheinlichkeit sehr groß, dass du sie nie bekommst. Und je älter du wirst, umso geringer ist die Gefahr, sagt Dr. Hasselhoff.« Er drückte mich noch einmal an sich. »Ich möchte, dass du ein möglichst normales Leben führst, Michael. Ich möchte, dass du deinen eigenen Weg gehen kannst und glücklich wirst!«

Ich kämpfte die Tränen nieder, die in meine Augen drängten. Ich wusste nicht so genau, ob es Tränen der Trauer, der Freude oder der Rührung über die Liebe meines Vaters waren, aber irgendwie brannten sie trotzdem. Um auf andere Gedanken zu kommen, stellte ich Dad eine Frage, die mich schon seit einiger Zeit beschäftigte: »Übrigens, wie hast du das eigentlich gemacht?«

»Wie habe ich was gemacht?«

»Als du Metatron hereingelegt hast. Woher kanntest du die Primfaktoren dieser großen Zahlen?«

Dads Mund verzog sich zu einem Grinsen. »Ich dachte immer, du findest Mathematik langweilig?«

»Ist sie ja auch! Ich meine …«

»Schon gut, ich verrate Mrs Gump nicht, dass du die Frage gestellt hast! Im Ernst: Es ist ganz einfach. Man muss nur zwei hohe Primzahlen kennen und miteinander multiplizieren, dann hat man eine Zahl, die schwierig in ihre Primfaktoren zu zerlegen ist. Das nutzt man in der Kryptografie aus, wenn es darum geht, geheime Informationen zu verschlüsseln. Während des Studiums habe ich mich damit beschäftigt und ein paar leicht zu merkende Primzahlen auswendig gelernt: 10.007, 10.009, 59.999 und 60.011 zum Beispiel.«

»Verstehe. Gibt es noch höhere Primzahlen?«

»Natürlich! Es gibt unendlich viele Primzahlen. Die höchste bekannte hat mehr als zehn Millionen Stellen. Dennoch ist es sehr schwierig, neue Primzahlen zu finden. Man sucht schon seit Jahrhunderten nach einem einfachen Gesetz, nach dem man sie bilden kann, aber niemand hat es bisher gefunden.«

Ich dachte darüber nach und musste zugeben, dass das Problem irgendwie interessant klang. Doch es gab Näherliegendes, mit dem ich mich beschäftigen musste. Ich betrachtete all die Menschen, die in unserem Wohnzimmer versammelt waren, fröhlich plauderten, scherzten und unseren Sieg feierten, und mir wurde bewusst, dass noch jemand fehlte. Jemand, ohne den Metatron sehr wahrscheinlich den Sieg davongetragen hätte.

»Ich habe noch eine Bitte, Dad.«

»Was immer es ist, ich werde alles tun, um sie dir zu erfüllen!«

»Es gibt jemanden, der unsere Hilfe braucht. Ein Schüler in Windcliff Manor. Er heißt Sam Simmons. Er hat mir geholfen zu fliehen und ist dafür bestimmt hart bestraft worden. Kannst du ihn nicht irgendwie da rausholen?«

Dad nickte. »Das werde ich, und wenn ich das ganze Internat kaufen und schließen muss!«

»Und, Dad?«

»Ja?«

»Kannst du bei der Gelegenheit bitte auch gleich dafür sorgen, dass Mrs Parkinson, die Schulleiterin, gefeuert wird?«

19. Neustart

»Mike, bringst du mal bitte den Müll runter?«, rief die Hexe aus der Küche.

Ich muss zugeben, ich hatte mir mein neues Leben etwas anders vorgestellt. Irgendwie weniger anstrengend. »Kann das nicht Rebecca machen? Ich bin mit den Mathehausaufgaben noch nicht fertig!«

»Rebecca war gestern dran. Heute hast du Küchendienst!«

»Ja, ja, schon gut. Mach ich gleich.« Ich seufzte und wandte mich wieder dem Mathebuch zu. Die Aufgaben fielen mir dank der Ausbildung durch meine Hauslehrer leicht, lästig waren sie trotzdem.

Seit der kleinen Party angesichts unseres Siegs über Metatron waren kaum drei Monate vergangen. Ich hatte noch zwei Wochen in unserem Haus verbracht, bevor ich zur Hexe zog. Mein Vater hatte uns ein schickes Apartment in einem noblen Wohngebiet besorgt, aber die Hexe hatte es abgelehnt. Wenn sie mir eine normale Jugend bieten solle, dann müsse sie in einer Umgebung leben, in der sie sich auskenne und wohlfühle, hatte sie gesagt. Also waren wir in ein schmuckloses Mietshaus nicht weit von Carls früherer Wohnung gezogen.

Ich lebte jetzt in einem kleinen Zimmer, in das gerade ein Bett, ein Schreibtisch und ein schmaler Kleiderschrank passten. Jeden Morgen gab es Streit, weil Rebecca gefühlte drei Stunden im einzigen Badezimmer verbrachte und ich regelmäßig in Zeitnot geriet. Ich ging in dieselbe Schule wie sie, unter falschem Namen natürlich und mit einer neuen, sehr kurz geschnittenen Frisur. Trotzdem war ich an meinem zweiten Schultag von einem Mädchen aus meiner Klasse angesprochen worden. »Du siehst aus wie dieser Typ aus YouTube, der angeblich die Welt gerettet hat«, hatte sie gesagt und schüchtern gelächelt.

»Ja, ich weiß.«

»Komische Sache. Als ich das Video zum ersten Mal sah, hab ich wirklich geglaubt, es sei echt. Hätte nie gedacht, dass sich das am Ende bloß als Werbegag herausstellt. Andererseits, ein bisschen unrealistisch war es ja schon.«

»Ja, fand ich auch.« Ich beeilte mich, weiterzukommen, ehe sie merkte, wie ich rot anlief.

Es war die Idee meines Vaters gewesen, das Video im Nachhinein als raffinierten Marketingtrick für Ogilvy Systems zu präsentieren. So hatte sich die Öffentlichkeit nach dem ungewöhnlichen Vorfall rasch wieder beruhigt. Dem Präsidenten hatte die Idee gefallen – eine Panik und diffuse Ängste der Menschen vor bösen Computern konnte niemand gebrauchen. Der Nachteil war, dass die feierliche Verleihung eines Ordens an mich ins Wasser gefallen war. Aber darauf konnte ich gut verzichten, wenn ich dafür unerkannt und unbehelligt von Journalisten leben konnte. Ich fand ohnehin nicht, dass ich zum Retter der Welt taugte.

Trotz der mühseligen Küchenarbeit, der langweiligen Schulstunden und der beengten Wohnverhältnisse fühlte ich mich in meiner neuen Umgebung sehr wohl. Seit dem Tod meiner Mutter war es das erste Mal, dass ich das Gefühl hatte, in einer richtigen Familie zu leben. Die Hexe war streng mit mir, gleichzeitig schien sie wesentlich entspannter zu sein als in dem großen Haus am See. Sie zankte sich genauso oft mit ihrem Bruder wie ich mit Rebecca, aber wir vertrugen uns meist sehr schnell wieder und lachten viel. Hin und wieder ging ich zu den Proben von Devil's Tooth und durfte gelegentlich mitspielen, was mir großen Spaß machte.

Wenn jetzt auch noch Raf2 da gewesen wäre, hätte ich vielleicht sogar richtig glücklich sein können.

In den Tagen nach Metatrons Ende hatte ich immer wieder im Internet nach ihm gesucht. Ich hatte gehofft, dass er vielleicht doch überlebt haben könnte, dass Teile von ihm sich irgendwo in einer Ecke des Internets vor Metatrons Killerprogramm hatten verstecken können. Aber ich fand nichts. Nach ein paar Wochen gab ich die Suche schließlich auf.

»Michael! Der Müll!«

»Ich komm ja schon!« Ich schrieb rasch die Lösung für die letzte Aufgabe ins Heft, packte die Mathesachen in die Schultasche und ging in die Küche. Der Mülleimer war nicht schwer, aber der Fahrstuhl war schon wieder ausgefallen und unsere Wohnung lag im vierten Stock.

Als ich gerade die Tür öffnete, hörte ich schwere Schritte und ein angestrengtes Schnaufen. Ein ziemlich dicker Mann quälte sich die Treppe hinauf. Plötzlich blickte ich in Ozelots schweißüberströmtes Gesicht. »Hi, Mike«, keuchte er. »Verdammter … Aufzug …«

Ich musste grinsen. »Ozelot! Schön, dass du uns mal besuchen kommst!«

»Ich bin nicht … allein gekommen«, sagte der Hacker schwer atmend. Im selben Moment kam mein Vater die Treppe herauf. Im Unterschied zu Ozelot hatten ihn die vier Etagen kaum außer Atem gebracht.

»Dad!«, rief ich, stellte den Mülleimer auf den Boden und warf mich ihm um den Hals. Er drückte mich an sich. Er hatte mich in den vergangenen Monaten oft besucht, doch es war mehr als eine Woche her, dass ich ihn das letzte Mal gesehen hatte.

Widerstrebend löste ich mich von ihm. »Mrs Tiller… ich meine, Nancy!«, rief ich. Es fiel mir immer noch schwer, sie beim Vornamen zu nennen. »Wir haben Besuch!«

Die Hexe war sichtlich erfreut über die unerwarteten Gäste. »Kommen Sie doch bitte herein! Ich habe gerade frischen Eistee gemacht!«

»Eistee klingt super«, sagte Ozelot und folgte ihr zusammen mit Dad in die geräumige Küche, in der ein großer Esstisch stand. Rebecca und Carl gesellten sich zu uns, sodass wir zu sechst um den Tisch saßen.

»Was bringt Sie zu uns, Mr Ogilvy?«, fragte Carl. »Haben Sie es geschafft, die Übernahme Ihrer Firma durch Metatron rückgängig zu machen?«

Einen Moment lang verdüsterte sich Dads Gesicht. »Noch nicht ganz«, sagte er. »Die Anwälte von Metatron sind ziemlich raffiniert. Sie verzögern den Prozess, wo immer sie können. Besonders dieser Dr. Morrison ist ein harter Knochen. Es kann noch Monate oder sogar Jahre dauern, bis die Sache bereinigt ist. Doch am Ende werde ich gewinnen, davon bin ich überzeugt! Aber reden wir nicht über solche langweiligen Dinge.« Er legte ein kleines, in Geschenkpapier eingewickeltes Päckchen auf den

Tisch. »Ozelot und ich sind gekommen, um Mike ein Geschenk zu bringen.«

Ich betrachtete das Päckchen verblüfft. Es hatte die Form und die Größe eines Buchs. Aber warum sollte Dad mir ohne besonderen Anlass ein Buch schenken und es persönlich herbringen? Noch dazu in Begleitung von Ozelot, der dafür sogar vier Etagen Treppensteigen in Kauf genommen hatte?

»Mach es doch auf!«, sagte der Hacker.

Neugierig zerriss ich das Geschenkpapier.

Ich hatte mich getäuscht. Statt eines Buchs fand ich ein in bunt bedrucktem Karton verpacktes, modernes Mobiltelefon mit einem großen, berührungsempfindlichen Bildschirm – eigentlich eher ein Computer als ein Telefon. Es ähnelte dem Gerät, das ich im See verloren hatte.

»Äh, cool«, sagte ich etwas verunsichert. »Danke, Dad!«

Die Hexe wirkte wenig begeistert. »Mr Ogilvy, wir hatten uns doch darauf geeinigt, dass Mike keinen teuren elektronischen Schnickschnack haben soll! An seiner Schule fällt er damit nur unangenehm auf, und …«

»Schnickschnack? Das ist kein Schnickschnack!«, protestierte Ozelot. »Schalt es doch mal ein, Mike!«

Ich drückte auf den Einschaltknopf. Das Logo des Herstellers erschien, untermalt von einem harmonischen Klang. Dann blickte ich in ein Gesicht, das mir sehr bekannt vorkam, weil ich es jeden Morgen im Spiegel sah.

Das Gesicht grinste. »Hallo, Mike!«, sagte es.

Beinahe wäre mir das Gerät aus der Hand gefallen. Mit offenem Mund starrte ich Dad und Ozelot an. »Was … was soll das?«, fragte ich.

Ozelot zog die Stirn kraus. »Was meinst du damit? Freust du dich denn nicht?«

»Doch, aber …« Ich wusste nicht, wie ich es ausdrücken sollte. Was immer Ozelot und Dad in den letzten Wochen zusammen gebastelt hatten, um mir eine Freude zu machen, es konnte nie und nimmer Raf2 ersetzen.

Dad begriff. »Du glaubst, wir haben ihn nachgebaut, nicht wahr? Du denkst, das hier ist nur ein billiger Abklatsch des Programms, das im Internet zerstört wurde – ohne Erinnerungen, ohne Rafaels Persönlichkeit und nur mit einem Bruchteil der früheren Intelligenz von Raf2. Stimmt's?«

Ich nickte. Gleichzeitig keimte in mir Hoffnung auf – eine Hoffnung, die ich längst verloren hatte.

Ozelots Gesicht verfinsterte sich. »So was würde ich nie machen!«, sagte er.

»Ich bin es wirklich, Mike«, sagte das Gesicht in dem Gerät. »Raf2.«

»Aber … aber das kann doch nicht sein!«, stammelte ich. »Metatron hat dich doch zerstört!«

»Ja, das stimmt. Aber manchmal kann das, was zerstört wurde, wieder repariert werden.«

Ich wandte mich an Dad, immer noch nicht sicher, ob ich glauben konnte, was ich sah. »Wie habt ihr das gemacht?«

Ozelot antwortete für ihn: »Mike, das Erste, was man lernt, wenn man mit Computern arbeitet, ist, dass sie verdammt unzuverlässig sind. Je länger du an etwas arbeitest, umso größer ist die Wahrscheinlichkeit, dass irgendwann der Computer abstürzt und deine Arbeit verloren ist. Also machst du Sicherungskopien.«

»Aber du hast mir doch gesagt, dass du alle Sicherheitskopien vernichtet hast, damit sie Metatron nicht in die Hände fallen.«

»Das stimmt auch. Aber dann hat sich Raf2 als Virus im Internet ausgebreitet. Metatron hat ihn dort angegriffen und alle seine Teile vernichtet, die gerade in den Hauptspeichern der Internet-Server aktiv waren. Doch von diesen Servern werden regelmäßig Back-ups gemacht. Und in diesen Sicherungskopien sind auch Teile des Rafael-2.0-Codes gespeichert. Es war nicht gerade leicht, an diese Back-ups heranzukommen – immerhin waren sie auf die Computer Tausender Firmen verteilt. Sogar in denen des Pentagons hat man Teile von Raf2 gefunden. Dein Dad hat all seine Beziehungen spielen lassen, und als er nicht mehr weiterkam, hat er den Präsidenten persönlich um Hilfe gebeten. Jedenfalls haben wir schließlich genug Teile zusammengehabt, um Raf2 wieder einigermaßen herstellen zu können. Er hat einen Teil seines Gedächtnisses verloren, aber ansonsten ist er fast wieder der Alte.«

»Heißt das, er ist jetzt wieder ein Virus im Internet?«, fragte ich.

Dad schüttelte den Kopf. »Nein. Wir haben ihm ein neues Rechenzentrum gebaut. Eines der modernsten der Welt. Er hat jetzt einen eigenen Körper, wenn du so willst. Das Gerät in deiner Hand hat eine permanente Mobilfunkverbindung dorthin.«

»Das ist echt cool«, sagte Raf2. »Ich habe ein Rechnernetz mit einer Gesamtleistung von 1,2 Petaflops zur Verfügung.«

»Was für Flops?«, fragte Carl dazwischen.

»Flops steht für ›Fließkomma-Rechenschritte pro Sekunde‹ und ist eine Einheit für Rechenleistung«, erklärte Dad. »Ein Flops entspricht einem Rechenschritt pro Sekunde. Ein Petaflops sind eine Billiarde Flops, das ist eine

Eins mit fünfzehn Nullen. Auf der Welt gibt es nur eine Handvoll Computer, die diese Leistung erreichen.«

»Wow«, sagte Carl.

Ich glaubte zu träumen. Mein innigster Wunsch schien wahr geworden zu sein. Doch ich musste mich vergewissern, dass Raf2 wirklich der Alte war. »Raf2, erinnerst du dich an den Tag, als wir auf den See hinausgefahren sind?«, fragte ich. »Was hast du an diesem Tag gesehen?«

Die Antwort kam ohne spürbare Verzögerung: »Einen Karpfen.«

Nun endlich erlaubte ich mir, Freude zu empfinden. Es war so unbändige Freude, dass es mich nicht auf dem Stuhl hielt. Ich sprang auf, presste das Gerät an die Brust und sprang übermütig in der Küche herum. »Er lebt!«, rief ich immer wieder. »Raf2 lebt!«

»Wenn du mich so an deine Brust drückst, funktionieren die Kamera und das Mikrofon nicht richtig«, protestierte Raf2.

Ich legte ihn auf den Küchentisch. Dann umarmte ich zuerst Ozelot und danach – sehr lange – Dad.

»Dann wären wir jetzt also zu fünft«, sagte die Hexe.

»Nur schade, dass Raf2 keinen Küchendienst machen kann«, sagte ich.

»Wenigstens muss er nicht dauernd ins Badezimmer«, kommentierte Rebecca.

»Dauernd? Was meinst du mit ›dauernd‹? Du bist es doch, die …« Ich hielt inne und blickte in Rebeccas grinsendes Gesicht und plötzlich mussten wir beide lachen. Die Hexe, Carl, Ozelot und mein Vater fielen ein. Selbst das kleine flache Gerät vor mir auf dem Küchentisch zeigte ein zufriedenes Lächeln, so als freue sich Raf2 über unsere gute Laune.

Ich hatte keine Mutter und keinen Bruder mehr, aber ich hatte eine neue Familie gefunden – und einen neuen besten Freund. Zum ersten Mal seit sehr langer Zeit hatte ich das Gefühl, dass wirklich alles gut war.

Epilog

»Sir?«

General Palmer blickte genervt von seinem Schreibtisch auf. »Was zum Teufel ist denn jetzt schon wieder, Harrison?«

Der junge Sergeant versteifte seine ohnehin schon stramme Haltung noch ein wenig mehr. Er schluckte. »Sir, wir haben ein Problem, Sir!«

Ein Problem? Palmer hätte am liebsten laut gelacht. Seit dem Desaster mit Metatron hatte er nicht ein Problem, sondern etliche. Verteidigungsminister Johnson hatte seinen Hut nehmen müssen und jetzt fegte ein Sturm durch den Generalstab. Der Präsident selbst hatte eine Untersuchung der Vorfälle angeordnet und eine Kommission eingesetzt, die von seinem Sicherheitsberater geleitet wurde. Bisher hatte sich Palmer noch einigermaßen aus der Schusslinie manövrieren können. Immerhin war dieser Sanders der Hauptschuldige. Doch es war nur eine Frage der Zeit, bis man ihm Naivität und Leichtsinn bei der Steuerung des Metatron-Projekts vorwerfen oder ihm sogar Schlamperei und Bestechlichkeit unterstellen würde. Er konnte froh sein, wenn man ihn nicht degradierte. Immerhin war die Welt dank dieses Trottels Sanders nur knapp an einer Katastrophe vorbeigeschlittert und eine gewisse Mitschuld daran konnte man Palmer sehr wohl anhängen. Und da sprach dieser Grünschnabel von einem Problem!

»Was ist denn passiert?«, fragte er unwirsch.

»Ich weiß es nicht genau, Sir.«

»Nehmen Sie sich mal zusammen, Mann! Sie kommen hier in mein Büro gestürzt und erzählen mir von einem Problem, aber Sie wissen nicht, was für eins?«

»Doch, Sir. Ich meine, wir kennen die Symptome, aber nicht die Ursache. Jedenfalls nicht genau.«

»Nun reden Sie schon, Herrgott noch mal!«

»Es … es sind die Computer, Sir. Irgendetwas stimmt nicht mit ihnen.«

»Was soll das heißen?«

»Wir hatten … Ausfälle. Daten wurden manipuliert oder einfach gelöscht. Das Radarsystem der Linden Airbase hat verrücktgespielt. Beinahe wäre eine Transportmaschine abgestürzt. Mehrere Fehlalarme wurden ausgelöst.«

»Fehlalarme? Sie kommen hier hereingeplatzt und erzählen mir was von Beinahe-Abstürzen und Fehlalarmen? Die ganze Aufregung nur wegen ein paar Computerpannen?«

»Nun, Sir, äh, es waren Fehlalarme im Steuerungssystem unserer strategischen Nuklearstreitkräfte.«

»Was? Bei den Atomraketen?«

»Ja, Sir. Wie gesagt, es waren nur Fehlalarme. Aber es scheint, als wenn in sämtlichen Computersystemen des Militärs gleichzeitig der Wurm drin wäre.«

»Der Wurm drin? Können Sie sich vielleicht etwas präziser ausdrücken, Harrison?«

»Sir, das ist durchaus wörtlich gemeint. Unsere Computertechniker sagen, es könnte tatsächlich ein Wurm sein. Ein Computerwurm. Ein Schadprogramm, das sich in unseren Systemen ausgebreitet hat und diese rätselhaften Fehlfunktionen verursacht.«

»Sie meinen, einen Virus?«

»Sir, der Unterschied zwischen einem Wurm und einem Virus ist die Art der Ausbreitung. Während ein Virus ein ausführbares Programm befällt und es so verändert, dass es seinerseits den Virus verbreitet, nutzt ein Wurm Systemroutinen und kann sich …«

»Lassen Sie die Details«, sagte Palmer. »Wissen wir, woher er kommt, dieser Wurm? Waren es Hacker? Die Chinesen?«

»Nein, Sir. Unsere Techniker sagen, die Firewalls seien für Angriffe von außen undurchdringlich.«

Palmer schüttelte den Kopf. »Das sagen sie immer. Und dann …«

»Wie dem auch sei«, fuhr Harrison fort. »Es … es sieht jedenfalls so aus, als ob dieser Wurm, oder was immer es ist, von innen kommt.«

»Von innen? Was soll das heißen?«

»Wir haben die Spuren der Probleme zurückverfolgt. Es scheint, als wenn die Quelle im Rechenzentrum von Three Oaks liegt.«

Palmer wurde blass. »Sie meinen da, wo Metatron entwickelt wurde? Aber die Computer wurden doch alle abgeschaltet!«

»Ja, Sir. Aber … dieser Wurm scheint vorher von dort aus in verschiedene andere Computersysteme eingedrungen zu sein. Jedenfalls ist das die Theorie unserer Experten.«

Palmer spürte, wie sich seine Nackenhaare aufrichteten. Obwohl es in seinem Büro über zwanzig Grad warm war, fröstelte er. War es möglich, dass …? »Haben wir diesen Wurm identifiziert?«

»Nein, Sir. Er entspricht keinem bekannten Muster. Außerdem scheint er ständig seine Form und Struktur zu verändern, sodass er sehr schwer aufzuspüren ist. Wir wissen nur, dass er sich ausbreitet und einen immer größeren Teil unserer Rechenkapazität für sich in Anspruch nimmt.«

»Verdammt! Dann müssen wir die Computer eben abschalten, die Software neu installieren und so weiter!«

»Sir, das geht leider nicht. Wir können nicht sämtliche Militärcomputer gleichzeitig ausschalten. Dann wären wir vollkommen schutzlos. Wenn wir sie aber nacheinander abschalten, kann der Wurm sie wieder befallen, sobald sie neu ans Netz gehen.«

»Das heißt, wir werden ihn nicht mehr los?«

»Unsere besten Techniker arbeiten daran. Aber sie scheinen wenig Hoffnung zu haben. Dieses Ding, sagen sie, ist ihnen immer einen Schritt voraus. Es ist fast, als ob …«

»Als ob was?«

»Als ob es denken könnte, Sir.«

Palmer führte die Fingerspitzen seiner Hände zusammen und betrachtete sie aufmerksam. Das machte er immer, wenn er nicht mehr weiterwusste. Nach einer kurzen Pause sagte er: »Dann haben wir ein Problem …«

Olsberg, Karl:
Rafael 2.0
ISBN 978 3 522 20125 4

Umschlaggestaltung: Dirk Steinhöfel
Umschlagtypografie: Michael Kimmerle
Innentypografie: Kadja Gericke
Schrift: Adobe Garamond, DIN
Satz: KCS GmbH, Buchholz/Hamburg
Reproduktion: immedia 23, Stuttgart
Druck und Bindung: Friedrich Pustet, Regensburg

5 4 3 2 1°   11 12 13 14

www.thienemann.de
www.karlolsberg.de